COM ARMAS SONOLENTAS

CAROLA SAAVEDRA

Com armas sonolentas

Um romance de formação

2ª reimpressão

Companhia das Letras

Copyright © 2018 by Carola Saavedra

Grafia atualizada segundo o Acordo Ortográfico da Língua Portuguesa de 1990, que entrou em vigor no Brasil em 2009.

Capa
Kiko Farkas e Felipe Sabatini/ Máquina Estúdio
sobre *Cantinho rosa*, de Ana Elisa Egreja, 2013,
óleo sobre tela, 40 x 50 cm.
Coleção particular. Reprodução de Filipe Berndt.

Preparação
Ana Lima Cecilio

Revisão
Márcia Moura
Marise Leal

Os personagens e as situações desta obra são reais apenas no universo da ficção; não se referem a pessoas e fatos concretos, e não emitem opinião sobre eles.

Dados Internacionais de Catalogação na Publicação (CIP)
(Câmara Brasileira do Livro, SP, Brasil)

Saavedra, Carola
    Com armas sonolentas : um romance de formação / Carola Saavedra. — 1ª ed. — São Paulo : Companhia das Letras, 2018.

    ISBN 978-85-359-3122-8

    1. Romance brasileiro I. Título.

18-15185   CDD-869.3

Índice para catálogo sistemático:
1. Romances : Literatura brasileira 869.3

Iolanda Rodrigues Biode — Bibliotecária — CRB-8/10014

[2021]
Todos os direitos desta edição reservados à
EDITORA SCHWARCZ S.A.
Rua Bandeira Paulista, 702, cj. 32
04532-002 — São Paulo — SP
Telefone: (11) 3707-3500
www.companhiadasletras.com.br
www.blogdacompanhia.com.br
facebook.com/companhiadasletras
instagram.com/companhiadasletras
twitter.com/cialetras

Para Beth

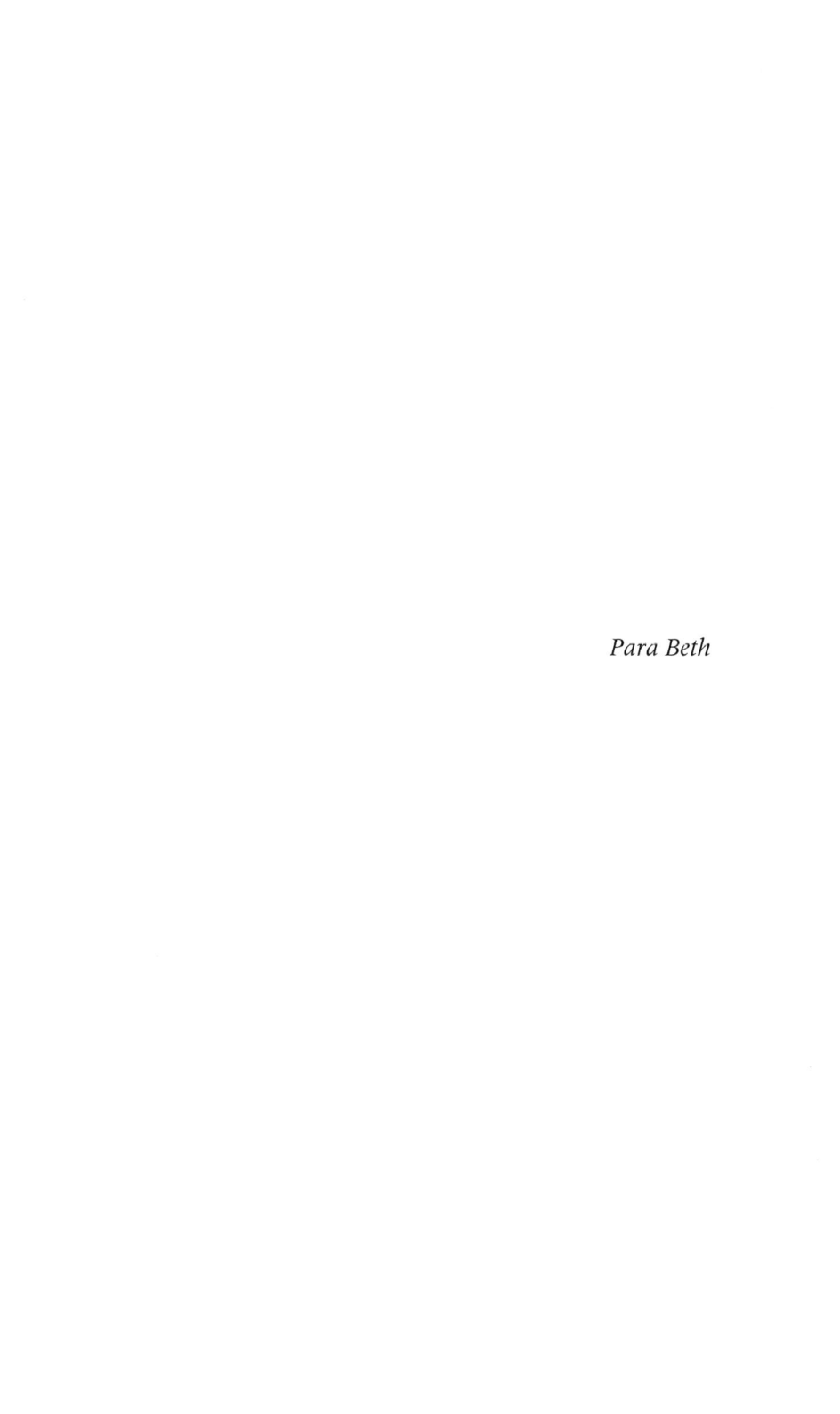

En una noche oscura,
Con ansias en amores inflamada,
¡Oh dichosa ventura!
Salí sin ser notada,
Estando ya mi casa sosegada
                San Juan de la Cruz

Talvez eu seja
O sonho de mim mesma.
Criatura-ninguém
Espelhismo de outra
Tão em sigilo e extrema
Tão sem medida
Densa e clandestina
                Hilda Hilst

PARTE I
O lado de fora

ANNA

1

Sempre lhe pareceu que havia uma dissonância entre o que desejava e o que realmente queria. Como se todo desejo viesse encoberto por uma espessa camada de autoengano, um inevitável mal-entendido. E satisfazer suas vontades ou vê-las satisfeitas nada mais era do que o prenúncio de uma queda, cada vez mais célere, cada vez mais íngreme. E assim, a cada sucesso, uma fagulha de infelicidade se imiscuía, lenta e imperceptível. Não que não intuísse que algo ia mal, porque no fundo ela soube desde o início. Desde que colocou os pés naquele lugar.

Era novembro. No aeroporto, apenas a correria e o cansaço das últimas semanas, malas, preparativos, ataques de ansiedade, documentos em cima da hora, despedidas, uma festa surpresa organizada por alguns amigos, felizes ou invejosos do seu destino. Logo ela, que nunca tinha saído do Brasil. Logo ela, que nem famosa era. É verdade que havia feito uma ponta num filme premiado, era a sua maior façanha, um crítico importante elogiara sua beleza incomum e a pungência da sua atuação, profetizando um futuro brilhante pela frente. Ela sublinhara as palavras do crítico e andava com o recorte na bolsa desde então, como um sortilégio, um pé de coelho que lhe dava esperanças de maiores conquistas depois de um dia a dia de muito trabalho e poucos êxitos, o emprego de vendedora numa loja em Ipanema, e, quando tinha sorte, uma ou outra ponta em alguma peça de baixo orçamento ou a participação num comercial. Tirou a sorte grande, diziam ao saber de seu novo destino, um verdadeiro conto de fadas, não diferindo muito do que ela própria imaginava.

No aeroporto, o torpor da calefação lhe oferecia uma falsa sensação de acolhimento, somada ao vaivém de pessoas das mais diversas procedências, que suscitava um ambiente de cosmopolitismo e modernidade. Começava uma nova fase da sua vida, tudo vai dar certo, ela dizia para si mesma tentando se acalmar. Ao seu lado, Heiner, os olhos profundamente azuis de Heiner, o porte atlético, o cabelo louro e liso de Heiner, a pele branca coberta por uma imperceptível penugem dourada, imaginava-se ao lado de um deus nórdico, Heiner, um deus, como pôde ser tão ridícula, se perguntaria muitas vezes nos anos que se seguiriam, mas naquela época ela era muito jovem e ainda não havia aprendido a ver por trás dos traiçoeiros ornamentos de um homem. Haviam se conhecido não fazia nem dois meses, numa festa promovida pela organização do festival, o festival de cinema que todos os anos oferecia aos olhos de uma pequena multidão apinhada em frente ao Copacabana Palace o desfile de meia dúzia de atrizes, atores e diretores internacionais que chegavam, deslizando sobre um volúvel tapete vermelho rumo ao salão principal, onde alguns poucos escolhidos tinham a honra de usufruir desse mesmo espaço, na esperança de travar algum tipo de conversação e poder, até o fim dos seus dias, para seus futuros filhos e netos, reproduzir em detalhes e com certa liberdade poética o momento mágico desse encontro.

O evento seria na sexta à noite, faltavam exatamente dois dias, cinco horas e quinze minutos e ela ainda não tinha um convite, você tem que frequentar essas festas, diziam todos, sem isso sua carreira não deslancha, ela se angustiava. Já passara a agenda de telefones de cima a baixo e ninguém capaz de lhe oferecer ao menos alguma esperança. É uma festa concorridíssima, dissera Luan, seu amigo e agente, na realidade, mais amigo do que agente, vai ser difícil, só atrizes de prestígio, algumas modelos top, e ela por acaso era o quê?, havia feito o curso profissionalizante mais concorrido da época, tinha sido elogiada por um dos maiores críticos do país, o que mais ele queria?, e pensando bem ele nunca conseguira nada de concreto para ela, e tal agenciamento até então só lhe servira para abrir mão de vinte por cento dos minguados cachês que recebia. Já estava decidido, se ele não conseguisse aquele ingresso, ela daria um fim definitivo àquela exploração. Anna, querida, você sabe que para mim você é a grande promessa do cinema brasileiro, do cinema, da tv e do teatro, a próxima Cacilda Becker, não tenho dúvidas disso, mas você também sabe como é, um monte de invejosos dispostos a qualquer coisa, e, infelizmente, pessoas éticas e talentosas como você acabam perdendo espaço. Mas não se preocupe, vou falar com a Adriana, amiga minha da organização, ela me deu certeza de que, se sobrasse alguma entrada, seria nossa. Nossa?, estava cada vez mais claro que Luan não tinha a menor intenção de ajudá-la, *sua*, claro que sua, você sabe o quanto eu te amo, você é a minha irmãzinha e tudo o que é meu é seu, ela queria despedi-lo naquele mesmo instante, mas respirou fundo, não era bom tomar decisões precipitadas, e agora tinha assuntos muito mais urgentes para resolver, temos que saber escolher nossas batalhas, havia lido recentemente num livro do qual já não lembrava o título, mas ficara a frase, saber escolher nossas batalhas, é o que faria, mesmo que não soubesse muito bem qual era. Desligou o telefone pensando na necessidade urgente de um plano B, ou ficaria para sempre naquele limbo do que poderia ter sido. Não interessava como, mas daria um jeito de entrar naquela festa, pensou, e logo teve a ideia, colocaria seu melhor vestido, melhor, pegaria algo emprestado na loja onde trabalhava, afinal, quantas vezes não emprestam vestidos e joias às atrizes para que elas associem à marca seu charme e carisma numa festa ou evento badalado, era perfeitamente o seu caso, e a gerente nem precisaria saber, devolveria na segunda sem falta. E chegando lá, produzida como as melhores atrizes, daria um jeito de entrar.

 Decidiu-se pelo longo vermelho-sangue, tomara que caia, com uma fenda revelando a perna direita até o alto da coxa, mais importante do que o que se exibe é o que se dá a entrever, pensou, enquanto se olhava no espelho. Calçou um salto altíssimo, também emprestado, de que serviria um vestido incrível com sapatos velhos?, se a noite fosse longa, mal se aguentaria em pé, mas isso era o de menos, se a noite fosse longa, nem se lembraria daquele detalhe. Prendeu os cabelos, lisos, mas que ondulara com a ajuda de um babyliss, num coque arrumado com estudada displicência. Brincos imitando prata, os mais apresentáveis que tinha. Diante do espelho, os olhos marcados com rímel e delineador, os lábios muito pálidos, se você realça um ponto deve apagar o outro, e o espelho parecia confirmar a eficácia daquela lei. Finalizou o penteado com um antigo pente de osso que dona Clotilde lhe dera pouco antes do rompimento, a briga que a levara a sair daquela casa para sempre, se tivesse um mínimo de inteligência, teria aguentado todos aqueles desmandos e humilhações, mas agora era tarde, se olhou uma última vez no espelho e chamou o táxi. Enquanto pudesse pagar um táxi ainda havia esperanças.

O carro a deixou em frente ao Copacabana Palace. Foi tomada por uma vaga melancolia ao descer daquele carrinho amarelo, o estofado gasto e imundo, um dos seguranças se aproximou solícito, ajudando-a a desembarcar com o vestido justo e os sapatos altíssimos, ela sorriu, você é uma atriz, disse para si mesma, Anna Marianni, repetiu o pseudônimo que adotara por sugestão de Luan, e com o qual se identificava muito mais do que com o seu próprio nome, sim, Anna Marianni era ela, uma grande atriz, e agora você vai encarnar o papel da grande diva e vai se comportar como tal, ela repetia para si mesma enquanto se dirigia nervosa ao saguão. Ali, um funcionário do festival fatalmente lhe exigiria o convite que ela não tinha. Meu convite está com a Adriana, ela disse, era só pedir para chamá-la, o homem a olhou com um misto de preguiça e mau humor, a Adriana ainda não chegou, então vou esperar aqui por enquanto, e postou-se estrategicamente não muito perto, a ponto de perturbar, mas também não muito longe, a ponto de não ser notada. Passaram por ela várias atrizes famosas, algumas se vestiam com estudada displicência, a elegância algo natural, bastando não prestar muita atenção ao espelho antes de sair de casa. Outras, a maioria, pareciam com suas próprias fotos nas revistas de celebridades, lindas, deslumbrantes, inatingíveis. Ao comparar-se com elas, sentia-se pobre, de uma pobreza que a corroía por dentro, odiava aquilo, a sensação que a acompanhava desde sempre. Sabia que, a seu favor, tinha a juventude e uma beleza única, todos diziam, uma beleza única, e ela se acostumara a se ver assim, embora nunca tivesse entendido muito bem o que aquilo significava, talvez que não era como as outras, que havia nela algo especial, ou talvez fosse apenas uma forma de dizer que não era tão bonita assim.

A espera se alongava mais do que o imaginado, ela ali na frente e ninguém, nada que significasse nem ao menos a menção de um convite. Já pedira várias vezes para falar com a Adriana, e todas as vezes a resposta de que ela ainda não havia chegado, até que a Adriana chegou. Luan disse que você tinha o meu convite, ela tentou ser o mais íntima possível, Adriana, sem nem se dar ao trabalho de lhe dirigir um olhar, querida, eu avisei ao Luan que não tinha mais convites, dá licença, aquele jeito acavalado, ela mordia com força os lábios enquanto a Adriana já ia longe. Calculou quanto tempo ainda teria antes de cair em desgraça e ser convidada a se retirar pelo segurança, a maioria dos convidados já havia entrado, talvez cinco, no máximo dez minutos. Foi quando Heiner apareceu.

Alto, muito alto. Loiro. Muito loiro. Foi a primeira coisa que pensou. Depois, que era uma das estrelas do festival. Havia visto uma foto dele no catálogo da programação. Passou mentalmente tudo o que conseguia lembrar sobre ele: diretor alemão, um filme de sucesso, grande prestígio, uma das promessas da nova geração. Devia ter uns trinta, trinta e poucos anos. Casado, não conseguia se lembrar se era casado. Filhos, não lera nada sobre isso. Mas lera num artigo, um longo artigo na primeira página do caderno de cultura, um dos grandes nomes do novo cinema alemão está revolucionando a linguagem, algo assim, Heiner Neumann, era esse o nome. E, assim que os olhares dos dois se cruzaram, algo a impulsionou, e, na mais improvável das atitudes, ela caminhou em sua direção estendendo-lhe a mão, Heiner!, feito velhos conhecidos, ele por um segundo retrocedeu espantado, mas logo se desvencilhou dos jornalistas, assessores, aspirantes de plantão e foi na direção dela, ela continuou sorrindo, Heiner!, mal reconhecia a própria voz, que lhe pareceu mais aguda do que o normal, ele pegou a sua mão. Ela achou estranho, quase ridículo, tudo aquilo parecia um sonho, ou uma encenação. Então, Heiner Neumann aproximou os lábios do dorso da sua mão, não foi propriamente um beijo, mais uma pantomima, pois o fingimento do beijo era mais importante que o beijo em si, murmurou algo, encantado, deve ter sido, e entraram juntos na festa.

Heiner estava encantado em conhecê-la, foi o que ele disse, numa algaravia que misturava espanhol, português e um pouco de francês. Anna também respondeu com sinceridade, ela também estava encantada, talvez fosse a iluminação, a tensão dos últimos acontecimentos, o fato é que via mas não via o rosto de Heiner, as marcas na pele, os olhos pequenos e opacos, os lábios muito finos, que o deixavam quase sem boca, ou apenas com uma imperceptível linha demarcando o lado de dentro e o lado de fora. Um homem feio, diriam muitos. Um rosto marcante, diriam outros. Mas naquele instante ela não prestou atenção em nada disso, Anna só pensou no festejado cineasta que a olhava cheio de desejo e curiosidade. Se apaixonaram ali, naquele primeiro olhar, é a versão que ela costumava contar e, a partir de certo ponto, a única versão possível, o que mais explicaria aquele encontro? Anna bebeu uma série de coquetéis coloridos, azul, rosa, indistinguíveis linhas amarelas e roxas, seus pensamentos flutuavam, leves, no ritmo da música. Havia muito tempo não se sentia tão feliz.

Antes mesmo de a festa acabar, Heiner pediu a um assessor que os tirasse dali, queria caminhar na praia, andaram algum tempo pela noite da praia de Copacabana, ela pensando se não seriam assaltados a qualquer minuto, ele falando despreocupadamente, interessado em tudo que dissesse respeito ao Brasil, cinema, comida, política, cultos de umbanda, de candomblé, depois falou do filme que sonhava em fazer, algum dia, se convencesse alguém a lhe dar o dinheiro, seu projeto mais pessoal, uma ruptura com o próprio cinema, um filme sem enredo, sem personagens, sem atores, sem autor, sem autor?, ela perguntou com curiosidade, é, um filme que se faz a si mesmo, cenas filmadas aleatoriamente, depois a montagem, também aleatória, feita por computador, uma obra feita pelo acaso, ela estranhou, mas ele logo mudou de assunto, e você?, ela contou que era atriz, falou da peça premiada, dos elogios que a crítica lhe fizera, tentou parecer o mais modesta possível, mas, ao mesmo tempo, que ele percebesse quem ela realmente era, alguém com perspectivas, com um futuro brilhante, havia dito o crítico. Ele se mostrou surpreso e entusiasmado, estava mesmo procurando uma atriz para o seu próximo filme, aquele sem atores?, ela perguntou espantada, ele riu, não, esse é só um projeto, falo do meu próximo filme mesmo, já está em fase de produção, a história se passa no Brasil, é sobre uma jovem alemã que vem ao Brasil em busca das suas raízes, acaba se envolvendo com um lutador de capoeira e fazendo com ele uma viagem pela Floresta Amazônica, seria incrível se ela se dispusesse a fazer o teste, não é de protagonista, mas é um ótimo papel, o mais interessante, segundo Heiner. Anna sentia o futuro tomar corpo, claro, claro que faria o teste.

Caminhavam na beira da água, e, por mais que ela erguesse o vestido, vez ou outra as ondas molhavam a barra da saia, pensou que não poderia devolvê-lo à loja naquele estado, mas logo em seguida vinha um novo pensamento, ao qual ainda estava se acostumando, agora nada, nada mais tinha nenhuma importância. A existência de Heiner a transformara, a atenção que ele lhe dava. O céu já exibia os primeiros indícios do dia quando voltaram para o hotel. Atravessaram o saguão e se dirigiram aos elevadores, o assessor o esperava no caminho, se precisava de mais alguma coisa, se isso, se aquilo, Heiner o dispensou com um sorriso e um discreto aceno. Ela se olhou no espelho que os rodeava, ela e o grande diretor, os pés cheios de areia grudando nos sapatos de salto altíssimo, sentia-se linda, mais linda do que nunca, os pensamentos acarinhados pelo álcool.

Quando saiu, por volta do meio-dia, tudo havia mudado. Sob a luz do sol forte o vestido já não parecia tão bonito, a bainha ainda úmida de mar, além disso ela vislumbrava algumas pequenas manchas de bebida ou de gordura, o tecido amarrotado, já não tinha o tom carmim da noite anterior. E até os sapatos, desconfortáveis, como se tivessem encolhido. Voltara à vida normal, pensou, enquanto esperava que o porteiro chamasse um táxi. Heiner tinha uma série de entrevistas, mas voltariam a se encontrar no final da tarde, onde?, ela perguntara tentando parecer desinteressada, se é que isso era possível àquela altura. De dia, Heiner era ainda mais feio que à noite, o topete que ele usava na tentativa de esconder as entradas laterais o deixava com uma expressão desfavorecida. O sexo fora decepcionante, ele estrebuchara por alguns minutos e depois caíra, esvaído, em cima dela, mas sexo sempre decepciona num primeiro encontro, Anna se conformou, ele devia estar nervoso, os dois estavam, mas depois, com a mansidão que o tempo dá, ele iria, pouco a pouco, se adaptando ao corpo dela, aos seus rumores e idiossincrasias. Tinha certeza.

    Combinaram de se encontrar às nove da noite no bar do hotel. Anna passou o dia entre um desmesurado entusiasmo e o medo de que ele sumisse. Tão fácil desaparecer. E se até o mais insignificante dos homens fazia isso, que dirá alguém famoso como Heiner. Quantas mulheres devia conhecer todas as noites? Para quantas já não prometera papéis incríveis em um novo filme? Luan ligara o dia inteiro, devia estar louco para saber as novidades, todos comentavam da atriz brasileira Anna Marianni, claro, porque agora ela era atriz, por quem Heiner Neumann havia se encantado, Luan, ele que não ajudara em nada, pois agora que ficasse ali, deixando mensagens espirituosas na secretária e dando entrevistas para as revistas de fofocas. Que aproveitasse os seus quinze minutos de fama.

2

Anna chegou ao restaurante do hotel com estudados quinze minutos de atraso, num encontro como aquele cada segundo era importante, tempo de menos poderia dar a Heiner a impressão de que ela estava ansiosa demais, ali, à sua disposição, mas se demorasse muito havia o risco de ele se cansar da espera e ir embora, ou de aparecer alguma dessas groupies que costumam assediar os diretores. Sentia-se ansiosa, sem saber como agir, seu humor pendia entre imaginar-se importante, praticamente a escolhida, e a sensação de insegurança, Heiner era tão mais do que ela.

Ele já estava lá e, para a surpresa dela, conversava com uma mulher loura, que jogava a cabeleira de um lado para o outro enquanto mostrava os dentes branquíssimos em exagerados sorrisos, Anna empalideceu, o corpo tremia. Heiner demorou alguns segundos para perceber a sua presença, mas, ao vê-la, levantou-se e beijou-a na boca de modo casual. Anna sorriu. Esta é a Helena, ela tem uma produtora em São Paulo e estamos conversando sobre uma possível coprodução para meu próximo filme, aquele de que te falei, da Floresta Amazônica, esta é Anna Marianni, grande atriz com quem eu faço questão de trabalhar, Anna sorriu para Helena, que retribuiu com forçado desinteresse. Anna não cabia em si de felicidade, então não era apenas um ardil para seduzi-la na noite anterior, como imaginara, mas Heiner realmente estava planejando incluí-la em seu próximo filme, ele havia percebido seu talento, e, mais do que isso, que ela era muito mais do que parecia ser. Helena pediu desculpas, tinha um compromisso, parecia nervosa, pequenas linhas se formavam sobre o lábio superior, se despediu dos dois, e por um momento ela achou que Helena e Heiner tinham bem mais intimidade do que uma simples relação de trabalho, não soube precisar o quê, não viu nada demais, mas ficou em dúvida, algo, talvez um gesto, a mão que pousa no ombro do outro, o olhar que se demora uns segundos a mais. Depois, durante o jantar, como quem não quer nada, perguntaria a Heiner, e a Helena, vocês são amigos faz tempo? Ele beberia o resto da caipirinha e diria que não, que haviam acabado de se conhecer, fora indicada por outro produtor com quem ele já trabalhara em Buenos Aires. Anna teve a intuição de que a história não era bem assim, mas preferiu não pensar mais naquilo, não fazia sentido se preocupar com as mulheres que se aproximavam dele, ficaria louca. E, mesmo que eles tivessem tido qualquer coisa, a situação havia mudado, e agora era ela, Anna, quem estava ao seu lado, e tinham um futuro pela frente.

Heiner pareceu-lhe um homem extremamente culto, interessante, já naquela época, conhecia o mundo todo. Antes de se tornar um cineasta famoso, passara um ano trabalhando como voluntário na Tanzânia, depois outro na

Austrália, num projeto com aborígenes, e outro no Japão, isolado num templo budista. Falava vários idiomas, alemão, inglês, francês, espanhol, e mesmo antes de conhecer Anna já dominava alguns rudimentos de português. Mas não era isso o que mais chamava a atenção dela, o que mais a atraía, na verdade, o que mais a impressionava era o fato de que, mesmo assediado pelas mais belas mulheres, Heiner parecia só ter olhos para ela. Anna percebia a forma como ele a seguia, como observava o seu corpo, fingindo que não se tratava de um corpo, fingindo que examinava um quadro ou uma imagem no monitor. E queria saber tudo, por que havia decidido ser atriz, como fora a sua formação, em que filmes tinha trabalhado, como era a sua família, se tinha irmãos, pais, avós, se se dava bem com eles, onde e com quem morava, tudo. Ela contou que a carreira de atriz era muito difícil, a concorrência, os estudos, tudo exigia muito, noites sem dormir, insegurança, o que mais a assustava, a insegurança, se haveria algo ou alguém que lhe estendesse a mão no dia seguinte, se o seu trabalho seria elogiado ou, pior que qualquer crítica, ignorado como se não tivesse existido, medo de fazer as escolhas erradas, medo de engordar, ela passava dias sem comer, bebendo refrigerante zero, depois lhe disseram que dava celulite, medo de ter celulite, tentou parar, mas nunca foi capaz, litros de refrigerante zero todos os dias, e o cigarro, por sorte ele não se incomodava com o seu cigarro, às vezes falava nos perigos para a saúde, envelhece, mas mais como se lesse um manual de instruções do que como se realmente esperasse dela algum tipo de mudança. E assim conversaram horas naquele restaurante, ela falou do medo, o medo que a espreitava, medo de quê?, ele perguntou, e ela disse a verdade, que não sabia, que era medo de tudo e ao mesmo tempo de nada, às vezes um medo concreto, de trabalhar, de sair de casa, outras um medo etéreo, que poderia se transformar em qualquer coisa, em ódio, em loucura, em vingança, em amor?, ele perguntou, sim, em amor, ela disse sem entender direito, muito medo de não ter dinheiro para pagar as contas no fim do mês, o apartamento que dividia com uma amiga, também atriz, o medo de não dar certo, de não ser reconhecida por seu trabalho, de não ser reconhecida na rua, porque uma atriz que não é reconhecida na rua não é uma atriz, ela pensava, por mais que tenha estudado e recebido prêmios e elogios, o dia em que tiver que sair de chapéu e óculos escuros poderei descansar um pouco, ele riu, tanta coisa, falou de dona Clotilde, a madrinha, morei muitos anos na casa dela, aqui pertinho, em Copacabana mesmo, e seus pais?, Heiner perguntou, o assunto que Anna evitava abordar, disse apenas, meu pai eu não conheci, morreu antes de eu nascer, minha mãe mora noutra cidade, no interior de Minas, mentiu, falaram por horas naquele dia, beberam várias garrafas de vinho, o restaurante fechou e foram para a pequena varanda do quarto de Heiner, e depois para a cama do quarto de Heiner e depois para a banheira do quarto de Heiner. Anna achou que mais uma vez o sexo havia sido sem graça, ele pouco se esforçando para se adequar ao ritmo do corpo dela, mas não se importou, ali, com Heiner, sentia que o medo perdera sua força anterior, agora todo o futuro, e também o passado, se apresentava cheio de esperanças.

 Casaram três semanas depois. Não no papel, casaram de ir morar juntos, na Alemanha. Anna apareceu em seu apartamento, depois daquelas semanas em que praticamente havia se mudado para o hotel do Heiner, e disse para Rose, tenho novidades, estou indo embora, e ela, o quê?, não acredito, falou de Heiner, não acredito, ela repetia, estamos apaixonados, não acredito, vamos nos casar, não acredito, estou indo morar com ele na Alemanha, não, não posso acreditar, Rose parecia uma vitrola quebrada de tanto que repetia não acredito, não acredito. Anna gargalhava, sentia-se extremamente generosa, deu um longo abraço e um beijo em Rose, pode ficar com a geladeira e o resto dos móveis, pagou dois meses adiantado, pegou suas coisas, que se resumiam a duas malas de roupas, uma maleta de maquiagem, meia dúzia de livros de interpretação, um exemplar de *O homem e seus símbolos*, e *Crepúsculo dos deuses* em dvd. O restante, decidira jogar tudo fora, não queria nenhuma lembrança, nenhuma fotografia, nada. A partir dali só a Alemanha, e Heiner, e todo um mundo que ela desconhecia, mas que se mostrava muito melhor do que seus mais extravagantes sonhos. Heiner era ninguém mais ninguém menos do que um dos mais importantes cineastas da época, e ela seria sua musa, filmaria no coração da Floresta Amazônica, jamais havia se atrevido a imaginar algo assim, tão clichê que aquilo tudo parecia, a musa de um homem como ele, que criaria suas protagonistas pensando nela, seus filmes, suas entrevistas, tudo pensando nela, se sentia, pela primeira vez, uma atriz de verdade.

Anna pegou suas malas, deu um beijo em Rose e foi embora. Sempre teve uma grande facilidade em ir embora, como se o passado, tão tênue, rapidamente se dissipasse. Não que algumas vezes isso não tenha lhe causado certa tristeza, mas, mesmo assim, era algo que a impulsionava, e uma alegria que vinha logo depois. Ir embora era como ter uma segunda chance. A verdade é que, naquela época, não havia nada nem ninguém que significasse um laço, um compromisso, e tudo colaborava para que ela conseguisse se manter na superfície, jamais se aprofundar, jamais tocar a densa matéria do sofrimento, algo que na mínima aproximação a engoliria sem retorno, e havia a mãe, claro, mas a mãe era um nó cego, não era um laço, cuidaria dela assim que pudesse, fora isso, conhecia muita gente, todos diziam que, além de linda, era alegre, engraçada, que quando chegava, onde fosse, era impossível não olhar para ela, a beleza tão fora do comum, mas não só isso, algo, algo que fazia com que ela se destacasse, e com que muitos se apaixonassem, homens e mulheres, colegas com quem dividia noites, cervejas, garrafas de vinho, mas amigo, amigo, desses de sentir falta, de ligar no aniversário, no Natal, nunca teve. Um amor?, também não. Talvez a culpa fosse dela, ao mesmo tempo que sempre ansiava pelo olhar, pela atenção, pelo amor das pessoas, ao conseguir o que desejava, não sabia o que fazer com aquilo. Quando alguém lhe perguntava, você o ama?, ela sempre, uma pausa de um ou dois minutos, mesmo que já soubesse a resposta, que a tivesse na ponta da língua, ela respondia, amo, mas do meu jeito, que era uma forma elegante de dizer, não, não amo, mas queria muito amar. E a frase se repetiria tantas vezes, amo do meu jeito, no fundo, cada um ama do seu jeito, talvez fosse a única forma possível, ela pensava.

E foi assim, amando Heiner do seu jeito, que Anna embarcou num avião rumo à Alemanha. E só doze horas depois, quando o avião já aterrissara e eles tinham passado pela alfândega, é que se deu conta de que aceitara ir embora, largar tudo de uma hora para outra, sem ter a menor ideia de onde iam morar, em que cidade, ou ao menos se norte, sul, leste, oeste, talvez porque para ela a Alemanha era algo tão estrangeiro e inimaginável que tanto fazia a cidade, o bairro, a rua ou qualquer outra exatidão.

No aeroporto de Frankfurt a calefação era tão potente que ela se sentiu até boba por ter acreditado no rigor do outono germânico, ou até mesmo do inverno, não podia ser tão ruim, Anna se sentia ótima com seu blazer de veludo e sua calça jeans, as botas de salto altíssimo incomodavam os pés inchados, mas nada que a assustasse. Vamos pegar um táxi, ele disse, são muitas malas para irmos de trem, quero que você se sinta confortável. Anna sorriu e achou graça, jamais lhe passaria pela cabeça um homem como aquele andando de trem, mas logo veio a dúvida, afinal, que tipo de homem era um homem como Heiner? Ela estava em meio a esse tipo de questionamento quando as portas automáticas se abriram e ela sentiu o ar seco e gélido atingindo o seu rosto feito uma bofetada. Então aquilo era estar em outro país.

Da janela do táxi o dia dava seus últimos suspiros, não eram nem cinco horas da tarde. Para onde vamos, se atreveu a perguntar, para casa, Heiner respondeu com naturalidade. Anna sentiu uma mistura de alívio e alegria, para casa, para onde mais iriam, para casa. Não falavam sobre isso, mas estava claro que se tratava de um teste, se amariam o suficiente? Anna teve uma pequena noção do que havia feito, meu deus, deixara tudo para trás e agora estava ali, com um homem que mal conhecia, num país estrangeiro, sem família, sem amigos, com pouquíssimo dinheiro, e se ele fosse um psicopata? Heiner parecia ler os seus pensamentos, não se preocupe, disse enquanto apertava a sua mão, sei que é uma mudança muito radical, mas a gente se ama, seremos muito felizes, tenho certeza disso. Anna reprimiu uma gargalhada, de onde ele tirava aquela certeza toda? Baseado em quê? Você mora em Frankfurt?, perguntou sem saber como lidar com aquilo. Moro numa cidade bem perto de Frankfurt, em Mainz. É uma cidade muito bonita, na beira do rio, do Reno, uma cidade medieval, e também universitária, com uma catedral belíssima, que começou a ser construída no século v, você vai adorar. É a cidade de Gutenberg, o inventor da imprensa, você sabe, a imprensa, que possibilitou a circulação de livros de uma forma antes inimaginável, há um museu muito completo, na antiga casa de Gutenberg. Ela sorriu, ele falava como um professor, ou um guia turístico, e como ela não tivesse a menor ideia de quem era Gutenberg, mas não disse nada, apenas se repreendeu mais uma vez por ter sido tão ridícula de não ter ao menos perguntado em que cidade iriam morar. A viagem durou uns quarenta minutos. Mainz-Gonsenheim, ele disse, minha casa não é exatamente em Mainz, na cidade, mas nos arredores, um bairro muito bonito, residencial, você vai adorar.

Já estava escuro quando finalmente chegaram em Mainz-Gonsenheim. Era uma casa grande, com um belo jardim. Ao se aproximarem acenderam-se automaticamente luzinhas que iluminaram as variadas flores que o adornavam, que lindo, ela disse, você mesmo cuida?, e ao dizer isso lhe veio um calafrio, como ele poderia cuidar daquele jardim se estivera no Rio no último mês?, mas logo pensou, empregados, lógico, sua boba, ele tem uma série de empregados, e sorriu aliviada com suas preocupações sem sentido. Quem cuida do jardim são os vizinhos. Os vizinhos? Repetiu, achando que não havia entendido direito. A casa é deles, eles moram no andar de baixo e alugam o de cima, um casal muito simpático, você vai adorá-los. Anna sorriu, e se perguntava, como Heiner podia ter tanta certeza de que ela ia adorar tudo aquilo? Ela ia adorar a Alemanha, ela ia adorar a catedral, ela ia adorar Mainz-Gonsenheim, o subúrbio da pequena cidade universitária, ela ia adorar os vizinhos, ela ia adorar dividir o jardim e a casa com eles no andar de baixo.

Heiner tocou a campainha, a campainha da própria casa, pensou Anna, para avisar que chegamos, em menos de um minuto apareceu um casal de uns sessenta e poucos anos, talvez mais, que o recebeu com abraços e exclamações de alegria, provavelmente não a tinham visto ainda, ela se posicionara meio metro atrás de Heiner, em silêncio e com um sorriso estampado, caso alguém resolvesse notá-la. Após alguns minutos, Heiner disse qualquer coisa incompreensível e apontou para Anna. E, pela primeira vez, ela se deu conta do que significava não falar alemão. E foi tomada pelo mais profundo terror.

Heiner e o casal se cumprimentaram, ela permaneceu muda, logo ela, totalmente muda, sorriu, pretendia dar um beijo em cada um, mas o beijo, antes mesmo que ela se aproximasse, foi substituído por um aperto de mão. Apertou a mão do senhor e da senhora Müller, Heiner os apresentou, o senhor e a senhora Müller retribuíram com educados sorrisos de boas-vindas. Heiner subiu com as malas pela escadinha íngreme que levava ao andar de cima, ela foi logo atrás. Muitas vezes Anna relembraria aquela imagem, o momento em que ele colocou a chave na fechadura, antes que ele a virasse e abrisse a porta, e a sensação de estar diante do crupiê e sua roleta, os números viciados.

Quando Heiner abriu a porta o que surgiu foi um belo apartamento, muito maior do que ela imaginara, com poucos móveis, todos caríssimos, soube depois, uma varanda e a vista, uma vista da qual naquele momento não tinha como usufruir, mas que no dia seguinte, com um misto de surpresa e felicidade, seria uma das vistas mais bonitas que já vira, o apartamento ficava em frente a um bosque, e o vidro era um caleidoscópio de amarelos e marrons que despontavam das árvores outonais. O apartamento parecia cenário de um filme, imaginou-o cheio de amigos, festas, recepções. Heiner logo a levou até o quarto, a janela era bem pequena, a menor da casa, mas era amplo, ali, seguindo o estilo dos outros cômodos, apenas uma cama de madeira clara com lençóis brancos, um cobertor e travesseiros brancos, um armário de madeira, desses típicos alemães. Completando, uma mesa de cabeceira também de madeira, um abajur acobreado de design, e nenhum quadro na parede. Anna se deixou cair em cima da cama, Heiner jogou-se em cima dela. Treparam com entusiasmo. Ela fechava os olhos e pensava, como era possível, pouco tempo atrás, a vida lhe parecia algo tão assustador, uma constante competição, e agora estava ali, noutro país, segura, naquele apartamento incrível, trepando com aquele homem, feio, mas incrível, o que mais ela poderia querer?

Quando acordou no dia seguinte, Heiner já havia providenciado o café da manhã. A mesa de madeira maciça e quatro lugares, quatro pratos, quatro xícaras, quatro garfos, quatro facas, quatro colheres, quatro guardanapos de linho. Sobre a mesa também, uma cesta com pães variados, frutas reluzentes, geleias, manteiga disposta em fatias, queijos, alface, tomate, talos de pimentão e cenoura, um bolo de sabor não identificado. Mas, quem vem tomar café com a gente?, perguntou imaginando que aqueles dois lugares extras eram apenas cenografia, os meus locatários, ele respondeu com naturalidade, já te disse, sou como um filho para eles, estão querendo saber de mim, e principalmente te conhecer, claro. Claro. Anna mal conseguia disfarçar sua decepção, haviam acabado de chegar e ele convidara os vizinhos para a lua de mel, ela que imaginara ao menos alguns dias de um apaixonado enfim sós, onde estavam o entusiasmo, a paixão, os gestos de romantismo? Mas, afinal, o que ela sabia de Heiner e da vida de Heiner e das idiossincrasias de Heiner?, e foi quando, pela primeira vez, se deu conta que não sabia absolutamente nada sobre Heiner, quem eram seus pais? Como se chamavam? Tinha irmãos? E os amigos? Fora casado? Tinha filhos? Nem mesmo a seus filmes ela havia assistido. Nem ao menos poderia dizer que havia se apaixonado pelo artista, pela obra do artista, na verdade ela se apaixonara pelo que os outros diziam sobre a obra do artista, seria isso?

Não, não queria que Heiner a achasse intransigente, Herr e Frau Müller que se aboletassem por ali o tempo que quisessem, tudo bem, Heiner, não se preocupe, se é importante para você, afinal, é só um café, ela disse, passando as unhas suavemente em seu ombro, porém sem abrir mão de incutir um leve tom de contrariedade ao que dizia, um toque de insatisfação por trás de cada palavra, se é importante... é só um café... mas logo percebeu que, como o português de Heiner ainda era bastante tosco, escapava-lhe qualquer tipo de sutileza, Heiner e sua genialidade. Ele a abraçou, beijou-a no rosto e disse animado, você é tão linda, tão alegre, eles vão te adorar, tenho certeza. Anna sorriu de má vontade e se viu obrigada a aceitar que ironias e subtextos eram armas fora de combate.

Meia hora depois tocou a campainha. O casal Müller cumprimentou Heiner com alegria esfuziante e Anna com um olhar de surpresa e talvez desconfiança. Heiner os apresentou formalmente, Frau e Herr Müller, Anna Marianni, Anna Marianni, Frau e Herr Müller. Anna sorriu dócil e calorosa. Frau e Herr Müller a examinaram de cima a baixo e sorriram também. Ambos grisalhos, cabelo curto, ambos de calça jeans e suéter de lã, pareciam irmãos, desses casais que depois de muitos anos juntos começam a mimetizar um ao outro, Frau e Herr Müller não eram mais duas pessoas, sem diferenças morfológicas aparentes, haviam se amalgamado num único ser, sem dobras nem arestas. Mas a semelhança não era apenas física, era também anímica, se revelando nos gestos, no olhar e até na mania de chupar os dentes após uma garfada de bolo ou um pedaço de pão, produzindo estranhos ruídos e formando uma série de pequenos vincos em torno da boca. Estranha irmandade essa, que se dava também entre gêneros, espécies e até entre reinos, como é o caso de certos cães e seus donos e de entusiastas da jardinagem com suas samambaias.

Anna decidiu afastar os maus pensamentos, seriam felizes ali, o sol da manhã é fraco, mas alcança a varanda e a sala de jantar. A vista é belíssima, a casa fica em frente ao parque, explica Heiner, traduzindo a fala de Frau Müller. Sim, é lindo!, Anna concorda, Heiner traduz, o casal sorri benevolente, se precisar de alguma coisa é só falar, diz Frau Müller, Heiner traduz, Anna agradece, Anna gesticula e agradece o tempo todo, ela era de verdade uma boa atriz. Eles acharam você muito bonita e simpática, disse Heiner quando o casal finalmente foi embora. Ele parecia aliviado, talvez tivesse medo dessa conjunção, o choque entre mundos tão diferentes, Anna e os Müller, o mundo de Anna e o resto do mundo. Agora só faltava o curso de alemão. Não se preocupe, você logo aprenderá a língua, segunda iremos à universidade resolver as burocracias do curso, em seis meses você será capaz de se comunicar sem problemas. Ela deu uma gargalhada, Heiner era um otimista, nem em vinte anos seria capaz de compreender aquela língua, não se apavore, aos poucos você verá que não é tão difícil como parece. Anna o abraça tomada pela desesperança.

3

Anna já estava havia quase um ano em Mainz-Gonsenheim, nem se atrevia a dizer Alemanha, porque da Alemanha ela ainda não havia visto quase nada, Heiner viajava praticamente o tempo todo, e ela passava os seus dias entre as aulas na universidade e a espera de um telefonema ou uma mensagem do famoso e ocupado cineasta com quem se casara. Heiner dizia que, assim que ela dominasse minimamente o idioma, ele poderia incluí-la em seus projetos, e passariam a viajar juntos, mas por que você não inclui uma personagem estrangeira no seu filme, afinal, o que aconteceu com o tal filme da Amazônia?, e ele, com toda a calma, explicava que não, que esse projeto ainda não havia sido aprovado, que no momento haviam começado as filmagens de outro filme, passado na Alemanha mesmo, roteiro pronto e aprovado antes de se conhecerem, e que ele não podia fazer esse tipo de modificação agora, por causa das locações e da produção e do dinheiro da produção e uma série de outras bobagens. É só por um tempo, ele dizia, por isso, quanto mais você se dedicar ao curso, mais rápidas serão as mudanças.

Anna se olhava no espelho e não se reconhecia, a Alemanha, o clima, ou o que quer que fosse que havia por lá, a transformara em outra pessoa. As roupas de inverno que insistiam em cobri-la até o pescoço davam ao seu corpo um acanhamento insuspeito. Mas não só isso. Alguém fora de seu idioma e de seu código social, reduzido a momices e estertores, uma caricatura de si mesma, ou pior, uma versão piorada, desprovida de humor, na qual seus maiores medos vinham à tona. Talvez fosse um fenômeno comum, as pessoas eram elas mesmas mais a variável correspondente ao lugar onde se encontravam, e essa equação podia provocar as transformações mais assustadoras: um homem generoso ver aflorar em si pequenas mesquinharias, uma mulher cheia de coragem deparar com a menina assustada que poderia ter sido, um velho, conhecido pelo seu otimismo e sua energia, de repente prostrado numa cadeira de balanço. O que acontecera?, Anna se perguntava, e a cada dia tornava-se mais difícil levantar da cama, e até mesmo seus sonhos com uma grande trajetória artística iam perdendo a cor, talvez ela não fosse tão incrível assim, talvez Heiner, iludido pelo entusiasmo solar da cidade maravilhosa, houvesse se enganado, e só percebido o engano ao olhar para ela, ali, em Mainz-Gonsenheim, como realmente era, uma aspirante a atriz como tantas outras, como toda uma turba que desapareceria sob o impassível manto da mediocridade. Os pensamentos de Anna iam se tornando cada vez mais sombrios, talvez acentuados pela percepção de que suas ambições anteriores em nada correspondiam à realidade: nada de jantares de gala, nada de atuações inesquecíveis em filmes premiados em Cannes, tapetes vermelhos, aplausos, holofotes. E quando chegava nessa parte a autocomiseração era substituída pela raiva, como era possível?, afinal, ela era uma atriz de talento, casada com um diretor famoso, um homem importante, havia largado tudo por ele, e em vez de se tornar sua musa, ou ao menos de ter um papel de menor importância, ele a enterrava ali, naquele fim de mundo. Quem ele achava que era? No início nem percebia que se tratava de raiva, ódio até, sentia apenas um incômodo, uma inquietação, depois dores de cabeça, cada vez piores, que a faziam parar no hospital, soro, descanso, enxaqueca, diagnosticara o médico, prescrevendo-lhe um tratamento para evitá-la, analgésicos fortíssimos que a deixavam com sono e a sensação ainda mais forte de estar em outro lugar.

Sua vida social nunca fora tão parca, resumia-se aos poucos convites que surgiam por parte dos colegas de curso, já que Heiner parecia não ter amigos, não ter vida social, só trabalho e trabalho, ao menos era o que ele dizia, e quando estou em casa quero descansar, ficar em casa, não ver ninguém, não fazer nada, e a Anna só restava acompanhá-lo nesse descanso que para ela significava arrastar-se por intermináveis horas de tédio. Às vezes tentava puxar assunto, mas Heiner respondia com monossílabos, ao contrário do homem que fora nos primeiros tempos, parecia não gostar de falar sobre sua vida nem sobre o que estava fazendo, como vai o filme?, Anna perguntava, falta muito para terminar?, e o tal filme sem filme?, perguntas que sempre o deixavam mal-humorado, respondia com monossílabos e mudava de assunto, até que ela foi desistindo, e as conversas se resumiam aos seus pequenos progressos nas aulas de alemão e questões do dia a dia: a casa, o jardim, o supermercado. A pouca convivência eram então essas conversas e sexo, pois do sexo ele continuava fazendo questão. Um sexo burocrático e sem vida, mas que Anna aceitava por comodidade ou talvez por um sentimento de esperança que insistia em continuar.

No final do semestre, um dos alunos do curso resolveu fazer uma pequena reunião em casa, foi o que ele disse ao fazer o convite, estava voltando para a Colômbia e queria se despedir dos amigos, apenas alguns bons amigos, e Anna sentiu-se feliz por ser uma das escolhidas, apenas alguns amigos, e acabou aceitando. Chegou na casa de Mauro sentindo-se um pouco deslocada, a verdade era que, apesar do convite "apenas alguns bons amigos", eles mal se conheciam, algumas palavras trocadas na cafeteria, conversas sobre qualquer coisa nos intervalos, nada que significasse um laço, um encontro. Mas talvez fosse assim mesmo, longe de casa e diante da ameaçadora solidão que os espreitava, tudo se tornava mais forte, mais rápido, a relação entre as pessoas, o que as unia, bastava um sorriso, um idioma, ou mesmo um continente em comum para que se estabelecesse essa nova irmandade. O apartamento, que ele dividia com mais dois amigos, estava lotado, ouviam-se diversos idiomas, música alta, e havia um amontoado de caixas de cerveja na pequena varanda com vista para uma fabriqueta e algumas árvores sem folhas. Mauro a recebeu com grande entusiasmo, provavelmente provocado pelo excesso de álcool, que já corria entre os convidados. Anna aceitou com alegria a margarita que ele, logo na segunda frase, lhe ofereceu. Naquele momento teve certeza de que realmente havia se transformado em outra pessoa, ou uma versão dela mesma, na qual suas características mais indesejadas, a timidez, a insegurança, que antes ela conseguia disfarçar, agora haviam se exacerbado. Agarrou-se ao copo de margarita como a um salva-vidas. Olhou em volta, não conhecia praticamente ninguém, o alemão que falava não ia além do básico da sobrevivência, e o espanhol, idioma que entendia, ainda se mostrava pouco maleável para manter uma conversa. Resolveu caminhar entre as pessoas à procura de algum conhecido, havia alguns brasileiros no curso, talvez estivessem por ali. Acabou atraída pelo nome de Heiner, Heiner Neumann pronunciado por uma voz feminina, virou-se para ver de onde vinha e se deparou com duas mulheres que conversavam animadamente sobre o último filme daquele homem com quem Anna havia se casado, Heiner Neumann é genial, disse uma jovem vestida de preto, brasileira, estudava cinema, e pela forma de se referir a Heiner parecia colocá-lo num altar, para o qual rezava cheia de fé. Aproximou-se numa mistura de raiva e curiosidade, sem revelar que se tratava do seu marido. A jovem se chamava Priscila e continuou falando por um longo tempo sobre as qualidades artísticas de Heiner, lera que ele pretendia fazer um filme no Brasil, que tivera um caso com uma atriz brasileira. Ao ouvir isso, Anna engoliu o que restava da margarita e segurou sua vontade de gritar ali mesmo, não, ele não teve um caso, ele casou com uma atriz brasileira e está muito bem-casado, casado, viu? Anna sentia um aperto na boca do estômago e um frio que lhe percorria o corpo, como se as palavras da garota fossem a prova daquilo que ela havia muito suspeitava, mas se recusava a admitir, ela, Anna Marianni, não existia, desaparecera ao cruzar o Atlântico, você está se sentindo bem?, a outra mulher era alemã, mas falava um português perfeito, não é nada, uma queda de pressão, nada demais, já estou ótima. Logo Anna soube que ela havia morado alguns anos na Bahia, falava também espanhol, inglês, francês, finlandês, quéchua e russo, era tradutora, casada com um músico peruano, chamava-se Birgit. Anna e Birgit ficariam amigas, mas uma amizade que só começaria um mês depois, quando se reencontrassem por acaso num supermercado. Naquele momento, porém, na festa, Anna pediu desculpas e se afastou o mais rápido possível daquela armadilha, melhor seria conseguir outra margarita. Depois da terceira já se sentia minimamente recuperada para fazer mais uma tentativa, a última, de se enturmar com os convidados. Mas nem foi necessário se esforçar muito, logo se aproximou dela um casal extremamente simpático, Wolfgang e Jennifer, ele alemão e ela americana, haviam morado muitos anos no Brasil, tinham uma empresa com sede nos dois países, Jennifer era quem mais falava, tinha um jeito maternal e alegre que fez com que Anna se sentisse reconfortada, quiseram saber da sua vida, o que fazia, se estava gostando da Alemanha. Anna contou-lhes uma série de meias-verdades, o marido era alemão, ela era atriz, assim que terminasse o curso de idioma se inscreveria na universidade, ainda não sabia o que iria estudar, talvez artes cênicas, que maravilha, dizia Jennifer, acompanhada de olhares de aprovação do marido, como se Anna estivesse relatando uma vida de grandes feitos e projetos futuros, pegou mais uma margarita, já havia perdido a conta de quantas tomara, e deixou-se cair na poltrona em frente ao sofá onde o casal havia se sentado, que maravilha, então vocês vivem cá e lá, eles sorriram, sim, no nosso caso, é indispensável ter uma filial aqui, ah, que interessante, Anna ficou sem saber se deveria ou não fazer mais perguntas, temos uma agência de casamento, ah, Anna sorriu sem graça, e ao mesmo tempo com certa curiosidade, como era isso? Jennifer riu, claramente já esperava aquela reação, aproximou-se um pouco mais, colocou a mão direita sobre o antebraço de Anna e explicou, possibilitamos o encontro de almas gêmeas que, se não fosse a tecnologia, jamais teriam se conhecido, Wolfgang acrescentou, somente pessoas idôneas, cujas informações nós investigamos com o mais extremo cuidado, Anna continuava sem saber o que dizer, acabou falando, meio sem pensar, prostituição?, Jennifer lhe lançou um olhar de profundo repúdio, o que é isso, claro que não, somos uma agência séria. Jennifer inclinou o corpo para trás, como se a suposição de Anna tivesse ferido seus mais profundos valores, depois aproximou-se novamente, continuou, agora num tom conciliatório, quase professoral, as pessoas ainda têm muito preconceito com esse tipo de empreendimento, mas a verdade é que graças a nós vários casais se formaram, muitos estão aí, casados, com filhos, felizes até hoje, disse Jennifer, vestida de maneira sóbria e elegante, um lenço de seda no pescoço que lhe dava um ar démodé, e veja bem, depois de certa idade as pessoas não têm mais tempo a perder, e não há nada pior do que a solidão, querida, envelhecer só, não tenha preconceitos bobos, você sabe que o preconceito pode nos afastar da verdadeira felicidade, não sabe? Anna, que sempre se considerara uma mulher sem preconceitos, agora se perguntava, afinal, o que era não ter preconceitos, aceitar qualquer coisa? O casamento como negócio? E o amor? Onde fica o amor?, Jennifer deu uma gargalhada, mas quem disse que nossos clientes não se amam?

Você, por exemplo, como você conheceu o seu marido? Anna levou um susto com a pergunta de Jennifer, que dispensara Wolfgang com um aceno de mão e falava agora quase no seu ouvido, desculpe a intromissão, pergunto apenas por motivos profissionais. Anna ficou sem saber o que responder, acabou dizendo, nos conhecemos no cinema, numa sessão de cinema, ah, que interessante, um ótimo exemplo, imagine que nesse dia você tivesse pego um engarrafamento e se atrasado, ou desistido de ver aquele filme? Não teria conhecido o amor de sua vida, não estaria aqui neste minuto, Anna teve vontade de rir, Heiner, o amor de sua vida, era só o que faltava, então, com a agência as chances de conhecê-lo aumentam a um nível jamais imaginado. É verdade, Anna achou melhor não discutir, despediu-se de Jennifer dizendo que precisava ir ao banheiro, Jennifer segurou-a pela mão, você tem uma beleza incomum, certamente é uma das mulheres mais bonitas que eu já vi, sua elegância, sua juventude, uma moça bem articulada, culta, percebe-se logo, você poderia frequentar qualquer meio, ter o homem que quisesse. Por um instante Anna se perguntou se aquilo não era uma cantada, mas logo ficou claro do que se tratava, se por algum infortúnio sua relação atual não for adiante, me procure. Jennifer entregou-lhe um cartão de visitas, nossa agência é a escolha das mulheres inteligentes, Anna deu um sorriso amarelo, pegou a bolsa e saiu cheia de pressa, tenho que ir, obrigada, tenho que ir mesmo, tchau, meu bem, Jennifer sorria, tchau, Anna fugiu atordoada, e nem percebeu que, em vez de jogá-lo fora, guardou o cartão na bolsa.

    Chegou em casa tomada por uma tristeza difusa, uma névoa cobrindo-lhe os olhos, provocada, sim, pela conversa com Jennifer, mas sem que isso fosse o verdadeiro motivo, afinal não tinha nada de tão terrível assim, apenas alguém tentando vender seu produto, só isso, a escolha da mulher inteligente, e o que Anna sentia era um desânimo tão grande, a sensação de que ela não era mais uma atriz, e, se ela não era mais uma atriz, o que restava era muito pouco, quase nada, uma tristeza, melancolia, sim, era essa a palavra. Melancolia. Tomou um banho, a água quase queimando suas costas, lavou o cabelo, os olhos fechados e a água que formava um casulo, uma couraça, a vontade de não sair dali nunca mais. Foi se encolhendo e ficou longos minutos ali sentada, talvez horas, a sensação de que algo se rompera em seu corpo, uma artéria imaginária. Com grande esforço desligou o chuveiro e se arrastou para fora do boxe, secou os cabelos e, ainda enrolada na toalha, sentou na beira da cama. Precisava fazer alguma coisa, ligou chorando para Heiner, algo estava dando muito errado em sua vida, pensou, precisava conversar com ele, mas o celular estava desligado, como sempre àquela hora. Heiner não gostava que o incomodassem à noite, as poucas horas de sono eram sagradas, dizia. Pensou em deixar uma mensagem, desistiu.

4

Depois daquele episódio, algo mudou. Nada perceptível por alguém do lado de fora, mas também não havia ninguém do lado de fora, nem família, nem amigos, nem mesmo Heiner. Ninguém que, com seu olhar, lhe devolvesse uma expressão de espanto, de ódio ou de encantamento. Heiner resolvera passar algumas semanas em casa, passeavam, saíam para jantar, fizeram algumas pequenas viagens pelas redondezas e num fim de semana foram a Paris. Anna pensava, que incrível, estou em Paris, deveria estar me sentindo a mulher mais feliz do mundo, quem não venderia a alma para estar em Paris, os cafés, os boulevards, a ópera, e surpreendeu-se lembrando muito da mãe com seu uniforme de empregada espanando bibelôs, limpando os banheiros da casa de dona Clotilde, seu corpo escuro e seco, sua ignorância, a mãe, para quem Paris era tão distante quanto a Lua, e ela agora em Paris, repetia a frase e os pensamentos, tentando convencer a si mesma, não, ela não era a mãe, ela, Anna Marianni, tinha outro destino, algo oposto, luminoso, estrangeiro àquela linhagem de opacidade e subserviência, Anna repetia, mas, por mais que insistisse, a intuição de que tudo aquilo não passava de um engano e de que a qualquer minuto a herança emergiria, estendendo-se feito lava sobre ela.

Num dos passeios à beira do Sena, Heiner pegou a sua mão, fez um carinho e começou a falar do filme, que logo passaria para a fase de pós-produção, o que significava duas semanas de trabalho sem descanso, tenho que ir a Berlim, vou me enfiar numa ilha de edição e de lá não saio nem para comer. Anna se afastou um pouco, deu um sorriso, eu vou junto, disse num tom decidido, daquela vez iria, quisesse Heiner ou não, tinha medo de voltar a Mainz-Gonsenheim. Você vai se entediar, meu amor, disse Heiner enquanto ajeitava o cachecol que lhe deixara descoberta parte do pescoço, ela segurou com força o seu braço, eu vou junto, mas o que você vai fazer lá?, tanta coisa, passear por Berlim, ir aos museus, eu não conheço a cidade, vai ser ótimo, vou me entediar muito menos do que me entedio em casa, e à noite a gente se encontra. Heiner acariciou a mão de Anna, repetiu, é melhor você ficar em casa, meu amor, eu sei o que estou dizendo, dirigia-se a ela feito quem fala com uma criança, à noite teria uma série de compromissos muito chatos, e sem falar alemão ela iria morrer de tédio, à noite estaria muito cansado, à noite, trabalharia a noite toda, à noite, seria um desperdício a noite, o melhor a fazer era ficar em Mainz e estudar, assim que ela dominasse a língua tudo se resolveria, iriam juntos a Berlim, e quanto mais ele repetia que tudo se revolveria, mais ela tinha certeza que nada se resolveria. Viu-se obrigada a aceitar a verdade de uma vez por todas, Heiner não a queria por perto.

Desvencilhou-se dele, me deixa, quero ficar sozinha, e acelerou o passo tentando se afastar. Heiner ainda chamou seu nome algumas vezes, ela continuou andando, subiu correndo as escadas que davam para a avenida principal, enveredou por algumas ruas estreitas, perdeu-se. Sentia um enorme alívio, desaparecer pelas ruas de Paris era uma ideia agradável, a ausência de Heiner, que ali finalmente deixava de ser uma ausência, sentou-se num café, fechou os olhos e fingiu que ele não existia. Agora sim estava em Paris. Pediu um café com leite e ficou ali, olhando a paisagem, o vaivém, o burburinho, sentiu-se bem pela primeira vez, o que pretendia ela afinal, com aquela vida em Mainz-Gonsenheim? Nunca aprenderia alemão, por algum motivo incompreensível, quanto mais tempo tinha para estudar, menos ela estudava, os livros impecáveis sobre a mesa da cozinha, o caderno de capa dura que Heiner lhe dera, o computador, toda uma coleção de lápis e canetas coloridas, para te incentivar, ele anunciava, cada vez que trazia um daqueles mimos, que nada mais eram do que um lembrete, olha, as aulas, não vá faltar, claro que não, ela respondia, mas mesmo que aquela fosse a sua intenção mais verdadeira, mesmo que naquele momento ela tomasse a decisão irredutível de nunca mais faltar, algo acontecia no dia seguinte. O frio que não a deixava sair da cama, um filme que a mantivera acordada até de madrugada, um livro que ela tinha que terminar. Às vezes chegava a tomar banho, se vestir e, quando estava tomando café, sem perceber, deixava o tempo passar até o meio-dia, outras, fazia tudo certo, sem atrasos, sem desculpas, mas por algum motivo pegava o bonde errado, ou se o bonde era aquele mesmo perdia o ponto, ou se descia no ponto certo mudava de ideia no meio do caminho, quantas vezes havia chegado quase em frente à sala de aula e saíra desgovernada em busca de um café. E todas as vezes ela se prometia que a partir de amanhã tudo seria diferente, e nunca era. A culpa era de Heiner, ela pensava. Anna tinha certeza de que se ele estivesse ali ao seu lado tudo seria diferente, tomariam café juntos, ele a deixaria na universidade antes do trabalho, depois a buscaria na hora do almoço, iriam a algum restaurante simpático das redondezas, um casal como outro qualquer. Mas não, sempre que perguntavam ela tinha que dizer, meu marido é diretor de cinema, trabalha muito, e todos ficavam impressionados ao saber com quem ela era casada, sim, ela havia tirado a sorte grande, mas tirar a sorte grande não significava necessariamente sorte.

Quando chegaram em Mainz-Gonsenheim, Heiner logo arrumou suas coisas e pegou o primeiro trem para Berlim. E Anna ficou lá, com a vontade imensa de tomar uma atitude, mas sem saber que atitude seria essa, fazer as malas e voltar para o Brasil?, ela pensava cada vez com mais frequência nessa hipótese, mas o exercício de imaginação estancava sempre que se via de volta ao Rio de Janeiro, de volta à estaca zero, sem dinheiro e sem ter onde morar. Decidiu esquecer qualquer tipo de resolução, ao menos por enquanto. Nesse mesmo dia, fazendo compras no supermercado, na geladeira apenas uma caixa de leite azedo e uma maçã, reencontrou Birgit, e se normalmente teria seguido em frente pelos corredores após um breve aceno, naquele dia, a necessidade de mantê-la perto, a companhia indispensável de quem quer que fosse, que tal um café?

Birgit contou do marido, o músico peruano, haviam se conhecido ali mesmo, em Mainz, ele tocando violino na rua para ganhar uns trocados, parecia tímido e ao mesmo tempo brilhante, a música poderia estar em qualquer sala de concerto, um talento, você precisa ver, Birgit se entusiasmava, mas logo comentou, o casamento ia de mal a pior, Andrés diz que está cansado daqui, tem saudades de casa, quer voltar, eu já disse que tudo bem, que vamos, mas nessa hora ele muda de assunto, diz que não quer tomar nenhuma decisão precipitada, eu sei que ele quer voltar sem mim, só está esperando reunir coragem ou algo assim. Birgit parecia resignada, e por que você não faz algo para impedi-lo?, Anna perguntou, fazer o quê, amarrá-lo ao pé da cama? Anna riu, surpresa com a conversa que rapidamente assumira esse tom tão íntimo, de velhas amigas, sentiu-se reconfortada, tinha vontade de segurar Birgit ali para sempre, abraçá-la, logo ela que nunca tivera amigas, amigas de verdade, dessas a quem se pode pedir qualquer coisa, companhia, colo, uma xícara de chá, você certamente entende melhor do que eu o que ele está sentindo, acha que há algo que eu possa fazer em relação a Andrés?, Anna pensou durante alguns segundos, não, nada, apenas esperar as coisas tomarem seu rumo. Contou então de Heiner, a história toda, com pequenas elipses e modificações, pela primeira vez, a história toda, e sentiu que somente então a história começava a existir, a pessoa que ela era ou que ela estava se tornando. Birgit a ouviu com atenção, depois fez alguns comentários e perguntou, e o que você está esperando?, que as coisas tomem seu rumo, Anna respondeu.

 A amizade com Birgit lhe deu um novo alento, falavam-se quase todos os dias, Birgit a visitava com frequência, levava pão, verduras orgânicas, chá, cozinhavam juntas, faziam biscoitos, geleias, acendiam essências aromáticas, velas coloridas pela casa, bebiam chá, vinho e conversavam sem parar. Às vezes Birgit dormia lá, madrugadas inteiras analisando a vida e os homens e revelando pequenas memórias da infância, da adolescência. Aqueles encontros davam a Anna a sensação de ter uma casa, uma conexão verdadeira com outra pessoa, de voltar a existir, mesmo que só um pouco, e ao mesmo tempo se perguntava, que tipo de vida tivera até então? Que tipo de pessoa era ela? No que se transformara? Um dia, enquanto tomavam chá na cozinha, Anna anunciou, vou embora, para o Brasil?, Birgit perguntou um pouco incrédula, um pouco assustada. É, a hora chegou, um dia você acorda, se olha no espelho e percebe que o seu tempo acabou, ou melhor, o tempo daquele lugar acabou. Birgit deu uma risadinha nervosa, via em Anna o reflexo de Andrés e imaginava que de algum modo havia ali uma tristeza, uma possibilidade compartilhada, mas você não vai embora agora, vai?, Anna não respondeu, mas sim, ia embora, não tinha nada a ganhar naquela vida com Heiner, ou seja, não tinha nada a perder.

Porém, sempre há algo a perder. O primeiro sinal foi na varanda de casa, a varanda da sala, com a vista para o parque, aonde ela havia ido apenas uma vez, simplesmente porque o parque era uma dessas insistências de Heiner, assim como o aprendizado do alemão, vai ser bom para você se exercitar, acordar cedo, não é saudável levantar da cama tão tarde, que horas são?, olhe só, quase duas, é claro que alguém que só acorda às duas da tarde vai ficar deprimido, mas ela, já estou acordada há um tempão, só não queria levantar da cama, pior ainda, ele dizia, o que você tem que fazer é colocar o despertador para as sete, máximo oito, tomar um bom café da manhã e dar um longo passeio no parque, o ar puro vai te fazer bem, nessas horas ela sentia que o ódio a tomava por completo, fazia um esforço enorme para não jogar na cara dele algumas verdades, que ele a abandonara ali sozinha, que era um mau-caráter, um mentiroso, um covarde, tenho suficiente ar puro na varanda, se limitava a dizer, prometo que ao acordar tomo um café na varanda. Heiner se mostrava preocupado, não é saudável, uma atriz precisa estar na sua melhor forma, ele tentava apelar para o seu ponto fraco, mas ela não cedia, quem disse que eu sou uma atriz?, ela era uma atriz antes de ir para lá, agora era apenas uma analfabeta em alemão. Heiner franziu o cenho, quando puder trabalhar novamente como atriz prometo que acordo às seis da manhã e vou correr no parque, tá bom?

Na varanda do apartamento de Heiner, ela se referia ao apartamento de Heiner porque nunca sentiu que aquele apartamento fosse seu, ela apenas morava ali, feito um inquilino, feito o próprio Heiner na casa dos Müller, ela era o inquilino do inquilino. E, por mais que espalhasse suas coisas e comprasse pequenos enfeites que dispunha estrategicamente pelos cantos, por mais que ela andasse nua por todos os cômodos, continuava sendo o apartamento de Heiner. E ela, na varanda, sem vontade de fazer absolutamente nada, olhando para seu corpo, pela primeira vez, percebeu algo estranho. Anna não sabia precisar o que era, talvez um ou outro quilo que se apegava, talvez estivesse comendo muito, e tentava se lembrar, como era mesmo o seu corpo? Levantou-se, foi até o quarto se olhar no espelho, estava péssima, o cabelo grudado, as olheiras, havia envelhecido, seria isso?, pensou. Quanto tempo tinha se passado? Nos últimos tempos, sentia-se quase sempre mal, descompensada, uma enxaqueca que não a largava, os seios inchados. Nunca mais esqueceria daquele instante, quando olhou para os seios e o peso inesperado pela primeira vez, o pensamento, o horror do pensamento. Tirou toda a roupa, acendeu as luzes, olhou-se novamente, olhou-se pela primeira vez, seria possível?, não, não era possível, ela teria percebido, ela teria. Havia algo muito errado com seu corpo, sentia que o corpo não era mais seu. Ligou imediatamente para Birgit e explicou a ela que estava péssima, talvez algo hormonal, precisava que ela a acompanhasse ao médico, era urgente. Encontraram-se na praça, em frente à catedral, dissera Birgit, Anna chegou lá pouco antes da hora combinada e ficou dando voltas em torno da praça, tinha a sensação de que nada daquilo existia, as casas medievais, a catedral gótica, a fonte do mercado, tudo um cenário, tudo cartolina que a qualquer momento desabaria expondo a irrealidade que a rodeava.

Birgit apareceu sem que ela a visse se aproximar, levou um susto, ela parecia preocupada, mas não fez nenhuma pergunta, apenas um longo abraço. Gostava disso nela, a capacidade de compreender quando era melhor não dizer nada, não perguntar. Foram andando em silêncio até o consultório. Era uma mulher, a ginecologista. Depois de uma espera de quase duas horas, trata-se de um encaixe, explicou a secretária, traduzida por Birgit, ela já imaginava, depois de um longo tempo, finalmente ela apareceu, a médica, estendeu-lhe a mão, estendeu a mão a Birgit. Anna explicou o que sentia, um constante abatimento, os seios doloridos, cuja tensão só aumentava, a médica logo perguntou quando havia sido sua última menstruação, Birgit traduziu, Anna gelou, não se lembrava, Birgit traduziu, aproximadamente, insistiu a médica, não tenho ideia. Birgit e a médica se entreolharam. Era a verdade, ela não lembrava quando havia sido a última vez, a menstruação que nunca fora regular, desde que se mudara para a Alemanha havia se desregulado ainda mais, ela menstruara talvez cinco, seis vezes desde que chegara, foi o que explicou, elas se entreolharam, Anna cada vez mais apavorada. É claro que não era nada do que elas estavam pensando, afinal, ela se prevenia, usava há anos um diafragma, posso provar, tirou o diafragma da bolsa, a médica sorriu como se ela lhe mostrasse um cadarço de sapato, claro, nos trópicos as pessoas evitam a gravidez com cadarços de sapato, a médica olhou para a caixa do diafragma, olhou para Anna, disse que não precisava provar nada, disse ela, disse Birgit, iria examiná-la, que ela se dirigisse à porta à esquerda, tirasse a roupa e depois se dirigisse à porta à direita. Quando deitou na maca a médica a olhava com fingida simpatia, apalpou seus seios, diga se incomoda, ela disse, Birgit traduziu, bastante, ela disse, e aqui?, ela perguntou enquanto apertava de leve a sua barriga, sinto um pouco de cólica, respondeu, ela então besuntou a barriga de gel e passou um aparelhinho por cima dela, enquanto olhava para um monitor com imagens em preto e branco, Birgit acompanhava tudo com fascínio e incredulidade. Você está grávida, ela disse, e completou, de quinze semanas, quase quatro meses, ela disse, Birgit traduziu.

Depois disso, as lembranças tornam-se vagas, apenas o torpor, e a sensação de um frio insuportável, ela tremia, Birgit a abraçava, fique calma, tudo vai dar certo ou algo do gênero, Anna chorava, não conseguia parar de chorar, como isso poderia ter acontecido. Eu não posso ter esse filho, disse, não quero, de jeito nenhum, e foi quando a médica explicou que com a gravidez já tão avançada não era mais possível nem mesmo uma curetagem, no seu caso tratava-se já de uma cirurgia, porque aos quatro meses o feto..., Anna entrou em pânico, achou que fosse desmaiar. Na memória, apenas o horror, de repente ela, ou aquilo que ela achava que era ela, começava a se desfazer, a médica explicava os detalhes da cirurgia, Birgit traduzia, mas para ela eram apenas ruídos, sem significado algum, Anna só pensava em seu corpo em pedaços e nesse algo que se agarrava a ela, essa coisa que grudava, precisava com urgência arrancá-la dali, mas suspeitava que não teria coragem, ainda mais aos quatro meses, ela não conseguiria. O mundo inteiro começou a se desintegrar.

Heiner lhe perguntaria, assim como Birgit, uns dias mais tarde, mas afinal, como você chegou aos quatro meses de gravidez sem saber que estava grávida?, eu não sei, era a única resposta possível, ela não sabia. Sua menstruação era irregular, não tinha enjoos, era magra, não comia, e quase não tinha barriga, como ia saber? Além do mais ela usava um diafragma que tinha falhado sabe-se lá por quê. Naquela tarde Birgit a acompanhou até o apartamento, Heiner para variar estava viajando, quer que eu fique com você?, Anna aceitou, se agarrou a seu braço, estava apavorada, tinha medo de ficar sozinha, do que poderia acontecer quando tivesse que ficar sozinha, pensou na própria mãe, depois de tantos anos sentiu vontade de tê-la por perto, só por um instante, a mãe por perto, dormindo com ela no quarto escuro e abafado da infância, a mãe que nunca a protegera de dona Clotilde, aquele constante abandono, aquela resignação, é preciso aceitar, minha filha, ela tem condições, pode te oferecer uma vida melhor, a mãe que ela tentava esquecer, quando tivesse dinheiro, a tiraria de lá, mas agora abraçada a Birgit chamou pela mãe, quase inaudível, mesmo que a mãe fosse apenas uma pessoa que a tinha parido e que ela chamava de mãe.

5

A coisa crescia em silêncio dentro da sua barriga. Anna não a sentia ainda, mas sabia que estava lá, feito um fantasma. Heiner recebera a notícia feliz da vida, vamos comemorar, ele disse, como era possível, ele não percebia, ela não queria esse filho, disse com todas as letras, isso que está aqui dentro não é meu filho, é qualquer outra coisa, mas não é meu, ele a olhou como se ela fosse um monstro, não fale assim, essa gravidez nos pegou de surpresa, mas vai ser ótimo, vai ser lindo, e você será uma mãe deslumbrante, olhe só como você está linda. Linda, Heiner?, ninguém é linda assim, linda, obrigada a carregar no corpo outro ser humano, linda sim, Heiner repetia, tentando convencê-la, ela continuou, vou ter porque não tenho coragem de tirar, mas eu não quero esse bebê, vou dar para adoção, você está louca, Heiner se enfureceu, pela primeira vez perdeu o ar blasé que o acompanhava, parecia outra pessoa, você não vai dar o meu filho, afinal, que tipo de pessoa é você?

Que tipo de pessoa ela era? Do tipo que não queria ter

um filho aos vinte e um anos, morando num país estrangeiro, sem amigos, sem família, sem falar a língua e casada com um homem que ela não amava e que nunca estava em casa, desse tipo horrível de pessoa, pensou. Ela era uma atriz, tinha estudado, se preparado para isso, e agora tudo parecia ruir. É claro que Heiner estava feliz, finalmente a teria lá, quieta, ocupada cuidando da criança, e não precisaria mais levá-la com ele, ou prometer que a levaria com ele, não precisaria mais lhe oferecer todas as chances do mundo para depois decepcioná-la. Agora havia o mundo do lado de dentro, onde ela ficaria para sempre emaranhada.

O mundo do lado de dentro resumia-se à barriga, que após o sexto mês despontou sem timidez alguma, ela se tornara oficial e visivelmente grávida. As pessoas lhe davam lugar no ônibus e sorriam com mais frequência. Fora isso nada mudara, ou ao menos era o que dizia para si mesma, todos os dias, como se ignorar a existência pudesse magicamente desfazer o ocorrido. Você não vai comprar ao menos algumas roupinhas para quando ele nascer, e um berço, um carrinho, essas coisas de que os bebês precisam?, Birgit parecia saber mais de bebês do que ela, depois eu compro, ainda tem tempo, e agora estou me sentindo muito cansada. Os meses se passaram e ela não comprou. Heiner num dos fins de semana em casa decidiu resolver ele mesmo a questão, saiu num sábado de manhã e voltou à tarde com berço, carrinho, roupinhas e fraldas para cinco bebês. Ainda não sabiam o sexo, ela não se interessara em saber, Heiner queria a surpresa, que se surpreendesse então. Anna só queria não falar no assunto e manter a vida a mais próxima possível do que era antes da gravidez, não é aceitável que você continue fumando, ele disse, e o que é isso, vinho?, como você pode ser tão egoísta, exclamava

Heiner, egoísta, Heiner?, eu carrego essa criança no meu corpo contra a minha vontade, Heiner a olhava como se ela fosse louca. Às vezes Anna achava que ele tinha razão, talvez estivesse mesmo ficando louca. Cancelei meus compromissos, ele disse, ficarei aqui até o bebê nascer. Anna não soube dizer se ele fazia isso para agradá-la ou para proteger o bebê, ela, mesmo sem suportar a presença de Heiner, se sentiu aliviada.

Mas Heiner nem precisou cancelar tantos compromissos assim, poucos dias depois a criança nasceu. Parto normal, a sensação de que o corpo estava se partindo em pedaços, implorou para que fizessem uma cesárea, ou ao menos algum tipo de anestesia, a enfermeira a olhou com desprezo, teve ódio de tudo e de todos, gritou durante horas, pensou que ia morrer, teve alucinações, a criança dentro dela abria sua barriga por dentro com uma faca e saía sozinha para o mundo lá fora, a criança dentro dela era escura e seca, feito um macaco, a criança dentro dela nascia com todos os dentes, dentes enormes que apontavam para fora e deformavam sua boca, a criança dentro dela comia a própria placenta. E quando se deu conta, horas depois, a criança dentro dela era um bebê embrulhado em seus braços. Uma menina.

Anna olhou para o bebê e não viu nada, só um pacote que poderia conter qualquer coisa, uma almofada, um pedaço de pão, olha só como ela é linda, repetia Heiner a cada instante, parece com você, imaginando que suas palavras pudessem causar nela algum encontro, mas ela via apenas uma demanda, como se o bebê soubesse algo sobre ela, como se quisesse roubar algo de indispensável que fazia dela uma pessoa, um bebê que percebia e sabia e exigia. Anna sentiu a respiração acelerada, o corpo coberto de suor. A enfermeira colocou o bebê em seu peito, a boca aberta, feito uma planta que se vira para a luz, parecia um bicho, Anna olhava para o bebê e só via isso, um bicho, e ela também era um bicho, e não conseguia compreender como aquilo havia saído de dentro dela, como era possível um absurdo desses, que um ser humano saísse de dentro de outro ser humano, quem havia inventado algo tão inverossímil assim? A enfermeira aproximou a criança e encaixou a pequena boca no bico do peito inchado de Anna, o bebê sugou, tinha vindo ao mundo só para isso, sugava e sugava e sugava, ela tinha a impressão que não saía nada, um peito vazio, logo o leite desce, disse a enfermeira, é só deixar ele sugar, o máximo possível. Então isso é ser mãe, pensou, um bicho sugando as tetas de um outro bicho, se alimentando de um outro bicho, e ela olhava para o bebê e olhava para Heiner e não sentia nada. Preciso descansar, ela disse, e eles tiraram o bebê do peito dela e Heiner do quarto, e ela dormiu um sono sem sonhos.

 Das primeiras semanas Anna praticamente não tinha lembranças, apenas que o bebê chorava muito, o dia inteiro, a noite toda, e ela não sabia o que fazer, o bebê chorava e chorava, cólicas, disse Birgit, pouco antes de embarcar para Lima atrás de Andrés, que resolvera largar tudo, o bebê se contorcia em desespero que era o desespero de se descobrir no mundo, e ela ali, com a criança nos braços numa solidão, sem Birgit, que afinal tinha a sua própria vida e seus próprios problemas e seu casamento para salvar, e ela sem ninguém que a salvasse, que ao menos viesse em sua ajuda, ou que lhe explicasse as coisas mais básicas, só uma enfermeira que apareceu na primeira semana para ver se estava tudo bem, se o bebê estava mamando, se estava crescendo, se estava fazendo cocô, se a cor do cocô era a correta, se dormia de barriga para cima ou de barriga para baixo. Mas ela, ninguém se lembrava dela, ninguém vinha lhe perguntar como ela estava se sentindo. Ninguém lhe perguntava do horror, das noites sem dormir, do bebê que só fazia mamar, até que ela, quase louca, e o bebê ali pendurado, sugando tudo o que pudesse. É só o começo, dizia Heiner, que tinha muitíssimo trabalho com o novo filme, depois melhora, todo mundo dizia, depois tudo vai melhorar.

Mas as coisas não melhoravam, ao contrário, a cada dia que passava iam se tornando piores, ela ia se tornando pior, mais distante, capaz das piores coisas, e tinha medo de em algum momento deixar de ser humana, restando apenas aquela força, desconhecida e incontrolável, disse a um Heiner em silêncio, não aguento mais, Anna chorava, não vou aguentar, ela repetia, não vou aguentar.

Um dia, o bebê havia chorado a noite toda, e ela mal dormira dez, quinze minutos seguidos, amanheceu e o bebê continuou chorando e a manhã passou e continuou chorando, então, quando chegou o fim da tarde e o bebê ainda não tinha parado de chorar, ela pensou, não vou suportar, pensou como havia pensado tantas outras vezes, não vou suportar, mas ela sempre suportava, um pouco mais, e mais, feito uma corda esgarçada ao máximo que vai soltando lentamente os fios, e talvez ela mesma achasse que suportaria, só mais uma vez, só mais um pouco. Mas naquele dia algo se rompeu, algo que ela não compreendia. Era outono e já fazia bastante frio, ela pegou o bebê que chorava, agasalhou-o bem e o levou no carrinho até o parque em frente de casa, ao sair, esbarrou nos Müller, que acabavam de chegar. Os Müller a cumprimentaram sorridentes, uma forma contraditória que eles tinham de sorrir, sorrisos que escondiam alguma coisa, insinuavam, olhou para eles desconfiada, teriam percebido alguma coisa? Anna nunca gostara dos vizinhos, associava-os a mau agouro, olhou novamente para o casal e pareceu-lhe que havia algo diferente no rosto deles, como se usassem uma máscara grudada ao rosto, quase imperceptível, mas que num exame mais atento apresentava uma versão bizarra e deturpada de si mesmos, teve vontade de gritar, sair correndo, mas, antes que pudesse tomar alguma decisão, os Müller fizeram uma festinha no bebê, se despediram e rapidamente desapareceram pela porta do apartamento.

Precisava se acalmar, Anna deu um longo passeio pelo parque, até que o rosto transfigurado dos Müller saísse de sua lembrança. Sentou-se num banco, e ficou ali, olhando para o bebê, que enfim havia parado de chorar, não sentia nada. Nem carinho, nem raiva, muito menos amor. Poderia ser qualquer coisa, uma caixa, um embrulho, um embrulho que alguém havia lhe entregado e dito, tome, cuide disso. Sentia-se estranha, apesar do outono, o tempo parecia ter esquentado, uma brisa, um cheiro de mar, impossível, como ela poderia sentir o cheiro de mar ali, em Mainz-Gonsenheim? E não era só o cheiro, ouvia também o barulho das ondas quebrando ali perto, ergueu os olhos para confirmar aquelas sensações, mas não viu mar nenhum, nem areia, nada, apenas, bem na sua frente, uma capivara. O animal estava ali parado, encarando-a. Achou estranho uma capivara na Alemanha, não eram bichos dos trópicos?, mas talvez houvesse ali uma família de capivaras como havia de papagaios fugidos do zoológico e que acabaram se adaptando, a capivara se aproximou e olhando, fixo nos seus olhos, disse, veja quanto custa renegar o sítio natal, e balançou o focinho em sinal de desagravo. Anna olhou espantada, as palavras vinham em alto e bom som, mas o bicho parecia não ter mexido a boca, olhou em volta, o parque estava vazio, pensou em levantar e ir embora, mas a capivara repetiu, dessa vez num tom de impaciência, veja quanto custa renegar o sítio natal. Anna sentia o medo que tomava conta dela, analisou com cuidado as próprias mãos, para ter certeza de que seu corpo continuava ali, você não está louca, explicou a capivara, você só é um pouco ignorante, nada que um punhado de capim não resolva, a capivara parecia ler seus pensamentos, continuou, te conheço de longa data, você suporta mal a dor, esse é o problema, as palavras da capivara não faziam sentido algum, ela se aproximou ainda mais, postou-se ao lado de Anna, olhe, disse, olhe só que dia agradável, e ela voltou a sentir uma brisa morna, um cheiro de mar, como na infância, como se realmente tivesse sido transportada para uma tarde no calçadão de Copacabana. O calor de novembro, um domingo, as pessoas passando de biquíni, vendedores de mate, guaraná, agradável, não?, Anna acabou concordando, e, após alguns minutos em silêncio, a capivara acrescentou, desculpe o atraso, mas a distância é longa e eu já não sou tão jovem. Anna não sabia o que responder, mas agora estou aqui, pode ir, disse o roedor, ela achou que não entendera direito, a capivara repetiu, é isso mesmo, pode ir, ou você vai chegar atrasada, ela balançava as orelhas reafirmando o que dissera, Anna olhou para o carrinho, que era agora um carrinho de boneca, a boneca chorava, não chore, bonequinha, tudo vai ficar bem, pode ir, Anna, eu cuido da sua filha, a capivara parecia sussurrar ao seu ouvido, além disso, tenho experiência, já tive muitas ninhadas, ela vai ficar bem. Anna encostou o carrinho perto de uma árvore, acionou os freios, a capivara tinha razão, em pouco tempo estaria escuro, e ela precisava ir, durma bem, ela disse em voz muito baixa, enquanto ajeitava o gorro e cobria a filha com a manta.

MAIKE

1

Tudo começou no dia em que eu decidi estudar português. Ou talvez tudo tenha começado bem antes, quando Max enfiou uma faca nas minhas costas, ou mais ainda, quando compartilhei com ele os primeiros brinquedos no jardim de infância, um início que eu poderia esgarçar e esgarçar chegando até o dia do meu nascimento, ou mais ainda, o dia da minha concepção, quando eu, um amontoado de células, comecei a habitar um ventre desconhecido. De qualquer forma, foi uma decisão inesperada, eu passara sem dificuldade na concorrida faculdade de direito e tudo parecia seguir seu curso natural: estudos, emprego, vida adulta. Mas, no primeiro dia de aula, algo aconteceu. Acordei mais cedo do que de costume, um pesadelo, um barulho qualquer. Às vezes penso que, se naquele dia eu tivesse acordado no horário de sempre, talvez as coisas jamais tivessem tomado o rumo que tomaram. Então foi assim: acordei mais cedo, vesti a primeira roupa que encontrei, engoli um suco de laranja, peguei minha bolsa e saí.

O dia ainda estava escuro quando cheguei na faculdade. Sentei no único café aberto, o atendente com expressão arrastada de quem ainda não fora dormir. Fui para o lado de fora, coloquei o catálogo com os cursos e as matérias disponíveis sobre a mesa, e se até aquele momento eu evitara pensar no futuro, tornar-me advogada como meu pai e minha mãe, herdar o escritório deles, lidar com burocracias e clientes chatos porém necessários, colocar ordem nas coisas, eu imaginava que era o que eles faziam, naquele momento, diante do catálogo, tive a certeza de que havia algo errado, e o que até então não passava de angústia indefinida adquiriu a forma de uma pequena revelação. A verdade era que eu não tinha o menor interesse naquele mundo, eu apenas me deixara levar pela inércia, era tão fácil se deixar acariciar pelos meandros de um caminho já traçado, e, pensando bem, que mais eu poderia fazer?, outra profissão, mas qual?, não havia nada que despertasse em mim um desejo, um impulso, e a resposta a o que eu quero?, o que eu realmente quero?, era uma sequência de palavras que eu nunca chegava a completar. Talvez por isso, somente naquele dia, no meio de um gesto banal, é que eu me dei conta de que algo estava errado, havia recebido por engano as falas de outro personagem, minha atuação era convincente, os demais pareciam satisfeitos, felizes até, mas então aquela descoberta, as palavras não eram minhas, o personagem não era eu, e restava agora apenas o espanto e um calhamaço de papéis inúteis. Eu precisava fazer alguma coisa. Peguei uma xícara de café da máquina, paguei e voltei para a mesa, abri o catálogo ao acaso. Abri o catálogo ao acaso, ao menos gosto de imaginar que foi um acaso, abri o catálogo ao acaso no capítulo dedicado ao departamento de línguas latinas, uma lista com os cursos oferecidos para quem quisesse se tornar tradutor ou professor de português, fui deslizando o dedo sobre as linhas até parar em: prática do português I. Pronto. A primeira aula começava em uma hora. Fiz um círculo em volta.

Na primeira aula a professora perguntou a cada um o que o havia levado àquela decisão, o estudo da língua portuguesa. As respostas, com algumas exceções referentes a Moçambique ou Angola, resumiam-se em: o aluno era filho de portugueses ou brasileiros, o aluno estava num relacionamento amoroso com um português ou brasileiro, ou o aluno havia morado uma temporada num desses países. Quando chegou a minha vez, não soube o que responder, gaguejei um pouco, a professora insistiu, acabei confessando que não sabia, que decidira aquela manhã mesmo. Todos me olharam com curiosidade, alguns riram, como se eu tivesse contado alguma piada. A professora enrugou a testa e meneou a cabeça em movimentos horizontais, o que poderia significar incredulidade, irritação ou até mesmo desdém. Permaneci o resto da aula em silêncio.

Quando terminou, peguei a minha bolsa e saí correndo para a pequena porém eficiente biblioteca do departamento, eu sempre me sentira bem em bibliotecas, não porque tivesse tanto interesse nos livros, eu era uma leitora relapsa e errática, os livros ficavam quase sempre pela metade, jogados dentro do armário ou empilhados em desordem nas estantes. Já as bibliotecas, eu tinha verdadeiro amor por elas, funcionavam como uma redoma fora da casa dos meus pais, um lugar onde era possível ficar só, sem fazer nada, e, o mais importante, em silêncio, protegida dos olhares inquisidores da minha mãe, suas perguntas, seu jeito suave de fazer eu me sentir culpada, seus excessos travestidos de amor. Minha mãe, que era toda brilho e superfície, toda

Chanel, toda Yves Saint Laurent, minha mãe, uma aparição que tudo ofuscava, mas por baixo, por dentro, aquela massa escura de enganos, de gestos pela metade. E então a biblioteca, esse refúgio onde eu me instalava, feito um inseto sob uma folha protegendo-se da tempestade.

Escolhi a mesa mais distante da entrada, junto da janela com vista para o jardim, com vista para os alunos na leveza que o início do semestre trazia, no balé dos primeiros grupos que se formavam. Coloquei meu notebook sobre a mesa e, com a ajuda do catálogo, me dediquei a refazer a escala de aulas, substituindo as matérias do direito pelas do curso de língua portuguesa e literatura. Não que a aula tivesse me dado qualquer argumento realista para aquela mudança, ao contrário, o motivo daquela escolha continuava tão ou mais enigmático do que antes, porém agora havia a sensação de que não era mais possível retroceder.

Logo depois, iniciei um pequeno tour pelas estantes, tentei me lembrar se já havia lido algum autor, algo que tivesse deixado sua marca, qualquer coisa que explicasse aquela escolha tão estranha, mas se do espanhol eu conhecia dois ou três romances, autores que eu lera em tradução, do português eu não conhecia absolutamente nada, dicionários, livros de história do Brasil, atlas geográficos, ficção. Me detive na área de ficção, peguei um livro, examinei a capa, a lombada, abri numa página qualquer, fechei os olhos e passei a ponta dos dedos sobre as letras, como se lesse em braile, ou como se, com os dedos, fosse possível algum tipo de decifração. Estava nesse inusitado exercício quando alguém falou comigo.

— Gostou da aula?

Me virei, surpresa. A obrigação de manter uma conversa era algo que sempre me deixava de mau humor. A voz tinha um sotaque que eu não soube identificar.

— Sou Lupe — ela sorriu.

Eu sorri de volta. Era a moça dos penduricalhos, foi como a classifiquei mentalmente quando a vi pela primeira vez naquela manhã, pouco antes da aula, me chamara a atenção o barulho que faziam as pulseiras e os colares quando ela se movimentava, e os dedos cheios de anéis, deveria carregar uns três quilos em pedras e metais. Falei com voz grave e rouca de quem está há muito tempo em silêncio:

— Maike.

— Oi, Maike — ela me estendeu a mão.

— Oi — segurei a mão dela meio sem jeito.

— Já leu?

— O quê?

— O livro.

— Que livro?

— Como "que livro"? Esse que você está segurando.

— Ah, não. Eu só estava olhando.

Por algum motivo a sua presença me desconsertava, não era apenas o meu conhecido incômodo de jogar conversa fora.

Lupe me examinou com curiosidade. Deu um sorriso.

— Eu li numa tradução para o espanhol, é lindo.

— É sobre o quê?

— Sobre uma moça pobre, muito pobre mesmo, ela vai para a cidade grande, se não me engano para o Rio de Janeiro. Lá, uma cartomante prevê um futuro incrível, que, claro, não acontece. Mas é também sobre muitas outras coisas.

— Interessante... — fiz um esforço para soar entusiasmada.

Lupe parecia querer me dizer mais alguma coisa, mas logo mudou de ideia.

— Então tá, a gente se vê na próxima aula.
— A gente se vê.

Assim que Lupe se virou, me sobreveio a sensação de ridículo, eu sempre provocava certa distância entre mim e o mundo, um emblema de não se aproxime, feito uma placa cuidado com o cão, mas naquele dia, por algum motivo, essa característica havia se acentuado. Eu não fora capaz nem ao menos de me despedir, tchau, até logo, dizer alguma coisa simpática. Tive o impulso de ir até ela, que estava agora diante de uma pilha de livros sobre a mesa, mas para dizer o quê? Cheguei até a me aproximar, mas logo imaginei, ela vai pensar que sou alguma espécie de maluca, acabei fugindo dali.

Depois do almoço, assisti à aula de cultura brasileira. Anotei tudo o que pude, referências, leituras. Lupe estava lá, mas evitei olhar para ela, decisão que, obviamente, fez com que ela se transformasse num ímã, meu olhar que a todo instante a procurava. Lupe, diferentemente de mim, parecia muito à vontade, Lupe era daquelas pessoas muito à vontade com tudo, com os outros, com as próprias palavras, com o próprio corpo, uma realidade que se desdobrava naturalmente à medida que ela seguia avançando, já eu, a cada passo, eu tinha que abrir caminho com uma enxada, o cabelo grudado na cabeça, o suor escorrendo pela testa. Assim que a aula acabou, saí correndo, olhando para a frente, para o relógio, para a frente, para o relógio, atingida por uma pressa repentina, peguei o primeiro ônibus que passou e fui para casa.

Naquela noite, durante o jantar com meus pais, diante do questionário entusiasmado sobre como tinha sido o meu primeiro dia de faculdade, tentei dizer o mínimo.

— O direito está no sangue — anunciou minha mãe.

Eu fiquei em silêncio, meu pai se restringiu a um sorriso torto. Um minuto depois, que pareceu se estender por horas, minha mãe pigarreou algumas vezes, era necessário um som, qualquer coisa que nos trouxesse de volta à mesa, à sala de jantar. Havia um claro desconforto, eles sabiam que não, que o direito não estava no sangue, ao contrário, meu sangue era feito de outro material, mais pesado, mais lento. Mas era preciso não dizer, era preciso flores e fogos de artifícios.

— Estamos tão orgulhosos de você, querida — minha mãe insistia.

— Sim, Maike, estamos muito orgulhosos — meu pai repetia feito eco, feito máquina programada.

Eu balancei a cabeça num gesto que poderia significar qualquer coisa, tinha medo que eles percebessem. Ainda mais minha mãe, e havia mesmo todo aquele orgulho, a minha incursão no mundo do direito, como uma garantia do próprio sucesso. Sim, vejam como ela nos admira, como ela nos ama, como ela é uma de nós. Eles abriram um prosecco. Minha mãe ergueu a taça.

— Façamos um brinde, ao futuro, ao seu futuro, querida! Ele será brilhante, tenho certeza.

Minha mãe tinha isso, esse otimismo exagerado, essa felicidade plastificada à qual eu reagia com ironia, às vezes até um certo sarcasmo, que ela retrucava com olhares de profunda decepção. Para minha mãe a felicidade era esforço, repetição, e se nos esforçássemos em ser felizes, de tanto fingir, em algum momento nos pegaríamos sendo realmente felizes, assim, desavisados, por puro hábito. Ela era uma pessoa cheia de energia, magra, alta, o cabelo louro na altura do queixo, parecia bem mais jovem do que era. Com seu salto alto e seu tailleur impecável, subia e descia as escadas correndo, como se deslizasse. Para ela tudo tinha que ter uma ordem, um lugar, e passava o tempo, fosse em casa ou no escritório, trabalhando com afinco para que o dia fosse produtivo, para que as contas fossem pagas, para que as plantas não murchassem, para que o jantar fosse servido às oito em ponto, para que os guardanapos harmonizassem com a salada, para que o vinho estivesse na temperatura exata, e para que eu fosse a pessoa que eu deveria ser, uma aluna exemplar, uma filha exemplar, um exemplo de diligência e serena alegria, em suma, para que o mundo jamais perdesse os contornos que ela havia lhe dado, pois ao mínimo passo em falso tudo poderia desmoronar. Eu me perguntava o que era aquilo que ela tanto temia, o que poderia acontecer quando, finalmente, tudo desmoronasse. Eu olhava para a nossa casa e me sentia nas páginas de uma revista, num mostruário, eu, uma foto bidimensional num mostruário em que tudo era limpo, arrumado, as cortinas, as almofadas sobre o sofá. Eu, uma foto numa linda casa de papel. E até mesmo o porão parecia artificial, um porão com seu carpete macio e quadros nas paredes, cheio de armários com casacos de inverno e brinquedos antigos e equipamentos de esqui, tudo catalogado e etiquetado, o porão, um lugar que, ao menos simbolicamente, deveria guardar toda a porqueira da família, mas na nossa família não havia porqueira, dizia a minha mãe, que mania a sua de procurar defeito em tudo. Não, na nossa família não havia porqueira, na nossa família havia apenas a felicidade de uma família feliz. Minha mãe achava tudo aquilo normal, aquele controle insuportável, a nossa rotina sem máculas. Ou por acaso você quer viver numa pocilga? Eu não dizia nada, apenas um leve sorriso, o que a deixava ainda mais irritada, você, mocinha, não tem ideia de como está sendo mal-agradecida, você é uma privilegiada, sabia?, você por acaso tem ideia das outras pessoas, de como elas vivem?, não, claro que não, vive aí, fechada no seu quarto, por isso você desdenha a sorte que teve, a sorte que você poderia não ter tido, a sorte de uma família como a sua, uma família que sempre te deu tudo, eu não respondia, sempre aquelas discussões que me deixavam cheia de culpa, ela tinha razão, eu era uma privilegiada, eu deveria agradecer todos os dias, mas havia algo que me impedia, ou algo na ideia de uma pocilga que me atraía, a intuição de um lugar subterrâneo, sujo, escuro, desvinculado daquela ordem, daquele brilho. No fundo eu suspeitava que, dentro de mim, o que havia estava muito mais próximo da pocilga do que daquela casa de revista. Uma espécie de caos. Uma tristeza que eu não entendia de onde vinha, mas que permeava tudo o que eu pensava, as mínimas atitudes, e mesmo nos momentos em que eu estava alegre a tristeza continuava lá, agarrando-se à alegria, a morte que a todo instante surgia nas entrelinhas da vida. Um sentimento que, na presença da minha mãe, se transformava em raiva, em ódio. Eu a culpava de alguma coisa, mas não sabia do quê. Havia algo em mim, eu sempre tivera essa impressão, desde pequena, que destoava daquele mundo, daquela falsa tranquilidade. Eu, um objeto descombinado. Eu não sabia onde me colocar. E, mesmo que minha mãe me espanasse e recobrisse com as melhores roupas, eu era um rastro de descontrole. Desde muito cedo.

Na primeira vez em que tive a confirmação disso eu tinha sete anos. Max era meu melhor amigo, talvez o único, da forma que as crianças nessa idade são amigas, brincando e brigando por coisas bobas. Max era alguns anos mais velho, não muito. Max era filho de um casal amigo dos meus pais, amigos de juventude, ele um médico famoso, ela havia sido modelo quando jovem, e depois do casamento dedicava-se a cuidar do filho e da casa, Max e eu nos conhecíamos desde o berço. Às vezes ele anunciava que quando crescesse casaria comigo, que eu era a sua alma gêmea, eu demonstrava verdadeiro horror diante dessa hipótese e dizia que nunca me casaria, que seria como a Píppi Meialonga, que moraria sozinha numa casa, mas que ele podia me visitar se quisesse. Ele às vezes parecia conformado, outras reclamava, no início argumentando que Píppi Meialonga era ruiva, e eu morena, logo jamais poderia ser ela, e depois dizendo que Píppi Meialonga não existia. Eu respondia, ela pode até não existir, mas eu existo, e ele me olhava com sarcasmo, se é que uma criança é capaz de um olhar sarcástico, ele me olhava com sarcasmo e dizia, e o que te dá tanta certeza de que você existe? Na primeira vez que ele me fez essa pergunta lembro que fiquei sem reação, e minha resposta foi, eu sei porque eu sei, ele continuou, a Píppi Meialonga também acha que existe e ela não existe. Eu não respondi. Algumas semanas depois, veio com Mary Poppins, ela também não existe, ela é uma bruxa, assim como você. Ficamos alguns meses discutindo essa questão, eu gritando com toda a força que eu existia e ele duvidando. Até que um dia, de forma totalmente inesperada, ele resolveu dar um fim à nossa discussão. Estávamos num piquenique com nossos pais, na beira do rio, os pratos prontos para o lanche, minha mãe havia trazido um banquete, o que incluía toalha de linho, pratos de porcelana chinesa e talheres de prata. Minha mãe estava preocupada arrumando os arranjos florais sobre a toalha, nossos pais conversavam um pouco afastados, fumavam charutos, e a mãe dele, a mãe dele, não lembro o que ela estava fazendo. Estávamos todos ali, quando Max, sem que ninguém percebesse, pegou uma faca e a enterrou nas minhas costas. Simples assim. Eu também não percebi o que ele havia feito num primeiro instante, não senti a dor, apenas o frio do metal na minha pele. Depois, diante do horror no rosto da minha mãe, me dei conta de que algo muito errado havia acontecido. E veio a dor. Lembro pouco da dor, mas lembro bem a sensação de estar fora do mundo, de ter deixado o meu corpo e habitar, naquele instante, outra dimensão, uma dimensão em que eu, finalmente, me encontrara. Sim, eu existia. Os gritos da minha mãe me trouxeram de volta, e suas mãos tocando a carne em volta da faca, alguém gritando não tire, não tire a faca!, e lembro do olhar de Max, triunfante, parecia dizer, eu não disse? Minha mãe chorava e gritava para Max, monstro, monstro, assassino, a mãe de Max parecia uma estátua de cera.

O corte deve ter sido bastante profundo, pois passei quase três semanas no hospital. Parece que atingiu algum órgão, não sei ao certo, acho que algumas cirurgias, minha mãe sempre se recusou a falar no assunto. Lembro que o médico me olhava espantado, repetia, quem fez isso com você?, o meu amigo Max, eu respondia, e ele me olhava, incrédulo, não acreditava que um menino de nove anos tivesse feito isso. Lembro dos policiais me fazendo perguntas. Ele já havia demonstrado algum sinal de agressividade? Ele já havia te batido? Depois, apenas um imenso silêncio em relação a Max e ao que acontecera, tema tabu para meus pais. Nunca mais soube dele, apenas que a família se mudou para outra cidade. E, com exceção da cicatriz, era como se ele nunca tivesse existido.

2

Encontrei Lupe dois dias depois, pouco antes de a aula começar. Vinha pelo corredor com seus colares e suas pulseiras, toda de preto em contraste com a pele muito branca. Olhei para ela com calma e atenção: os cabelos de um negro profundo, provavelmente tingidos, longos e um pouco ondulados, uma franja espessa e curta e lisa, que lhe dava um ar de menina e realçava seus olhos maquiados com delineador. Os cílios pareciam postiços de tão longos, e davam à sua expressão uma umidade inesperada. Eu nunca me interessara muito pelas pessoas, quase não tinha amigos, fora os colegas de colégio, que eram apenas isso, colegas de colégio, apenas um conhecido ou outro com quem mantinha esporádicas conversas eletrônicas e raríssimos encontros, e, ao contrário do que minha mãe imaginava, não porque eu ansiasse e não conseguisse, mas porque eu não queria, simples assim. Para minha mãe, e não só para ela, não querer se relacionar com outras pessoas era de uma estranheza inaceitável, prenúncio de um destino assombroso, mas para mim era apenas o resultado da conclusão a que eu sempre chegava: não se relacionar dava sem dúvidas menos trabalho do que fazê-lo. Apesar disso, e contrariando todos os prognósticos, quando vi Lupe me aproximei:

— Desculpa o outro dia.
— Desculpa por quê?
— Eu meio que saí correndo. Sem me despedir.
— Sabe que eu nem tinha percebido?

Lupe me observava divertida. Voltei a sentir um estranhamento, como da outra vez, algo nela, em seu olhar, fazia com que eu me sentisse inquieta, como alguém que descobre, de um momento para outro, que saiu de casa sem trocar o pijama, ou enrolado no lençol.

— Eu acho lindo o idioma.
— Que idioma?
— O português.
— Eu também, gosto muito — e, sem pensar no que estava falando, disse —, a sonoridade, por algum motivo, me parece familiar.

Lupe sorriu.

— Também tenho essa impressão, mas deve ser por causa da música. Meu pai costumava ouvir muita música brasileira. Ele trabalhou um ano no Brasil, mas isso foi antes de eu nascer.

— Seu pai é brasileiro?
— Não, mexicano.
— Ah, você é mexicana?
— Sou.
— Não parece — falei sem pensar. Na realidade eu não tinha a menor ideia de como deveria se parecer uma mexicana.

— E você é alemã?

— Sou, claro.

— Não parece — Lupe sorriu irônica.

Aquilo me incomodou, como sempre me incomodava quando faziam esse comentário, você não parece alemã, ou me perguntavam de onde eu era, definitivamente a pele morena era um elemento incompatível com a Alemanha. Eu me limitava a responder, sou daqui mesmo, de Berlim.

— Estou brincando — ela tinha percebido minha irritação —, é que estou cansada de ouvir isso, que eu não pareço mexicana.

— Desculpa.

— Tudo bem.

Tentei mudar de assunto.

— Mexicana... então você não fala português?

— Não, claro que não, se falasse não estaria nesse curso para iniciantes.

— É verdade...

Lupe devia achar que eu não era de muitas luzes. Tentei dizer algo inteligente, para compensar as bobagens anteriores, mas não consegui pensar em nada. Fui salva pela professora, que chegou já falando qualquer coisa sobre as regras do presente do indicativo: comecemos conjugando o verbo ser, mas, antes disso, começamos com a diferenciação entre os verbos *ser* e *estar*. A professora passou grande parte da aula explicando o inexplicável, que em português havia dois verbos para designar a existência. A efêmera e a constante. Pareceu-me difícil ao extremo ter que tomar uma decisão dessas a cada frase, o que fica e o que desaparece. Pensei, após muitos anos, em Max e o segredo do seu paradeiro. Pensei em Lupe, ao meu lado, digitando furiosamente alguma coisa num pequeno notebook. Olhei para as suas mãos, o dorso e os dedos estavam cobertos de tatuagens, e notei que um dos anéis era uma caveira de prata com duas pedras azuis, a caveira me encarava. De algum modo a caveira estabelecia entre nós uma conexão. Num gesto inesperado, peguei a caneta e escrevi no meu caderno: Vamos tomar um café? Lupe escreveu de volta, na realidade um desenho, era o desenho de algum símbolo maia ou asteca, eu sorri, sem entender se aquilo significava um sim ou um não.

Na cantina, Lupe contou da família no México, das irmãs, Lupe tinha três irmãs, falou da mãe, muito carinhosa a minha mãe, mas coitada, largou tudo pela gente, todos os sonhos para ir atrás do meu pai e depois ter um monte de filhos, mas ela ainda é muito bonita, elegante, é uma mulher inteligentíssima, e, apesar de não ter estudado, ela sempre gostou de ler. E tem também a minha avó, que mora com a gente. Uma casa cheia, comentei, sim, cheia de mulheres, ela riu. Deve ser bom, uma família grande. Nem sempre, você nunca tem espaço para você, nem segredos, tudo é exposto, compartilhado, e tudo é um falatório incessante, nós mulheres falamos muito, nem todas, respondi, é, nem todas, ela concordou, você, por exemplo, quase não fala. Sou filha única, respondi, meus avós moram longe, estou acostumada ao silêncio, meus pais sempre trabalharam muito, não sobrava ninguém para conversar. Ao menos, não em casa.

— Eu gosto disso.
— Do quê?
— Do seu silêncio.

Lupe colocou a mão por cima da minha, eu gelei. As unhas pequenas, os dedos leves e finos. A mão se manteve imóvel, ela continuou falando naturalmente, como se a mão não estivesse lá, eu não ouvia nada, pois tudo era a mão de Lupe e a pele da mão de Lupe sobre a minha. Eu tentava sorrir, mas no máximo devo ter feito uma careta, Lupe não percebia ou fingia não perceber. O anel com a caveira me encarava.

— Eu tinha uma namorada no México, na escola ainda, uma bobagem, um dia pegaram a gente se beijando no banheiro, a diretora nos passou um sermão, poderíamos perverter outras meninas, foram as palavras dela no dia seguinte, chamaram minha mãe, era uma escola tradicional, foi um escândalo. — Lupe deu uma gargalhada.

Eu estava paralisada, me surpreendia a facilidade com que Lupe falava das coisas mais pessoais, aquela intimidade. Eu não sabia o que dizer, perguntei qualquer coisa.

— E o que aconteceu depois?

— Nada, fomos convidadas a nos retirar. Terminei o ano num colégio de merda, mas que aceitava todos aqueles que eram expelidos pelo sistema, repetentes, desajustados, vegetarianos, homossexuais...

— Deve ter sido horrível.

— Nada, foi ótimo, no colégio novo fiz grandes amigos. Pena que acabou. Mas eu queria fazer a academia de belas-artes, sempre quis, aliás, vou entregar o meu portfólio semana que vem, se tudo der certo, começo no próximo semestre — os olhos de Lupe brilhavam —, mas, então, quando terminei o colégio, meus pais aceitaram que eu viesse estudar na Alemanha, a minha irmã mais velha já estava aqui, casada com um alemão, o Matthias, ele é tranquilo, gente boa. Eles acabam de ter um bebê. Eu moro com eles.

Eu fazia um esforço imenso para manter a conversa.

— Belas-artes, que inveja.

— Inveja?

— É, invejo você já ter tão claro o que quer, do que gosta, eu não tenho ideia.

— Já já você descobre — Lupe me olhou com malícia, eu desviei o olhar. — Quero te mostrar o meu trabalho.

— São pinturas?

— É, algo entre pintura e fotografia.

Fiquei imaginando como seriam as pinturas de Lupe, mas esse pensamento foi logo atropelado por outro.

— E a sua namorada? — minha voz saiu aguda.

— Jimena? Ah, foi só um namorico, eu mudei de colégio, ela também, acabamos perdendo contato. Depois, logo que cheguei aqui conheci uma garota, no curso de alemão para estrangeiros, namoramos um tempo, mas acabou.

Lupe falava das namoradas, mas poderia ser de uma bicicleta ou de uma maçã, algo cotidiano. Eu estava gelada, aquele assunto me parecia inadequado, fora de lugar, por que ela me dizia tudo aquilo?, mas ao mesmo tempo era atraente, muito atraente. Sentia que começava a tremer, fiz menção de me desvencilhar, Lupe segurou a minha mão com força. Meu coração batia tão forte que tive medo que ela ouvisse. Na verdade, eu percebia pela primeira vez um tipo de sentimento que até então não existia, ou, se existia, eu nunca tinha percebido. Um desejo, não um desejo exato, mas algo que se alastrava, tomando não somente o corpo, mas o pensamento também, assim, ao fechar os olhos, eu, cega, me enxergava pelo avesso. Minha mão suava por baixo da mão de Lupe. Tudo em mim se liquefazia, os órgãos internos, e senti até a cicatriz nas costas, uma dor leve, porém aguda, eu era apenas uma casca mole e úmida. Não é possível que aos dezoito anos você ainda não soubesse da sua atração por mulheres, me perguntaria Lupe muitas vezes depois, foi a primeira coisa que eu percebi em você, ela ria, minha resposta era sincera, não, eu não havia percebido, e nem imagino como você, que não me conhecia, poderia saber uma coisa dessas. Estava escrito na sua cara, no seu jeito de se vestir, os seus gestos, você parecia um garoto, o cabelo curtinho, e também no seu olhar, bom, então havia algo escrito em mim sem que eu soubesse, algo que eu mesma não havia lido. Mas você nunca havia namorado ninguém?, não, nunca. Nem beijado? Só um menino quando criança. Só beijo?, só, é claro que só. Você não pensava em sexo?, não, quer dizer, de vez em quando eu pensava que chegaria a minha hora, mas os pensamentos não passavam disso. Mas você não se masturbava? Lupe tinha a inesgotável capacidade de me constranger, às vezes, e no que você pensava?, não sei, Lupe, não lembro, não pensava em nada, em nada?, como é possível?, sendo, as coisas são possíveis, mesmo que não sejam prováveis.

Lupe era alguns anos mais velha, não muitos, mas parecia muito mais preparada para a vida do que eu, havia nela uma entrega e também uma capacidade de olhar para os outros e para si mesma que eu nunca tive. Essa coragem de se aproximar, de arriscar tudo, uma espécie de fé. E, ao mesmo tempo, um equilíbrio. Lupe era dessas pessoas que sempre conseguem o que querem, e, se não conseguem, têm uma capacidade incrível de regenerar seus sonhos.

— Eu quero você. — Foi o que ela me disse uma semana depois, durante uma festa da faculdade.

Num primeiro momento achei que havia entendido errado.

— O quê?

— Eu quero você — ela repetiu, enquanto bebia mais um gole da garrafa de cerveja.

E eu continuei achando que tinha ouvido mal, ninguém diz eu quero você, o correto seria eu gosto de você ou até, em casos mais extremos, eu amo você, mas eu quero você, imaginei que fosse alguma dificuldade com o alemão. Como eu continuava muda, imóvel, Lupe aproximou o corpo do meu, segurou a minha nuca com a mão que tinha livre e me beijou. Eu fechei os olhos e me deixei afundar, como um náufrago que, após horas lutando com as águas, desiste e finalmente submerge. O alívio da batalha perdida.

Sempre gostei de imaginar como seria morrer, morrer de todas as formas possíveis, o momento súbito e fugidio em que pensamos, então é isso, acabou. E, entre as várias mortes possíveis, a minha preferida é morrer afogada. Não sei onde havia lido que era uma morte feliz, provavelmente não era, era terrível como todas as outras, mas a ideia do silêncio no fundo do mar ou até de uma piscina me atraía. Uma vez, eu tinha uns doze anos, fomos passar as férias em Lanzarote, como faríamos todos os anos seguintes, era verão, e, apesar da água fria, meu pai me convenceu a entrar, faz bem para a circulação, ele dizia. Entrei e aos poucos fui me acostumando, criando coragem. Eu sabia nadar, mas uma coisa era nadar numa piscina e outra no meio do Atlântico. A piscina é previsível, já o mar, o mar é um ser vivo, envolvente, genioso. Naquele dia as águas estavam calmas, um ondular quase imperceptível, entrei no início meio desconfiada, mas logo me animei, nadamos juntos, depois meu pai voltou para a areia e eu continuei nadando, me sentindo boba por causa da resistência inicial. E foi justamente no momento em que eu me sentia melhor, à vontade, mais segura, que fui puxada para longe. Um polvo invisível estendia seus tentáculos e me agarrava. Quando vi, a praia estava tão distante que me pareceu uma ilusão de ótica, como era possível me afastar com tanta rapidez? Me desesperei, depois fiz um esforço imenso para sair daquele estado de pavor, comecei a nadar, braçadas rítmicas e fortes, pensava nas aulas de natação, o professor me elogiando, isso, Maike, muito bem, continue assim, continue assim, um, dois, três, respire, um, dois, três, respire, eu podia ouvir a voz dele. Mas logo cometi o erro de parar e olhar em direção à praia outra vez. Apesar de tudo o que havia nadado, eu estava cada vez mais longe da costa. Tive um acesso de pânico. Eu precisava me acalmar, era urgente. Comecei a boiar. Pensei que meus pais perceberiam que eu havia sumido e me encontrariam, tentei me concentrar nisso, mas a mente não deixava, a mente só pensava na distância entre meu corpo e a areia, meu corpo e a areia, pensava que talvez aqueles fossem os meus últimos pensamentos, o corpo e a areia, e a sensação de absurdo, então era esse o fim?, não era possível, a morte não podia vir assim, de forma tão idiota, tão sem sentido. Aos poucos eu ia cansando, comecei a engolir água, eu sabia que em algum momento me veria obrigada a desistir e me juntaria aos demais corpos no estranho museu subaquático, peixes e corais saindo pelas órbitas, talvez uma questão de segundos, mas, naquele instante, um segundo era qualquer coisa, um segundo era toda a história do universo. E quando esse momento finalmente chegou e eu desisti, os músculos que deixam de se contrair, e fechei os olhos e senti o mar me abraçando e a água entrando nos pulmões, nesse último instante a mão de alguém me puxou para fora, gritando num idioma incompreensível. No último instante uma pequena embarcação me viu e seu único tripulante me salvou. Alejandro, seu nome, o nome do pescador. Nunca mais soube dele, soube apenas que meus pais quiseram remunerá-lo com uma boa quantia em dinheiro, mas ele não aceitou, algo assim.

Quando Lupe me beijou pela primeira vez, eu pensei na areia que se afastava e em Alejandro e na mão que me puxava pelos cabelos para a superfície.

3

Depois do beijo saímos em silêncio da festa, de mãos dadas. Eu me sentia tão diferente, pensava nos outros estudantes que nos viram, nos comentários, sentia um misto de timidez e entusiasmo, acabávamos de fazer algo inédito no mundo.

— Para onde você quer ir? — ela perguntou, parecia óbvio que continuaríamos juntas naquela noite.

— Não sei...

— Não posso te levar para a casa da minha irmã, meu sobrinho não tem nem dois meses, chora a noite toda.

— Claro.

— E você?

— Eu o quê?

— Você mora sozinha?

— Não, moro com os meus pais — e eu sentia que o fato de morar com meus pais me salvava de alguma coisa, ao menos naquele momento me apegaria a isso.

— Tudo bem a gente ir pra lá?

Eu fiquei em silêncio alguns instantes, não sabia muito bem o que Lupe pretendia, talvez ela quisesse apenas conversar, assistir a algum filme, mas talvez não, talvez o desejo de privacidade fosse um prolongamento do que começáramos havia pouco. Não quis arriscar.

— Meus pais são muito conservadores, eles não entenderiam.

— Diz que eu sou uma amiga, afinal, não somos amigas?

— Claro, somos.

— Então?

— Não sei.

— Você não costuma receber amigas na sua casa?

Achei melhor omitir o fato de que eu não costumava receber ninguém em casa:

— Não é isso, Lupe, é que as coisas estão acontecendo muito rápido. Preciso de um tempo para pensar.

— Mas para pensar em quê?

— A gente se beijou.

— E daí, neste exato momento há uma quantidade imensa de pessoas se beijando no mundo.

— Não é disso que eu estou falando.

— Você está falando do quê, então?

— Eu nunca tinha beijado uma mulher — não tive coragem de dizer que, com dezoito anos, nunca tinha beijado ninguém, nem homem nem mulher, nada. Me sentia a pessoa mais excêntrica do mundo.

— Não gostou?

— Gostei, claro que gostei.

— Então?

— Então nada, Lupe, preciso pensar.

— Então pensa, eu espero.

Ela parou no ponto de ônibus, sentou num banco, tirou um livro da bolsa e começou a ler, a capa logo me chamou a atenção, uma freira sentada junto à sua mesa de trabalho, sobre o peito um enorme brasão com uma pintura religiosa, a mão direita sobre um livro aberto, atrás dela, o que parece ser uma grande biblioteca, sor Juana Inés de la Cruz, dizia o título, quis perguntar quem era, mas naquele momento me pareceu mais urgente resolver logo aquela situação.

— O que você está fazendo?

— Esperando.

— Mas esperando o quê?

— Você acabar de pensar, o que mais seria?

— Eu não sei, eu não consigo pensar assim, no meio da rua.

— Você está com medo?

Eu fiquei sem reação, queria dizer que não, imagina, de jeito nenhum, afinal, do que eu teria medo?, mas só consegui fazer um leve gesto afirmativo com a cabeça.

— Tudo bem, Maike, tudo bem, não precisamos ter pressa.

Lupe guardou o livro novamente na bolsa, me deu um beijo no rosto e subiu no ônibus que acabava de chegar. Eu fiquei ali, acenando e me sentindo ao mesmo tempo alegre e melancólica.

Quando cheguei, minha mãe, como de costume, perambulava insone pela casa. Me achou diferente, o que você tem?, aconteceu alguma coisa?, eu disse que nada, onde você esteve?, você bebeu?, eu disse que nada, que estava tudo bem e, alegando cansaço, fui direto para o quarto. Pensei em ligar para Lupe ou mandar uma mensagem, mas o que eu diria? A verdade é que o constrangimento que eu sentia em relação a ela só aumentara. Lupe via de forma natural algo que era uma avalanche para mim, eu havia beijado uma mulher e isso não era como ir na esquina e tomar um sorvete, não era como acordar todos os dias e escovar os dentes, não, e nada que ela dissesse me convenceria da desimportância desse acontecimento. No fundo, sentia que o fato de ter beijado uma mulher, quando até então nada apontava para esse desejo em mim, era algo muito mais revelador, mais importante do que simplesmente haver beijado Lupe. Depois ela me perguntaria, mas você não havia percebido antes? E eu mesma me faria essa pergunta, me fiz essa pergunta diversas vezes naquela noite, nas noites seguintes, onde eu havia estado até então? Como era possível que nada em mim, nos meus pensamentos, houvesse me avisado? Se qualquer um percebia, como ela afirmaria depois, como era possível que eu não tivesse me dado conta?

Passei a noite pensando em todos os momentos em que havia sentido desejo por alguém, mas, por algum motivo, era como se esse desejo, até então, não existisse, ou se enevoasse antes mesmo de tomar corpo, como era possível? Até então me parecia normal, e me lembrei de ter ouvido uma conversa entre minha mãe e uma amiga, que lhe perguntava se eu já tinha namorado, acho que não, ela respondeu visivelmente constrangida, há pessoas que demoram em ter esse tipo de interesse, e, que eu saiba, Maike só se interessa por filmes de terror. Na hora não pensei muito no que ela dizia, em seu constrangimento, mas naquela noite tudo poderia ser lido sob um outro prisma. Não, eu não me interessava de verdade por filmes de terror, não pelo filme em si, apesar de assistir a um ou dois por noite, o que eu buscava era outra coisa, algo intenso, alguma emoção que se sobrepusesse à inércia que me acompanhava, feito sombra, feito esquecimento, nem que fosse através do medo ou de um susto inesperado, mas isso nunca vinha, a intensidade.

Muito antes do episódio da faca, muito antes de tudo. Minhas primeiras memórias, após o encontro com Lupe, eu fazia um esforço para me lembrar delas, da mais antiga, eu lembrava muito pouco, quase nada do que acontecera antes dos cinco, seis anos. Uma ladeira, sim, uma ladeira e algumas crianças, uma ou duas, duas crianças, cada uma numa bicicleta. As crianças, uma menina e um menino, deviam ser irmãos, gêmeos, acho, as crianças desciam ladeira abaixo em suas bicicletas, as crianças gritavam. Eu, que estava no meio do caminho, não conseguia me mexer, elas se aproximavam cada vez mais rápido, e eu ali imóvel, meu corpo feito chumbo, feito planta, até que alguém me puxou pelo braço, a voz no último segundo, sai daí, cuidado. A mão que me puxou pelo casaco, um casaquinho de tricô, bege, as bicicletas desgovernadas. Não sei a quem pertencia essa mão. Nunca soube. As crianças continuavam gritando até que as bicicletas derraparam soltas pelo chão de terra batida, as crianças machucadas. Alguém correu para acudi-las, as crianças choravam. Eu saí correndo, corri o mais rápido que pude, corri até me perder de vista. O medo de que a culpa fosse minha. Nessa primeira lembrança, a que me inaugurava, já havia uma névoa que a encobria, uma tristeza que se interpunha entre as palavras e as imagens. Mas não era uma tristeza óbvia, ela não gritava, não provocava lágrimas nem desespero, ao contrário, um sentimento contido, como uma melodia, tão baixa, quase imperceptível, mas que está lá, o tempo todo, como um ritmo do mundo. Assim, muito antes do episódio da faca, a tristeza já estava ali. Eu sentia que a violência inesperada daquele ato apenas confirmava uma dor incrustada no corpo, e a faca nada mais fizera do que abrir uma marca que já estava lá.

    Liguei para Lupe no dia seguinte, às sete da manhã, oi, te acordei? Eu praticamente não dormira, passara a noite esperando o ponteiro do relógio avançar, sete horas me pareceu um horário aceitável. Mas, pela voz arrastada de Lupe, ela não era da mesma opinião. Mesmo assim, se mostrava feliz, surpresa:

— Que bom que você ligou, pensei que fosse sumir.

— Sumir, eu, mas por que eu sumiria?

— Bom, você ficou tão abalada...

Em vez de explicar qualquer coisa, tomei coragem e sugeri:

— Quer vir para cá tomar café da manhã comigo?

— Mas você não disse que seus pais...

— Meus pais têm um compromisso em outra cidade, vão voltar tarde.

— É mesmo? — Lupe não escondia o entusiasmo. — Então estou indo, me dá o endereço.

    Desliguei o telefone apavorada, o que eu tinha feito? Por que eu não tinha simplesmente marcado na faculdade ou numa cafeteria qualquer? O que eu pretendia com aquilo? Outros beijos? Sexo? Senti o estômago se contrair. Tomei banho correndo, vesti uma calça jeans e uma camiseta preta, me olhei no espelho, sobre minha aparência tantas vezes Lupe diria, mas, Maike, você parecia um menino, mas e daí, eu argumentava, desde quando não gostar de usar vestido significa alguma coisa?, e, realmente, eu nunca gostara, eu não tinha culpa se o vestido, tão bonito nas outras meninas, em mim se transformava num embuste, numa fantasia, e como eu ia querer sair na rua fantasiada de mulher-maravilha ou de odalisca? Tomei banho correndo, vesti a calça e a camiseta, pus um colar com três tiras finas de couro e um pequeno fecho de prata, que eu comprara num raro impulso no mercado de pulgas e nunca usara, arrumei o melhor que pude a cesta com pães, os queijos e as frutas sobre a mesa, o cabelo ainda molhado quando a campainha tocou. Meu coração parecia que ia pular para fora e sair rolando feito bola de gude pelo assoalho. Me olhei uma última vez no espelho do hall, ajeitei o cabelo e abri a porta.

— Pensei que tinha errado o endereço.

— É. Não. Quer dizer, não, o endereço é este mesmo.

Lupe riu. Eu me sentia tão boba perto dela. Eu não sabia se a abraçava, se dava um beijo nela, se lhe estendia a mão.

— Você não vai me dar um beijo?

— Ah, claro — e fiquei sem reação, que tipo de beijo ela pretendia?

— Pode ser um beijo no rosto, Maike.

Dei um beijo rápido nela, que saiu meio bochecha meio canto da boca, eu me sentia cada vez mais idiota. O que ela vira em mim?

— Quer um café?

— Quero.

Lupe parou em frente ao jardim, foi até lá, tirou uma flor do canteiro de hortênsias e colocou no cabelo, depois voltou para a cozinha, abriu um dos livros de receitas que a minha mãe empilhava em ordem de tamanho sobre a bancada da cozinha, eu a olhava de rabo de olho enquanto fazia o café, linda, ela era linda, como é que eu não havia percebido? Usava um vestido com bordados em cores fortes, o cabelo preso num coque displicente, os olhos maquiados e a boca nua. E foi quando pensei nessa expressão, a boca nua, que me veio o desejo, um desejo que mais se assemelhava a um instante de alheamento, me aproximei, estendi minha mão como quem faz um convite, vem cá. Ela deixou que eu puxasse seu corpo até que fosse possível sentir seu cheiro, o cheiro de sabonete e de cabelo recém-lavado. Nos beijamos.

Sem soltar sua mão, guiei-a pelas escadas até o meu quarto. Tranquei a porta. Ajudei Lupe a tirar o vestido, ela não usava sutiã, olhei com atenção para os seus seios. Levemente assimétricos, a aréola e o bico acastanhados em contraste com a pele branca. Circundei-os com a ponta dos dedos quase sem tocá-los, o contorno macio dos seios de Lupe, a pele arrepiada, os bicos agora duros e pontudos, depois movimentos de luz e sombra, eu os tocava como quem toca uma substância desconhecida, a textura, o gosto da pele de Lupe, onde eu estivera aquele tempo todo? Toda a minha vida até então? Tira, disse Lupe, puxando a lateral da própria calcinha, sem desviar os olhos dos meus. E eu fui me aproximando, os lábios pela sua cintura, pela carne que, apesar da aparente magreza, se acumulava na barriga e nos quadris. Tira, repetiu Lupe, e percebi que eu tinha medo, medo de como seria desfazer-me daquele último artifício, o tecido que nos separava e protegia. Puxei desengonçada o pedaço de pano que ia se enroscando, se agarrando às pernas de Lupe, desviei o olhar da sombra escura dos pelos, do aroma que se embrenhava pela sombra escura dos pelos, escapei em direção ao interior das coxas de Lupe e depois às tatuagens que se estendiam pelo quadril, pelas costas, subindo até a nuca. Eu ia beijando e escapando das armadilhas do corpo de Lupe até que ela me puxou pela cintura, me apertou com força, deslizando as mãos pelas minhas costas, eu correspondi com palavras sussurradas em seu ouvido, e deixei que ela me despisse. E foi um assombramento, Lupe, e a minha desnudez junto a Lupe e ao sexo de Lupe e à origem e ao fim de tudo o que existia.

4

Após daquele encontro as coisas assumiram uma rapidez inesperada. Uma semana depois eu a apresentei a meus pais. Eles reagiram com um misto de surpresa e falsa naturalidade. Se você está feliz, é o que importa, disse a minha mãe, tentando dar às suas palavras uma leveza que elas não tinham, se você está feliz, claro, ainda mais na sua idade, essas coisas são comuns, depois passa, esses arroubos de adolescência. Meu pai assentiu com um leve meneio de cabeça, nada que pudesse significar um compromisso ou uma adesão. Na realidade, eles adotaram, como de costume, como no episódio de Max e da faca, a estratégia de agir fazendo de conta que nada acontecera, se não se falasse mais no assunto, quem sabe ele magicamente desapareceria? Assim, passaram a se referir a Lupe como *a sua amiga*, alguém que por acaso estava ali, com eles à mesa do café da manhã, servindo-se de um prato de *huevos rancheros* com abacate.

— É um prato bem substancioso, assim logo pela manhã, não?

— É, sim, mas eu estou acostumada.

— E esse molho, é pimenta? — minha mãe se referia ao molho que Lupe trouxera e que derramava sobre a comida.

— É, você quer um pouco?

— Não, pelo amor de deus, não!

Lupe sorri.

— Seus pais, Lupe, eles devem sentir muito a sua falta, não? — minha mãe perguntava daquele seu jeito muito simpático e sorridente, mas que eu sabia muito bem o que significava.

— Sentem, sim, mas eles sabem que eu estou muito feliz aqui.

— Mas você não pensa em voltar para lá, digo, quando terminar o curso, deve ser muito difícil viver longe da família, você não acha, Maike?

— Acho que depende da família — a minha raiva aumentava a cada frase daquela conversa.

— É sempre difícil viver longe de quem a gente ama, eu não desejaria isso para ninguém — diz Lupe enquanto me lança um sorriso.

Minha mãe estava claramente constrangida. Resolveu mudar de assunto:

— Sabe que nós temos muito interesse em visitar o México, vi umas fotos numa revista outro dia, tudo tão colorido, e essa festa dos mortos, é algo tão... tão exótico.

Meu pai lia o jornal, alheio ao que acontecia, eu tinha vontade de pegar Lupe pela mão e sair correndo. Em encontros como aquele me via obrigada a enxergar algo que eu até então apenas vislumbrava: que entre mim e meus pais existia uma distância intransponível, e que se as boas maneiras e a aparente tranquilidade daquela casa haviam encoberto até então esse fato, o surgimento de Lupe e suas inesperadas consequências tinham revelado, ao menos em parte, esse insistente texto subterrâneo. De uma hora para outra, ou ao menos me pareceu assim, tive a certeza de que a pessoa que habitara aquela casa não existia mais.

Um mês depois, já com as malas prontas, avisei a eles que decidira morar sozinha, com Lupe?, eles logo perguntaram, um nervosismo na voz, não, sem Lupe, respondi, e não pude deixar de ver, com certa tristeza, a satisfação em seus rostos. Fui morar num pequeno apartamento em Kreuzberg, corredor, quarto, cozinha e um microscópico banheiro. O prédio antigo precisava de reforma, mas isso não me incomodava, ao contrário, dava a ele um quê de autenticidade e, claro, se refletia num aluguel acessível, minha mãe diria que é uma espelunca, pensei, as escadas intermináveis até o quinto e último andar, mas tinha uma pequena varanda, cabiam ali com certeza duas cadeiras e talvez até uma mesinha. Dentro, no único quarto, cabia uma cama não muito grande e a mesa de jantar, que eu usaria também de escrivaninha. Era tudo do que eu precisava, e pouco me importei com a vista, ou a falta de vista, o apartamento dava para o quintal interno, voltado para o interior de outro prédio, tão próximo que era possível ver seus moradores escovando os dentes e todo tipo de intimidade. Levei os móveis do meu quarto e mais alguns quadros que minha mãe fez questão de me dar de presente, uma litografia do artista tal, e uma pintura de não sei quem, levei mais por insistência dela, deixei ambas encostadas num canto do quarto, esperando um veredito sobre qual parede ocupar.

Lupe foi comigo à Ikea, onde fui comprar as coisas que faltavam, um sofá, duas cadeiras e alguns eletrodomésticos indispensáveis. Ela passeava entusiasmada pelos vários andares da loja.

— Que tal este sofá?
— Pode ser.
—Vem aqui, vamos testar.
Lupe me empurrou para o sofá, sentou-se agarrada em mim.
— Faz de conta que estamos assistindo tv.
Lupe me beijou, um beijo longo e apaixonado, eu não tive como evitar o constrangimento. Ela riu. Eu ri um riso forçado, por mais que lutasse contra, ainda me sentia estranha com essas demonstrações em público.
— Por que não moramos juntas?
Eu dei uma gargalhada, achei melhor fazer de conta que era parte da brincadeira. Peguei Lupe pela mão e logo mudei de assunto, olha só aquele sofá preto, o que você acha?
Ao chegarmos em casa, arrumamos tudo, Lupe me ajudou na montagem da pequena mesa de centro que ela me convencera a comprar.
— Nunca imaginei que compraria uma mesa de centro.
— Não? Mas por quê?
— Não sei, sempre me pareceu a essência da família burguesa.
— Como a sua? — Lupe riu.
— É, como a minha.
— Sinto te dizer, mas não se pode abrir mão da mesa de centro, é o coração de uma casa, afinal, onde você vai colocar seus paninhos de crochê, seus bibelôs, seus livros de arte?
— Muito engraçado.
— Maike...
— O quê?
— Por que não moramos juntas?

Ela me pegou de surpresa, e num primeiro momento eu fiquei sem saber o que falar, fiquei alisando a tampa da mesa, depois disse:

— É cedo ainda.

— Cedo para quê? Estamos esperando alguma coisa?

— Cedo para essa responsabilidade.

— Mas qual é o problema com a responsabilidade? Tudo é uma responsabilidade, um casamento, uma relação de trabalho e até mesmo um encontro qualquer, basta estar vivo.

— Não é isso.

— É o que, então?

— Eu não sei se quero.

Lupe se afastou um pouco.

— Ah, entendi... — ela fingia que arrumava os livros na estante, fui até lá, coloquei a mão sobre seu ombro.

— Não, Lupe, você não entendeu.

— Então explica — Lupe continuava de costas para mim, arrumando os romances que ela me dera em ordem alfabética.

— Nem eu mesma entendo, Lupe, se entendesse, não estaríamos tendo esta conversa.

— Você se desapaixonou, é isso? Veja que nem estou usando a palavra amor.

Eu não me desapaixonara, mas, estranhamente, ao sair da casa dos meus pais, parte do encanto que eu sentia por Lupe se dissipara. E agora aquele distanciamento. Como uma engrenagem que perde a sua força.

— Não, não é isso, mas é que agora há essa liberdade que eu nunca tive... eu queria olhar com mais calma para isso.

Lupe se virou para mim.

— Mas quem está te impedindo? Eu não tenho a menor intenção de atravancar a sua liberdade.

Ficamos as duas em silêncio, Lupe foi até a janela, permaneceu ali alguns minutos, depois se virou novamente.

— Está bem, Maike — ela me abraçou, as lágrimas desciam pelo meu rosto, eu queria e não queria, eu amava e não amava, um desejo que, a todo instante, enfrentava o seu oposto.

Apesar da decisão de não morarmos juntas, Lupe passava quase todas as noites lá, e, sem perceber, começamos a ter uma vida de casadas, dormíamos juntas, estudávamos juntas, comíamos, líamos, tomávamos banho juntas. No início, apesar do que eu afirmara na primeira conversa, algo naquilo me atraía, especialmente o sexo, que era uma extensão segura daquela primeira vez, e significava, sempre que se repetia, uma surpresa e uma afirmação. Mas, passados os primeiros meses de entusiasmo, a convivência aguda começou a me incomodar. Por mais que eu gostasse de Lupe, do corpo, das mãos, da boca de Lupe, eu não queria casar com ela, e não só isso, eu, mais do que nunca, sentia falta de certa solidão. Não para sair com outras pessoas, como Lupe imaginava, mas apenas o silêncio (e Lupe era barulho, música, pulseiras, colares, panelas), o tempo para finalmente entender o que estava acontecendo, entender os mais recentes, mas também os mais antigos acontecimentos. Porque sair da casa dos meus pais em nada resolvera os meus problemas, de certa forma até os aguçara. Sentia que minha vida estava cheia de elipses, palavras não ditas, verdades escamoteadas, que se materializavam numa angústia, uma inquietação constante. E se até então eu vivera alheia a isso, anestesiada, ou fingindo que nada acontecia, agora, pela primeira vez, eu queria saber, mesmo sem ter certeza de que havia realmente algo a descobrir, eu precisava saber. Quanto a Lupe, ela se mostrava alheia às minhas incertezas, fazia planos para o futuro, alugar um apartamento maior onde ela pudesse instalar seu ateliê, uma longa viagem para o México, você vai adorar, tem tantos lugares que eu quero que você conheça, o DF, claro, mas também Oaxaca, o mercado de Oaxaca e algumas praias que eu adoro, Mazunte, Zipolite, tanta coisa que eu quero que você veja, porque eu acho que quando você conhecer o México você vai entender melhor quem eu sou, entende?, e falava então longamente do México e da sua vida no México e de artistas mexicanas que ela admirava, e todo aquele mundo do qual eu nunca havia ouvido falar e ao qual eu reagia com inesperada indiferença, não, Lupe, eu não quero conhecer o México, eu tinha vontade de dizer, nosso distanciamento, isso seria o mais lógico, mas, sem saber por quê, eu ia noutra direção, bem mais ao sul, a faculdade, o curso de português, ao qual eu me apegava cada vez mais, música, filmes, leituras, participava com entusiasmo de toda e qualquer atividade extra, a sonoridade daquele idioma me transportava para um lugar desconhecido, em que eu, por mais improvável que pare cesse, me sentia em casa.

    Comecei a trabalhar quatro horas por dia na biblioteca da faculdade, e foi também nessa época que Lupe foi aceita na Escola de Belas-Artes, o que de certa forma nos afastou ainda mais. Lupe já não assistia às aulas de português e passava bastante tempo com os novos amigos que fizera, artistas, pessoas certamente interessantes, mas que eu preferia ignorar, durante a semana quase não nos encontrávamos, e quando ela aparecia lá em casa eu inventava desculpas para ir à padaria ou ao supermercado só para, no caminho, parar num café e ficar observando o movimento, ou dar um pulo na pequena mas bem fornida livraria do bairro, onde o dono, sempre de mau humor, costumava maltratar os incautos e mesmo os poucos clientes que, como eu, insistiam em frequentar o local. Não que eu quisesse fugir dela, ao menos era o que eu dizia a mim mesma, quase sempre o que eu buscava era a sensação de não fazer nada. Apenas ver o tempo passar. O tempo que, pela primeira vez, se revelava em sua total exuberância, eu, que até então habitara um limbo, sem horas, sem passado, e agora, devido a algum novo mecanismo, finalmente começava a envelhecer. Um dia Lupe me desmascarou, você não disse que tinha que ir à farmácia? Pois é, eu ia, mas no caminho lembrei que esqueci a receita em casa e decidi, para não perder a viagem, tomar um café, cinco minutinhos. Lupe me olhava desconfiada, são essas pequenas mentiras, ela disse, que minam a relação da gente, ouviu? E eu pensava justamente o contrário, são essas pequenas mentiras que possibilitam nossa relação.

Minha mãe só aparecia quando tinha certeza de que Lupe não estava, trazia quantidades enormes de comida, quase tudo comprado em caríssimas delicatessens, azeite de oliva que custava o salário de uma pessoa, trufas colhidas por porcos no Piemonte, especiarias orgânicas da Índia, chegava abrindo as janelas, limpando a pia da cozinha, passando os dedos pela parede do banheiro, quando foi a última vez que este apartamento passou por uma faxina? O nome de Lupe era palavra a se evitar, minha mãe se referia a ela como *a sua amiga* ou simplesmente *aquela moça*, quando a sua amiga vai voltar para o México?, ou, você ainda é muito jovem para se apegar tanto àquela moça. Meu pai apareceu por lá apenas uma vez, para o café da manhã, muito rápido, com a desculpa de que tinha dentista depois. Tentávamos todos, sem muito sucesso, fingir que nada havia mudado. Com o tempo comecei a evitar esses encontros, quase nunca ia à casa deles, e quando minha mãe aparecia eu inventava compromissos para não estender demais a conversa. A verdade é que, desde que eu me mudara, meus pais passaram a me incomodar cada vez mais, o que não tinha um motivo muito claro, já que, no fundo, não eram melhores ou piores do que outros pais. E talvez essa tenha sido a constatação mais assustadora, a sensação de que, apesar da inexistência de grandes tragédias, algo não funcionava entre nós, como bonequinhos de corda que iam pouco a pouco perdendo o impulso que os movimentava, não porque eles tivessem feito algo indesculpável, não, não eram piores nem melhores, mas sua simples presença provocava em mim um embotamento, talvez raiva, talvez culpa, talvez algum outro tipo de rancor, como se eles tivessem me tirado alguma coisa.

— Mas o que eles podem ter tirado de você? Eu só vejo é eles te darem e te darem coisas. Olha só pra este lugar, parece um depósito, já não cabe mais nada aqui dentro.

— Não, é claro que eles não tiraram nada de mim, é só um sentimento.

Lupe se aproximou, fez um carinho no meu cabelo. Eu me afastei num gesto automático, tinha medo que a minha raiva se estendesse a ela também. Dei um beijo conciliatório em seu braço.

— Deixa pra lá.

Lupe não entendia, ela achava que eu os evitava por sua causa, e se sentia culpada.

— Dê a eles uma chance, a gente os pegou de surpresa, quando se acostumarem com a ideia as coisas vão voltar a ser como antes.

— Mas é justamente isso que eu não quero, que as coisas voltem a ser como antes.
— Não?
— Não. Eu não quero voltar a ser a pessoa que eu era, porque a pessoa que eu era não sou eu, e o que restou de mim eu desconheço, você entende?
Lupe me olhava assustada.
— Entendo, claro.
Não, ela não entendia.
Foi também nessa época que me surpreendi com o reaparecimento de antigas lembranças, entre elas, Max, que sempre fora um tabu na casa dos meus pais. Jamais podia mencioná-lo, nem ele nem nada que pudesse remeter ao acontecido. Mas, em algum lugar obscuro da minha memória, Max continuava lá, enfiando uma faca nas minhas costas, Max, o que teria sido dele? Me veio um inesperado desejo de saber da sua vida, vê-lo, conversar com ele, talvez perguntar algo sobre o episódio, o que ele diria? Teria visto, saberia de alguma coisa? Lembrei de suas palavras, que agora me pareciam um vaticínio, você acha que você existe, assim como a Píppi Meialonga acha que ela existe, mas é tudo um engodo. E ele enfiara uma faca nas minhas costas para demonstrar o que dizia, sem sucesso, acho. Por onde andaria? Passei longo tempo tentando me lembrar do seu sobrenome, que por algum motivo estava totalmente apagado da minha memória: Müller, Mann, Meyer, algo com a letra M, comecei a fazer listas mentais com possíveis nomes: Max Matthes, Max Maurer, Max Möhring. Até que um dia, enquanto lavava a louça do café da manhã, ele finalmente veio, o nome completo de Max, Maximilian Mönch, era isso. Deixei o resto da louça suja e saí correndo para me sentar no café da esquina, escondida numa

pequena sala ao fundo, com apenas um sofá e duas mesas, onde Lupe não conseguisse me achar. Abri o computador e, após uma breve busca e a exclusão de falsos Max, lá estava ele, uma homepage em que aparentemente o mesmo Max que me esfaqueara exibia uma série de pinturas e desenhos abstratos. Eram bonitos, e, de alguma forma, aquilo me emocionou. Sim, só podia ser ele, na foto que acompanhava sua sucinta biografia o rosto pouco havia mudado, apenas o olhar um pouco mais oblíquo, mas, sim, era ele, eu tinha certeza. O único contato era um endereço de e-mail, escrevi sem pensar nas consequências, sem pensar em nada, apenas com a certeza de que ele sabia de algo, algo sobre mim, tinha que saber. Oi, Max, sou eu, Maike, sua amiga de infância. Achei você aqui, gostei muito das suas pinturas. Podemos conversar? Abraço. Depois de apertar o *send*, meu corpo todo gelou, eu tremia, meu deus, onde eu estava com a cabeça?

Passaram-se algumas semanas e nenhuma notícia, eu já havia desistido, de certa forma aliviada de não ter obtido resposta, quando surge na minha caixa de mensagens um remetente que não conheço, mas que tem o mesmo sobrenome de Max: Eleonora Mönch. Abro o e-mail e logo lembro, claro, trata-se da mãe de Max, cara Maike, demorei muito tempo em me decidir a te escrever, mas os acontecimentos de ontem me fazem pensar que talvez fosse positivo para você e Max um encontro depois de todos esses anos. Max está impossibilitado de viajar, assim, eu pediria que você viesse me encontrar e juntas lhe faríamos uma visita. Eu explico pessoalmente, é tudo muito complexo e seriam necessárias páginas e páginas para te contar toda a situação. Eu sei que você tem carinho pelo meu filho, apesar de tudo o que ele fez, e espero que algum dia possa perdoá-lo, na época nós não sabíamos, mas já eram os sinais da doença. Você ainda mora em Berlim? Eleonora mandava o endereço e uma passagem de trem Berlim-Zurique-Berlim.

Peguei o trem no dia seguinte. Disse a Lupe que ficaria na casa dos meus pais, minha mãe não estava se sentindo bem e meu pai tinha um projeto urgente para terminar. São só dois dias, sim, eu te ligo, não, não se preocupa, claro, pode deixar. Entrei no trem com minha mochila para dois dias e um frio na barriga. Então era assim fácil, esse tempo todo, bastava uma busca na internet e lá estava Max, por que eu não tinha pensado nisso antes, eu me perguntava, e logo vinha a resposta, porque até então eu nem me lembrava da existência de Max, não, mentira, eu me lembrava, mas de uma maneira desinteressada. Mas o que havia mudado, então? E essa pergunta me parecia tão misteriosa quanto o próprio Max, por que será que ele não podia viajar? E por que a mãe, e não ele, respondera ao meu e-mail? As possíveis respostas se enfileiravam na minha mente, talvez ele tivesse medo de ser preso? Provavelmente, não por acaso a família se mudara, ou talvez não fosse nada disso, talvez ele estivesse doente, preso numa cama, ou talvez ele tivesse se tornado um psicopata, um serial killer, e estivesse só esperando para terminar o que começara anos atrás, afinal, quem garantia que aquele e-mail era realmente da mãe dele, ou que ela não era sua cúmplice, eu olhava pela janela, mas as paisagens idílicas do sul da Alemanha, depois as paisagens idílicas dos Alpes suíços, não me aquietavam. O tempo parecia estagnado. Ao entrarmos num túnel, que me pareceu interminável, me lembrei de um conto que lera ainda no colégio, um estudante num trem fazia o trajeto de sempre, mas, ao passar por um túnel que até então lhe passara despercebido, vê que o tempo se estende e que o túnel não acaba nunca, preocupado, vai falar com o cobrador, que lhe assegura que está tudo bem, mais tempo se passa e ele decide falar com o maquinista, e é quando descobre que ninguém conduzia o trem. Ao estudante resta apenas encarar e esperar a morte. Mas por que eu me lembrava disso agora?

    Quando o alto-falante anunciou que em breve chegaríamos a Zurique, peguei minha mochila e me posicionei em frente a uma das portas de saída. A ansiedade tomava conta de mim, como seria? Logo um monte de gente se apinhava com malas e mochilas no pequeno saguão, e a presença daquelas pessoas me reconfortou, como se elas pudessem me proteger. Quando a porta finalmente se abriu e eu desci com as pernas bambas e a respiração urgente, nada aconteceu. Pessoas passando apressadas, algumas à espera, olhando atentas em volta, mas ninguém que eu reconhecesse como a mãe de Max, será que ela me reconheceria? Eu já pensava em ligar para o número que ela me dera quando alguém encostou no meu ombro e eu logo reconheci aquela voz, Maike? Eleonora quase não mudara, continuava com o mesmo rosto, apenas mais magra, algumas rugas e o cabelo curto agora grisalho, um grisalho prateado. Parecia até mais bonita do que na minha lembrança, apesar do semblante abatido e de um insólito movimento do lábio superior sempre que sorria. Sou eu, Eleonora. Apesar de certa indecisão inicial, nos cumprimentamos com um aperto de mão. Como você está bonita, ela disse, eu sorri meio sem graça, meio sem saber o que responder. Fomos caminhando até o carro, ela explicava, desculpe ter pedido para você vir até aqui, vamos primeiro lá para casa, tomamos um café, conversamos com calma, obrigada por ter vindo, Maike, obrigada por não guardar mágoa do meu filho, e eu me perguntava de onde ela tirava essa certeza, de que eu não tinha mágoa, se é que essa era a palavra, afinal que sentimento eu poderia ter em relação a alguém que me esfaqueara pelas costas, literalmente, mágoa, mágoa a gente tem por alguém que roubou nosso ursinho de pelúcia, eu ia pensando, mas achei melhor não dizer nada, os sentimentos iam e vinham feito gangorra.

No carro perguntei, e Max, ele mora com vocês? O lábio superior de Eleonora se contorceu, eu e Wilhelm nos separamos faz tempo, logo depois do..., do..., Eleonora não sabia que palavra usar, do acidente. Wilhelm se casou de novo, tem outra família agora, ele mora em Madri. Entendo, eu não sabia o que dizer. Mas, não, Max não mora comigo. Vamos primeiro para minha casa, tomamos um café, conversamos, você já almoçou? Eu fiz que sim com a cabeça, não sei se ao movimento seguiu-se alguma palavra. Então, tomamos um café, há muita coisa que eu quero te contar, depois vamos ver Max, tudo bem? Sim, claro. Fizemos o restante do trajeto em silêncio, provavelmente guardando as palavras para quando tivéssemos cada uma com sua xícara de líquido escuro na mão. Meus pensamentos voltaram a se tornar sombrios, e se ela quisesse se vingar de mim? Talvez estivesse louca. E se me prendesse no porão da sua casa, lembrei então que absolutamente ninguém sabia onde eu estava, se ela quisesse me prender no porão de casa ninguém viria me buscar. Tive vontade de abrir a porta do carro e pular, mas não, agora é tarde, pensei, tarde demais.

Eleonora morava num elegante prédio de três andares estilo art nouveau, o apartamento cheio de livros, obras de arte, mais livros, mas havia ali certa desordem, uma desordem tímida, porém constante, muitos desses livros são do Max, ela disse. Fomos até a cozinha, ela preparou um bule de café, leite, biscoitos amanteigados, chocolates, colocou tudo numa bandeja de prata e fomos até a mesa da sala. Bom, Maike, eu nem sei por onde começar. Eleonora pareceu-me ainda mais abatida, um ar de tristeza a envolvia, acho que vou começar pelo seu e-mail. Sou eu que administro a página do Max, é raro ele receber uma mensagem, mas quando acontece, se for interessante, eu passo para ele, se for alguma bobagem, ou algo que possa lhe fazer mal, eu mesma respondo, ou apago. Eleonora serviu o café nas nossas xícaras, ofereceu-me leite, os biscoitos amanteigados, eu tinha o estomago feito nó, aceitei apenas o café, fiquei com a xícara entre as mãos me aquecendo de um frio inexistente. Eu imaginava que um dia isso aconteceria, que um dia você viria atrás de Max, ele também sabia, talvez por isso tenha insistido tanto nessa página, uma vez ele disse isso com todas as letras, um dia Maike vai me procurar, quando ela estiver pronta. Eu tive vontade de perguntar, pronta para quê?, mas deixei que ela continuasse falando. Quando li seu e-mail, num primeiro momento pensei em apagar, fingir que nada tinha acontecido, proteger meu filho, desculpe, Maike, não pense que eu vejo em você uma ameaça. Eu tive vontade de rir, de bater nela, como se atrevia?, era ele que saía por aí esfaqueando os outros, não eu. Escute, por favor, talvez antes de mais nada seja melhor te explicar o que aconteceu depois. Depois do que aconteceu. Você não imagina o que foi para nós, para mim e Wilhelm, quando vimos o que Max tinha feito com você, eu fiquei desesperada, Max não dizia coisa com coisa, desculpe se relembro esse assunto, imagino que é muito doloroso e traumático para você. Por outro lado imagino que se não estivesse pronta para lidar com isso não teria vindo até aqui. Mas, como eu dizia, Max não falava coisa com coisa, algo sobre você ser ou não ser real, sobre a verdade, nem me lembro direito. Nós o levamos para casa, meu deus, ele era uma criança, só tinha nove anos, ele nunca havia sido violento até então, você sabe, falava coisas sem nexo às vezes, mas, meu deus, todas as crianças falam. Nós o levamos para casa e ele continuou falando, parecia que delirava, teve febre altíssima por três dias, a febre que não passava com nada, chamamos o médico, ele tampouco sabia o que fazer, sugeriu que chamássemos um psiquiatra, o psiquiatra disse que seria necessário interná-lo. Ficou uma semana na clínica e voltou melhor, pensamos que estava curado. O que acontecera havia sido um episódio isolado e pronto. Achamos melhor mudar de cidade, de país, e foi o que fizemos, assim que o juizado de menores permitiu, não só porque nos sentíamos muito culpados em relação a você, eu sei que te devo um pedido de desculpas, Maike, e talvez você nunca me perdoe, eu entendo, mas não tenha raiva de Max, ele não tem culpa, ele já estava doente. Nesse momento os olhos de Eleonora se encheram de lágrimas, parecia que iam transbordar a qualquer momento, mas o líquido acabou voltando para dentro da própria Eleonora. Eu encostei a borda da xícara na boca, mas a garganta continuava travada. Como eu dizia, achamos que havia sido um evento isolado. Nos mudamos para Zurique, compramos este apartamento. Max parecia bem, dentro do possível, ele sempre foi um menino diferente, você sabe. Se interessou por artes plásticas muito cedo, passava as tardes nos museus, depois do colégio, logo começou a pintar seus próprios quadros, nós o colocamos numa aula de pintura com um artista renomado aqui de

Zurique, ele disse que Max tinha muito talento, pensamos, talvez a arte seja para ele uma solução, talvez a arte pudesse salvá-lo dele mesmo, eu me sentia pela primeira vez mais esperançosa.

Até que, na véspera de ele completar dezessete anos, veio uma nova crise, era janeiro e ele se entrincheirou na varanda do quarto, nu, dizia que o resto da casa estava contaminado, que as roupas estavam contaminadas, que nós, tudo estava contaminado. Eu fiquei desesperada, liguei para Wilhelm, que veio correndo do escritório, na época ainda morávamos juntos, mas nem Wilhelm conseguiu fazê-lo sair de lá. Era tarde e começava a nevar, fiquei desesperada, me culpo muito por isso, mas eu não sabia o que fazer, eu só pensava, meu filho vai congelar lá fora, vai ter uma hipotermia. Chamei a polícia. Quando Max percebeu que havíamos chamado a polícia, subiu no parapeito da varanda e pulou. Dessa vez as lágrimas corriam pelo rosto de Eleonora, tive pena dela, pena de Max. Imaginei seu corpo nu caído na neve.

Foi a segunda internação. A ela seguiram-se muitas outras. Max se recusava a tomar os remédios, e os médicos diziam, não podemos obrigá-lo, é uma escolha dele. Até que um dia ele mesmo decidiu se internar, disse que queria morar na clínica, que achava melhor. Eu tentei dissuadi-lo, nunca entendi o que tinha acontecido, o que o fizera tomar essa decisão. Acabei cedendo, há um ano ele mora na clínica. Foi quando ele decidiu criar esse site, os médicos acharam bom, ele parecia mais calmo, ele mesmo me pediu que administrasse a página, foi quando falou de você, pela primeira vez desde o acidente, os médicos acharam um bom sinal. Eu não sei muito o que achar, mas cada vez mais vejo que tudo o que eu sabia, ou achava que sabia, não serve mais. Eleonora tomou então o primeiro gole do café que já devia estar frio. Ficamos em silêncio, eu não sabia o que dizer, me sentia cansada, confusa. Você deve estar cansada, por que não se deita um pouco, eu preparei o quarto de hóspedes para você. Eu aceitei de bom grado.

— Obrigada por ter vindo, Maike — Eleonora parecia emocionada.

Eu não respondi.

O quarto era todo branco, cortinas brancas, colcha branca sobre a cama, uma poltrona cor areia, sobre a mesa de cabeceira um pequeno vaso com flores frescas, uma bombonnière de cristal e prata com pequenos chocolates, fique à vontade, eu não respondi. Antes de fechar a porta:

— Como estão os seus pais?

— Bem, tudo bem com eles.

— Que bom, Maike, que bom.

Larguei minha mochila sobre uma poltrona, tirei os sapatos, deitei na cama e adormeci.

Quando acordei já estava escuro, levei um susto, quantas horas eu havia dormido? Abri a porta, fui até a sala, não havia ninguém, mas logo vi uma luz na cozinha, Eleonora preparava uma salada. Maike, você acordou, que bom, bem a tempo de jantarmos, você não comeu nada desde que chegou. Diante da minha surpresa, não se preocupe, você dormiu bastante, devia estar precisando, descanse hoje, amanhã cedo iremos até a clínica, assim você terá seu tempo. Aceitei a sugestão de Eleonora sem discutir, conversamos amenidades, comi tudo o que ela pôs no meu prato, bebi uma xícara de chá e voltei para o quarto. Eu achava que passaria a noite em claro, mas não, apaguei novamente. Acordei no dia seguinte encharcada de suor.

Tomamos café da manhã em silêncio. No carro, a caminho da clínica, eu não sabia o que pensar, o que sentir, o que iria dizer a Max, que sentia muito, mas era ele quem me devia desculpas, meus pensamentos oscilavam entre ter raiva e ter pena dele. Eleonora também parecia nervosa, mordia sem parar a pele do dedo mindinho, e o lábio superior ondulava ainda mais raivoso do que no dia anterior. A clínica ficava um pouco afastada da cidade, meia hora, a paisagem verde e idílica era um cenário pouco condizente com o que estava por vir, pensei. Eleonora me dava informações sobre a clínica, como se quisesse me acalmar ou se desculpar porque o filho morava lá, o lugar é muito bonito, muito bem cuidado, é uma clínica particular, cada paciente tem seu pequeno loft com cozinha e uma sala anexa, além disso a qualidade do ar é bem melhor do que na cidade, ar fresco, e a tranquilidade faz muito bem a Max, ele tem estado bem produtivo nos últimos tempos, e agora, além de pintar, está escrevendo um livro, ah, que interessante, eu disse, sobre o quê?, não sei, ele não gosta de falar muito sobre o assunto, diz que dá azar, melhor não fazer muitas perguntas a esse respeito, claro, eu disse, deve estar nervoso com a sua vinda, falamos ao telefone hoje de manhã, mas ele parece bem.

    A clínica era exatamente o que Eleonora havia descrito, só que muito mais luxuosa do que eu havia imaginado. Se eu não soubesse, jamais diria que era uma clínica para pessoas com distúrbios mentais, era assim que se dizia?, eu preferia pensar naquele conglomerado de pequenos e elegantes chalés apenas como "a clínica", que era a forma como Eleonora se referia ao lugar. Fomos recebidas numa recepção que mais parecia o saguão de um hotel cinco estrelas, apresentamos nossas identidades e recebemos uma pulseirinha de borracha azul com um pequeno monitor digital e, pelo que entendi, através da pulseirinha podíamos ser monitoradas, assim como entrar em contato com a recepção em caso de necessidade, e eu fiquei me perguntando que casos seriam esses, e se naquele lugar tão exclusivo, tão tranquilo, corria-se realmente o risco de ser atacado a qualquer momento por algum louco furioso, mas minhas indagações logo foram interrompidas por uma funcionária que nos saudou com simpatia, mas sem sorrisos ou olhares de boas-vindas, e nos acompanhou até o chalé de Max. Eu girava a pulseirinha no pulso como quem dá corda num relógio, o nervosismo voltara. Antes de tocar a campainha, Eleonora me instruiu, não o abrace nem beije nem mesmo estenda a mão, fique a no mínimo um metro de distância, desculpe, mas é importante, ele não suporta a proximidade das pessoas, seja quem for, claro, eu disse, fingindo que era o pedido mais normal do mundo, eu tremia, tudo em mim tremia, e sentia ao mesmo tempo repulsa e fascinação, afinal, quem era Max?

Quem abriu a porta foi um homem jovem muito diferente daquele da foto que eu havia visto na internet, o cabelo castanho e cacheado, óculos com pesada armação negra, vestia um roupão de fundo azul-marinho e estampa de flores coloridas por cima do que eu imaginei ser a calça do pijama, pela abertura superior do roupão entrevia-se o sombreado de pelos escuros, ele e Eleonora se entreolharam numa espécie de saudação, seria mesmo Max?, me perguntei, mas ao ouvi-lo falar tive certeza de que era ele, sim, era Max.

— *Voilà*, pequena Maike, estava te esperando — ele sorriu.

Eu mal conseguia respirar, não consegui dizer nada. Senti a cicatriz latejar como só acontecia em dias do pior inverno.

— Eleonora, por favor, você pode esperar lá fora?, eu gostaria de conversar com minha velha amiga a sós.

Eleonora ficou em dúvida se saía ou não, ele insistiu, ela olhou para mim, eu assenti, pode deixar, ficaremos bem, eu disse. Pensei na pulseirinha, como era mesmo para chamar a recepção?

— Pode sentar, pequena Maike. — Ele apontou para o sofá, e, diante da minha hesitação, disse — Não vai me dizer que está com medo de mim...

Eu sentei, ele escolheu uma poltrona praticamente do outro lado da sala, o que me deixou um pouco mais segura. Acendeu um cigarro numa longa piteira prateada.

— Quer dizer que finalmente você me achou, pequena Maike. Gostou da minha página?

Essa coisa de me chamar de "pequena Maike" já estava me incomodando, devia ser a loucura.

— Muito bonita, Max, muito bonitos os seus quadros.

Max me olhou profundamente incomodado:

— Eleonora não te disse?

— Não me disse o quê? — me parecia estranho que ele chamasse a mãe pelo nome.

— Eu já não me chamo Max, meu nome agora é Fênix — ele soltou a fumaça em minha direção.

— Fênix? — a escolha me pareceu exótica, até meio ridícula.

— Sim, por causa das minhas muitas vidas.

— Ah, sim, claro — achei melhor não comentar.

— Mas, voltando à minha página, eu a criei mais para entreter dona Eleonora, você sabe, coitada, desde que o senhor meu pai abandonou o barco, ela ficou assim, meio à deriva.

Eu achei graça que ele falasse assim de Eleonora, como se a louca fosse ela.

— Ela te contou?

— Contou o quê?

— Que o meu pai foi embora com uma mocinha de dezoito anos, largou tudo, ele não aguentava mais olhar para a cara de tragédia de dona Eleonora, foi viver uma vida mais, digamos, mais solar — Max deu uma leve risada nervosa.

— Ela me disse, sinto muito.

— Não sinta, não sinta, pequena Maike, a culpa foi dela mesma, Eleonora, coitada, tão neurótica, ela nunca bateu bem da cabeça, você sabe.

Aquela conversa estava me deixando de mau humor, fiz menção de levantar do sofá. Max fez um gesto com a mão, como se me detivesse, ou dissesse, não, pequena Maike, fique aí onde está. Foi quando eu percebi que suas unhas estavam cuidadosamente pintadas de preto.

— Mas você certamente não veio até aqui para falar da minha mãe. Vamos ao que interessa. Onde foi que paramos, ah, sim, a minha página. Na verdade, eu não me interesso mais pela pintura, as artes plásticas são coisa do século passado, e na verdade, na verdade, a pintura acabou faz muito tempo, acabou com Delacroix! Depois foi só um tal de encontrar novas formas de enganar os incautos. Duchamp, quem era o tão aclamado Duchamp? Um grande salafrário que pegou uma privada velha, colocou no museu e ganhou milhões de dólares com isso, às custas da ignorância alheia, e com esse gesto enterrou sob um monte de merda, com o perdão da palavra, tudo o que os grandes gênios haviam feito até então. Acabou.

Eu, que não entendia quase nada de arte, apenas concordei com a cabeça, claro claro.

— Agora o que me interessa é a literatura, *les belles-lettres*. Aliás, estou escrevendo um romance.

— É mesmo?

— Quer dizer, o romance já está escrito.

— Ah, então você já terminou.

— Não, claro que não, eu estou escrevendo um romance que já está escrito, em outras palavras, estou copiando.

— Você está copiando um romance já escrito?

— Sim, mas a minha cópia é diferente.

— E por quê? — Max não dizia coisa com coisa, mas eu não me sentia com forças para discordar.

— Que pergunta, Maike, eu pensei que você fosse mais inteligente, onde você esteve este tempo todo?

Voltei a ter medo de sua agressividade, mas algo me fazia ficar, manter aquela conversa de loucos, olhei para ele com atenção, muito magro e alto, as mãos enormes com dedos longos e ao mesmo tempo fortes. Se quisesse, não teria dificuldade nenhuma em me estrangular, calculei. Ele deu uma longa tragada na piteira e continuou:

— Eu copio o livro, e ao copiar escrevo outro livro, primeiro porque sou eu que escrevo e em segundo lugar porque faço pequenas modificações no texto original, às vezes uma vírgula apenas, outras suprimo um parágrafo ou uma expressão que me parece mal colocada. Eu sou como um marceneiro que recebe uma mesa de boa qualidade, mas em mal estado, e vai polindo, polindo, até que a mesa alcance toda a sua potencialidade, coisa que o marceneiro original, por preguiça ou incompetência, não conseguiu fazer, entende?

— Entendo — eu disse, apesar de não entender muito bem o que ele estava dizendo nem onde queria chegar —, mas quem é o autor do livro que você está modificando?

— Modificando não, copiando.

— Sim, copiando.

— Não é um livro publicado, é um manuscrito.
— Bom, e quem é o autor do manuscrito?
— Não sei, achei aqui neste apartamento, quando me mudei, dentro do armário da cozinha.
— E não tinha o nome do autor?
— Não.
— E por que você não entregou lá na recepção?
— E por que eu entregaria?
— Porque não é seu.
— E quem disse que não é meu, que o autor, ao *esquecer* o manuscrito, não estava na verdade me deixando uma mensagem?
— Claro, faz sentido — tentei não soar irônica.
— É claro que faz sentido, basta raciocinar um pouquinho.
— E é sobre o que o manuscrito?
— Sobre uma moça adotada, que, apesar de não saber que é adotada, intui que há algo errado em sua vida. E é também sobre a genealogia dessa moça.
— Interessante, e o que você vai fazer quando terminar de escrever, quer dizer, de copiar?
— Vou procurar uma editora, claro. Estive pensando, acho que vou publicar com pseudônimo, seria mais interessante, e mais de acordo com o éthos da coisa.
— Mas o romance não é seu.
— E daí? A glória também não será minha.
— Mesmo assim, Max, isso é roubo — por algum motivo eu não conseguia me conter.
— Que coisa, Maike, você está obcecada com isso, ah, minha pequena Maike, você não entende nada mesmo de arte, não é?

Tive vontade de socá-lo, talvez de enfiar, desta vez eu, uma faca em suas costas.

— Pensei num pseudônimo feminino, porque, você sabe, minha verdadeira alma é feminina. Um pseudônimo feminino e cervantino.

— Cervantino?

— Sim, uma homenagem ao grande Don Miguel de Cervantes Saavedra, gênio da literatura, aquele que reuniu, num único livro, todas as possibilidades.

— Claro, ótima ideia — eu resolvera não mais discutir com Max, ele estava mesmo louco.

Sem dizer nada, Max foi até a cozinha, voltou com uma xícara de chá. Não me ofereceu, mas eu também não aceitaria. Ajeitou-se novamente na poltrona.

— Mas então, Maike, quer dizer que você resolveu me fazer uma visita.

— Pois é.

— E sobre o que você quer conversar, já que o meu livro não te interessa?

— É claro que me interessa o seu livro.

— Claro — Max me olhou subitamente sério. — Mas então?

— Não sei, Max...

— Fênix.

— Desculpe, Fênix. Queria saber como você estava.

— Como você pode observar, eu estou ótimo, tenho a vida que eu sempre quis, não mantenho laços afetivos com ninguém, moro sozinho, tenho uma invejável situação financeira e todo o tempo do mundo.

— Queria falar um pouco do passado.

— Do passado, claro, as mulheres sempre querem falar do passado.

— Você se lembra daquele dia?

— Que dia? Aquele em que eu enterrei a faca nas suas costas?

Max disse isso sem o menor tom de remorso, poderia ter dito, aquele dia em que comemos um sanduíche? Seu tom me assustou, mas não me surpreendeu, nada havia mudado.

— É, aquele dia.

— Claro que eu me lembro, foi o dia em que eu tentei abrir os seus olhos, mas vejo que não adiantou nada.

— Abrir os meus olhos? O que você quer dizer com isso?

— Maike, Maikezinha, você vive uma vida que não é sua, você sabe disso, não sabe?

— Não, eu não sei, o que você quer dizer com isso?

— Quero dizer o que estou dizendo, é que sua origem, e preste bastante atenção nessa palavra, *origem*, a sua origem está em outro lugar, qualquer um com um pouco de entendimento percebe isso. Basta olhar para você.

— Você disse que eu não existia...

— É, na época eu não sabia me expressar tão bem, eu era só uma criança, mas o que eu queria dizer era isso, você não existe, quer dizer, não existe da forma que pensa existir.

— E de que forma eu existo?

— Você existe onde você não está, em outro lugar, outro país.

— Outro país?

— Sim, já ouviu falar?, existem outros países...

— E que país seria esse?

— Brasil.

— Brasil?

— Mas o que eu tenho a ver com o Brasil?

— Bom, eu te falei do Brasil naquele nosso último encontro anos atrás.

— Não me lembro de nada disso.

— Falei, sim, Maikezinha, não é culpa minha se você reprimiu a informação, aliás, esse parece ser o seu maior talento.

— Eu realmente não me lembro...

— Bom, não importa, acredite em mim, é lá que você está.

— Mas você acaba de dizer que é onde não estou...

— Como é difícil para você entender as coisas! Eu me refiro a você de verdade, sua verdadeira vida.

— E o que eu devo fazer, me mudar para o Brasil?

— Justamente.

Dei uma gargalhada.

— Não ria, Maikezinha, eu sei o que estou dizendo. A sua origem está lá. Sua origem e seu destino.

— Que destino?

— Aquilo que você veio fazer neste mundo.

— Mas no Brasil onde?, o Brasil é enorme!

— Isso você terá que descobrir sozinha.

— Isso não faz sentido algum...

— Mas posso te dar uma dica.

— Uma dica?

— Sim, há um rio.

— Um rio, que rio?

— Mais um pequeno riacho, e logo em frente um casebre amarelo, ali, o lado de dentro é também o lado de fora.

— Como?

— Feito uma fita de Möbius.

— E o que é uma fita de Möbius?

— É uma fita que sofreu uma torção e por isso a superfície de dentro deságua na superfície de fora. É só você pegar uma tira de papel e fazer a experiência.

— A casa é uma fita de Möbius?

— Por assim dizer...
— E o que tem lá?
— Você.
— Dentro do casebre?
— Dentro, fora, você sabe, não há diferença.
— Você quer dizer que eu na verdade não estou aqui, mas estou lá, no Brasil, onde não estou.
— Justamente.

Foi quando parei para raciocinar pela primeira vez desde que pegara o trem para Zurique, meu deus, a louca era eu, como era possível, tinha viajado até ali para me consultar com Max, dando a ele poderes de oráculo ou de sacerdote, o que estava acontecendo comigo? O que eu pretendia com isso, levar ao pé da letra as maluquices que ele dizia e me mudar para o Brasil? Por que eu achava que alguém que, aos nove anos de idade, enterra uma faca nas costas da amiga, alegando que ela não existe, é uma pessoa a ser levada a sério? Max, percebendo minha inquietude, decidiu dar por terminada nossa sessão.

— Bom, Maikezinha, acho que você já tem o que veio procurar. Desculpe eu não te levar até a porta, mas não posso me aproximar muito de você, por causa da contaminação, você entende.

— Claro, eu entendo.

— E não se preocupe, eu sou, digamos assim, uma espécie de *Doppelgänger*, estamos desde sempre ligados, mas isso você só entenderá mais tarde...

— Claro, claro.

Minha vontade era sair dali o mais rápido possível, acenei para Max, ou Fênix, em menção de despedida e saí correndo em direção ao prédio principal, onde Eleonora me esperava. Foi tudo bem?, ela perguntou apreensiva assim que me viu, tudo, respondi, como está Max?, Max está ótimo, respondi com raiva, claro, por ela, eu podia morrer, desde que o maravilhoso Max ficasse bem, hipócrita, a viagem de volta, vou a pé, disse, ela me olhou assustada, como, a pé até Zurique? Vai ser bom caminhar, mas são quase trinta quilômetros! Melhor, assim faço um pouco de exercício, mas, Maike, o que aconteceu?, nada, não se preocupe, Eleonora, acho que Max quer falar com você, e com isso consegui me livrar dela, ao menos momentaneamente, obrigada por tudo, Eleonora, vá à merda, Eleonora.

Me informei no saguão e realmente não era difícil voltar a Zurique. Havia uma única estrada, era só seguir em frente, mas, se eu preferisse, havia um ônibus que passava a cada quarenta e sete minutos, não, obrigada, vou mesmo andando. Vinte e oito quilômetros, calculei que em seis horas estaria na cidade, talvez menos. E, apesar de fresco, o dia estava agradável, um dia de primavera. Assim que saí da clínica me senti melhor, enfim voltava a respirar pela primeira vez desde que chegara a Zurique. No início tentei me concentrar apenas no caminho, a paisagem, o asfalto, mas Max e suas excentricidades insistiam feito fantasmas, a culpa era minha que tinha inventado de procurá-lo. O Brasil, de onde ele tirara uma ideia tão absurda?, e, de repente, lembrei que eu decidira de um momento para o outro estudar português, o Brasil, eu tinha me esquecido completamente dessa decisão, como fora, em que momento eu tivera essa ideia?, eu tentava voltar no tempo, mas estava apagado da memória, na faculdade, pensei, num café na faculdade, abri o catálogo e foi o que apareceu, assim como poderia ter aparecido o curso de letras árabes ou de astrofísica, mero acaso, é, mas nem por isso eu teria me matriculado em astrofísica, ou teria?, teria sido uma coincidência, ou será que ele realmente falara em Brasil antes de enfiar a faca nas minhas costas e isso ficara gravado em algum lugar da minha memória?, ou será que Max andava simplesmente me espionando, hoje em dia é tão fácil saber da vida do outro, bastava procurar meu nome nas páginas da universidade, com certeza era isso, ele andava me espionando e agora vinha com essas falas de profeta, estava louco e obcecado, era óbvio, é, mas não havia sido ele a me procurar, é verdade, não havia sido ele, tentava me lembrar, quando fora que eu decidira ter notícias dele? Eu não lembrava, não lembrava, Lupe diria que é o destino, mas o que sabia Lupe do destino? Lupe com sua forma despreocupada de ver o mundo, mas o que poderia haver de mais improvável do que Max e uma faca nas minhas costas, ele nem se desculpara, na cabeça perturbada de Max estava me fazendo um favor, uma mensagem dos deuses, completamente louco, e o livro, o livro que estava copiando e pretendia publicar com pseudônimo, feminino e cervantino, ele dissera, seja lá o que isso significava, eu estava dando muita importância às palavras de Max, ou será que eu me recusava a encarar a verdade?, Max estava louco, estava internado numa clínica para loucos, havia me esfaqueado, havia pulado nu pela janela da própria casa, o que eu podia esperar de alguém assim, deveria estar preso, mas quem vai prender uma criança?, agora deveria ser preso pela segunda vez, mas ninguém quer prender um louco, ainda mais um louco com dinheiro, talvez ele esteja fingindo, tudo isso um grande circo para escapar da prisão, para que eu não o denuncie, um grande circo, arquitetado com a ajuda de sua mãe, claro, estava claro agora, tudo tinha uma explicação racional, deveria ter, mas algo em mim me afundava nessa areia movediça, algo em mim estava errado, Max tinha razão, e agora o Brasil, o que eu sabia do Brasil?, nada, só o pouco de português que aprendera na faculdade, alguns autores que lera, conhecimentos geográficos, históricos, Cabral e as caravelas, a carta de Pero Vaz de Caminha, que lêramos em tradução, Hans Staden, apenas isso, ou seja, nada, eu não sabia nada do Brasil, um rio e uma casinha, é tudo o que ele tinha para me dizer, procure no Brasil, um país do tamanho da Europa, um rio e uma casinha e lá estará você, era só o que me faltava, como era possível que eu estivesse levando a sério uma bobagem dessas, mas eu estava levando a sério? Não, claro que não, tentava me apaziguar, mas sentia como se Max houvesse enfiado uma segunda faca em mim, nas minhas costas, reabrindo a ferida, e se eu olhasse agora lá dentro veria a abertura cheia de pus, o líquido amarelado escorrendo misturado ao sangue, o que havia lá dentro, da ferida, do casebre, seria mesmo eu, eu que, sim, ele tinha razão, eu que não estava aqui, eu que até bem pouco tempo nem sabia do que eu gostava, que até bem pouco tempo nem sabia com quem queria trepar, e não sabia nem o que era um beijo e não sabia nada de mim nem dos outros, eu que até bem pouco tempo morava numa casa que, eu mesma havia dito, não era minha, eu que até bem pouco tempo ia estudar direito e assumir o escritório dos meus pais sem nem sequer pensar sobre o que isso significava, que vida seria essa, eu, que até bem pouco tempo passava as noites assistindo filmes de terror em busca de algo que me partisse ao meio e me libertasse desse envoltório, e não seria isso o que eu buscava, Max, e suas palavras loucas de profeta, seus olhos por trás das grossas lentes e da armação pesada, seus olhos que são também os do menino de nove anos que viu alguma coisa em mim e resolveu que havia algo a resgatar, mesmo que fosse tirado à faca de dentro do corpo, algo a resgatar, haveria algo a resgatar, estaria eu acreditando nele, naquelas frases sem sentido, mas que por isso mesmo poderiam ser qualquer coisa, e sem perceber eu já estava naquele passo havia uma, talvez duas horas, os carros passavam rente a mim, eu não me importava, às vezes o vento dos carros tão perto e logo tão perto as árvores, porque ali tudo era bosque organizado feito arquivo, correto, previsível, mas Max não era previsível, tampouco suas palavras, tão diferente de tudo o que nos rodeava, tão próximo de Lupe, o que eu diria a Lupe, uma viagem para o Brasil, o que poderia haver por lá, Brasil, por que não México, faria mais sentido, já havia Lupe, mas Max não se importava com questões de lógica e praticidade, Brasil, eu tentava tirar alguma imagem de minha lembrança, palmeiras, não palmeiras eram palavras de Max, samba, desfile de escola de samba, futebol, mais samba, corpos dançando, ritos dionisíacos, mais corpos, corpos jogando futebol, jogando capoeira, corpos se bronzeando na praia de Copacabana, corpos jogando vôlei de praia, corpos na areia, no mar, corpos, o Brasil era todo corpos nunca espírito, na ideia que eu fazia de lá, negros, índios, misturas, o Eldorado, Fitzcarraldo embrenhando-se na floresta amazônica, crianças de rua, crianças de rua sendo assassinadas, jovens prostitutas, sempre corpos e mais corpos, o Brasil era um amontoado de corpos, assim como o México um amontoado de esqueletos dançantes, o que eu diria a Lupe e suas pulseiras e colares, o que eu diria aos meus pais em seu elegante escritório de advogados, minha mãe com seu tailleur e seus sapatos de salto alto, o que eu diria a mim mesma e a tudo o que eu era ou pensava que era, e ao meu corpo que agora se adaptara ao ritmo da caminhada e eu quase já não o sentia, as pernas se movimentando em ritmo próprio, as pernas que já não me pertenciam, apenas o movimento e eu poderia ser um bicho, um pássaro, mas também uma árvore, uma daquelas muitas árvores do organizado bosque suíço, o meu corpo era um organismo independente de mim e uma força nas pernas que eu jamais sentira, contínua e independente, meu espírito repousa em algum outro lugar, alheio a tudo aquilo, a Max e sua profecia, aos meus pais, a Lupe e à minha vida na Alemanha ou no Brasil, meu espírito, ou algo em mim que eu chamo de meu espírito está, em algum outro lugar porque aqui tudo escapa, e eu penso se eu não estaria enlouquecendo como Max, Fênix, que talvez acreditar em sua loucura seja sinal da minha própria loucura, e seja isso o que ele vê em mim, os seus pares, o seu duplo, tão louco quanto ele, incapaz de distinguir o próprio corpo das árvores ao redor, Max, o que me trouxera até ele?, os carros passando rente, o que me trouxera até ele?, em algumas horas eu estaria em Zurique, então apenas subir no trem e olhar pela janela os pensamentos que voltam e voltam, e o túnel que não acaba nunca.

(AVÓ)

Acabara de completar quatorze anos quando sua mãe lhe explicou que não poderia continuar morando com eles. Cinco filhos eram muitas bocas, e havia também a avó e nenhum marido, que o desgraçado tinha ido embora quando ela ainda estava grávida do mais novo e nunca lhe dera nem um pano de chão, e a dona Neusa tinha uns parentes no Rio de Janeiro que precisavam de alguém para ajudar nos serviços domésticos, e ela já tinha idade para se virar sozinha, e que não tivesse medo, não havia motivo para tanto choro, onde já se viu, parece criança, lá no Rio de Janeiro era tudo muito melhor, mais bonito, mais colorido, como na televisão, e na casa dos parentes de dona Neusa ela seria muito bem tratada e nem precisaria mais cuidar dos irmãos menores, nem ouvir as coisas estranhas que a avó dizia, e, olhe só, teria o seu próprio quarto, já imaginou, um quarto só para você, que luxo. Mas ela continuou chorando, não queria um quarto só para ela, queria continuar onde estava, com a mãe e os irmãos e a avó, mesmo que o pai tivesse sumido no mundo, mesmo que a avó não falasse coisa com coisa, sempre às voltas com ervas e matos estranhos, não podia ser de deus, dizia dona Lúcia, a vizinha, e mesmo que de vez em quando a mãe batesse nela com um cabo de vassoura, e mesmo que ela tivesse que cuidar dos irmãos, que batiam nela e batiam uns nos outros e gritavam até cair exaustos no colchão em que dormiam todos juntos, e mesmo que nem sempre a comida desse para todo mundo e ela, a avó e a mãe tivessem que pular a janta, mesmo com aquilo tudo ela se agarrou à manga do vestido surrado da mãe, como se aquele braço magro e seco fosse sua tábua de salvação, mas a mãe puxou o braço até que ela soltasse e quase caísse no chão, deixa disso, garota, deixa de drama, quem manda em você sou eu e eu estou mandando você ir, e, com essa frase, quem manda em você sou eu, ela teve que engolir o choro que mesmo assim escapulia feito baba pelos cantos da boca.

    Dois dias depois, dona Neusa foi pessoalmente buscá-la na casa da mãe, dona Neusa era muito boa e prestativa e iria com ela até o Rio de Janeiro, até a casa dos seus patrões, foi o que disse a mãe, e lhe pareceu muito estranha aquela palavra, patrões, puxando-a para uma realidade inconcebível, a casa da minha prima, explicou dona Neusa, fica em Copacabana, é um apartamento enorme, com muitos quartos e banheiros, móveis de jacarandá e uma vista linda, você vai adorar, eles moram perto da praia, já imaginou, pertinho do mar, já imaginou, você anda uns minutinhos e pronto, está na praia de Copacabana, e ela que nunca tinha visto o mar, só em foto, só na tv, até que achou bom isso de ir morar no Rio de Janeiro, de morar em Copacabana, mas só um pouco bom, não o suficiente para gostar de verdade, e continuou tentando se agarrar à mãe, que a repelia com raiva e impaciência, você sempre tem que tornar as coisas mais difíceis pra mim, garota dos infernos, quer acabar com a minha vida, é isso?, se você não for eu vou te bater até te matar, entendeu?, e tentava o apoio da avó, que se limitara a colocar umas folhas fedorentas na bolsa onde levava as poucas roupas que tinha, você toma um banho com isso quando chegar lá, não demore, assim que chegar, as folhas fedorentas, dois vestidos, duas calcinhas, um casaquinho que a avó mesma tecera, para que os espíritos te protejam, a avó que tantas vezes a apoiara agora decidira não se manifestar, filha, não há como fugir do destino, a avó que ganhava alguns trocados se comunicando com o além e dando conselhos pela vizinhança, a avó que não sabia a própria idade e tinha nascido no meio do mato, lá na terra dela, terra de índios, e que, se tivesse continuado no meio do mato, entenderia melhor as coisas que agora chegavam confusas, vozes que a perseguiam, sombras, às vezes parecia que não estava em lugar nenhum e ficava repetindo coisas esquisitas, uma casa em frente ao rio, se seguissem o rio que passava pela cidade chegariam nesse lugar, a casa, onde o lado de dentro e o lado de fora eram o mesmo lado, e o rio que em época de chuva entrava pela casa, deixando depois um chão de lodo, pedras e folhas, as paredes amarelas feitas de sol, é o que dizia, ela já sabia de cor, e lá dentro, nessa hora dizia a avó, ela não conseguia ver, lá dentro que era lá fora, algo importante, talvez um espírito, mas que inferno, chega essa hora e eu não consigo ver, foi porque eu abandonei a minha terra, foi isso, dizia a avó, e agora só os espíritos que brincam de me atormentar com essas visagens, a avó gostava de conversar com ela, uma conversa só de palavras da avó, pedidos de vá buscar isso, vá buscar aquilo, e agora essa coisa de destino, eu recusei o meu destino e aconteceu o que aconteceu, não quero que você passe por esse tormento, e ela teve raiva de tudo o que a avó dizia, e raiva da mãe que a expulsava, eu já fiz o meu papel, já te criei, te alimentei, sacrifiquei minha vida por sua causa, agora suma daqui que eu já tenho peso suficiente para carregar, até que não houve mais nada a fazer além de subir com dona Neusa no ônibus que as levaria à sua nova casa, dissera a mãe, mas ela não conseguia imaginar como aquela nova casa poderia ser dela se a mãe, a avó e os irmãos, que eram o que ela conhecia, ficavam para trás.

No ônibus, dona Neusa falava sem parar, alheia à umidade que tomava seus olhos, você vai ver como é lindo, você vai ver como você vai gostar, e logo você aprende o trabalho, é serviço muito simples, qualquer um faz, e tem a Dodô, a cozinheira, para te ajudar, Dodô está lá há muitos anos, conhece tudo, vai ser como uma mãe para você, sem falar que Clotilde, minha prima, ela é uma mulher admirável, muito boa, muito religiosa, ela e o marido frequentam a igreja, ajudam o padre com suas obras sociais, tem uma escolinha na Baixada, região muito pobre do Rio, a escolinha é praticamente sustentada por eles, Alfredo é um homem muito correto, você vai ver, advogado importante, nunca vi ele levantar a voz, um cavalheiro, e os meninos, os meninos são uns anjos, loirinhos, lindos demais, uma família incrível, você é uma menina de sorte, você vai ver, mas ela mal ouvia o que dona Neusa dizia, ela ouvia apenas o barulho da estrada e de seus próprios pensamentos, que pareciam balançar junto com o corpo dentro do ônibus. Ficou em silêncio durante todo o trajeto, uma mistura de medo do que estava por vir e da lembrança das conversas com a avó, a voz da avó que viajava também, grudada nela, a cada quilômetro mais clara, mais forte, suas palavras a envolviam feito um cobertor, a lembrança da avó cozinhando para ela e os irmãos enquanto a mãe trabalhava fazendo faxina num hospital e, no tempo que restava, fazendo faxina na casa dos outros, e a avó falando uma porção de coisas que ela não entendia, coisas dos espíritos, me passe aquela panela, minha filha, mas logo soube que eram vozes que a avó ouvia desde muito jovem, desde que saíra da sua terra lá no meio do mato, porque lá no meio do mato um dia, disse a avó, deus, que não era deus, mas outro nome, criou o mundo, mas o mundo era oco e não se sustentava, e então deus criou o estofo do mundo, que era toda a terra que ele tirou da grande montanha e assim o mundo desistia de desmoronar, e então deus criou os seres humanos e os animais que um dia também haviam sido humanos, e no início havia só esse espírito humano, que não era homem nem mulher, e que, sozinho, caminhava pelo mundo recém-feito, e ela não sabia se aquilo era verdade, a avó dizia que ela também não sabia, porque talvez ela se enganasse um pouco, a avó, que tinha ido embora da sua terra e já não tinha a capacidade de ouvir diretamente a fala dos ancestrais, e quem perde esse contato fica por aí que nem alma penada, coisa que só terminaria quando ouvisse o chamado, e quando a senhora vai ouvir o chamado?, quando eu estiver pronta, e quando a senhora vai estar pronta, quando morrer?, ela perguntava, não necessariamente, vão me chamar quando eu estiver pronta, a avó tinha dessas coisas de não querer explicar, e até ganhava alguns trocados com isso, em não explicar as coisas direito às pessoas que iam se consultar com ela, e lembrou de dona Lúcia, a vizinha, que vinha de vez em quando, sempre que o desespero se tornava maior que a desconfiança, não podia ser coisa de deus, e a avó esticava um pano que servia para criar a ilusão de privacidade durante a consulta numa casa que era toda um só cômodo e uma cozinha acoplada na parede e o banheiro que ficava do lado de fora, e dona Lúcia queria saber do marido, se o marido tinha outra mulher, e a avó disse algo como que o marido estava querendo dar um pinote no destino, e nem ela nem dona Lúcia entenderam o que isso queria dizer, um pinote no destino, porque para a avó tudo era uma questão de destino, e ela mandou dona Lúcia beber chá de carqueja e tomar banho de ervas, e a avó entoou as canções que ela entoava quando queria curar alguém, numa língua que nem a avó sabia, ela cantava, mas não entendia, e como a senhora sabe o que está cantando, vó?, ela perguntava, e a avó respondia que não precisava saber com o entendimento, basta saber dentro da garganta, antes mesmo da palavra vir, e ela ficou pensando nisso, tentando saber coisas com a garganta, mas com ela não dava certo, é porque você não nasceu no mato e nascer aqui fora faz com que a pessoa perca essa capacidade, e eu mesma só sei um pouco, que a distância sombreia as minhas ideias, mas ela tentava do mesmo jeito, e agora no ônibus, ao lado de dona Neusa, ficou tentando saber com a garganta como seria na casa dos patrões, mas, por mais que tentasse e até tossisse de vez em quando, o saber nem chegava perto, e só não tossiu mais por medo de acordar dona Neusa e que ela começasse a falar novamente, e ficou ainda com a voz e as histórias da avó na cabeça, algo sobre deus ter criado um único espírito humano e que esse único espírito no mundo se sentiu sozinho e pediu a deus que lhe desse companhia, e então deus cortou esse espírito em duas partes e com uma delas fez os rios e os mares e os peixes e a lua, e pegou um peixe do rio e o transformou primeiro em sereia e depois em mulher, e essa mulher se tornou a mãe de todos os filhos e de todas as palavras, pois foi ela que ensinou o homem a falar em seu idioma, e ela até tentou lembrar o resto da história, mas foi ficando com sono, assim como dona Neusa, e adormeceu.

Quando acordou, o ônibus descia a serra, logo chegariam ao Rio de Janeiro, anunciou dona Neusa. Ela se sentia enjoada com o movimento do ônibus, mas preferiu ficar quieta, e, quando finalmente a serra acabou e surgiu a cidade, pareceu-lhe muito diferente do que vira nas novelas, já estamos em Copacabana?, ela perguntou várias vezes naquela última parte do trajeto, e dona Neusa sempre ainda não, ainda não, até que chegaram na rodoviária e dona Neusa riu, que aquilo ainda não era Copacabana, mas que não se preocupasse, chegariam logo, e dona Neusa até poderia achar que ela queria muito chegar logo em Copacabana, mas não era isso, ao contrário, ela tinha medo que a viagem acabasse, aquela indefinição, e ela tivesse que ancorar na casa do patrões, pessoas muito boas, mas que ela nunca tinha visto e que a intimidavam com essa palavra, patrões.

Quando finalmente chegaram em Copacabana, a cabeça e o corpo ainda sentindo o vaivém do ônibus descendo a serra, sensação sobreposta apenas pela angústia ao perceber que nada que ela tivesse visto em fotografias ou mesmo na televisão se aproximava do que era chegar em Copacabana com todos aqueles prédios altíssimos colados uns nos outros, e carros, muitos carros que mais pareciam um formigueiro colorido e barulhento. O táxi as deixou em frente a um prédio enorme, esperaram até o porteiro abrir o portão e subiram as escadas até a portaria e depois pegaram o elevador, quando finalmente a porta do apartamento se abriu e ela deparou pela primeira vez com o rosto de dona Clotilde, e também o corpo de dona Clotilde, uma mulher alta e corpulenta, os cabelos louros penteados para trás e presos num coque, o rosto austero, mas muito bonito ainda, sua patroa, disse dona Neusa, e dona Clotilde deu um abraço nela, o que a deixou muito surpresa e lhe deu um certo alívio, porque dona Clotilde parecia muito boa mesmo, e entraram as duas lá na casa enorme de dona Clotilde e seu Alfredo, que era o seu patrão, e sentaram na cozinha, e a cozinheira chamada Dodô lhes ofereceu café e bolo que ela comeu com vontade, um bolo recém-feito, e ela começou a achar que não seria tão ruim assim ali em Copacabana, e depois do bolo dona Neusa foi descansar da viagem no quarto de hóspedes e ela continuou à mesa com dona Clotilde, que lhe fez uma série de perguntas, você sabe cozinhar?, por que às vezes Dodô vai precisar de ajuda, mas se não souber não se preocupe que Dodô te ensina, de resto, não é muita coisa, você será responsável pela roupa, lavar e passar, imagino que você saiba, não?, é importante que as camisas de Alfredo fiquem perfeitas, ele é um profissional, não pode sair de casa com a camisa amarrotada, e há também a faxina, além, claro, da arrumação de todos os dias, e de vez em quando vou precisar que você me ajude ou vá ao supermercado ou à farmácia ou à padaria comprar alguma coisa, mas isso Dodô te mostra, como andar pelo bairro, e não precisa ter medo, logo você se acostuma, e ela teve vontade de chorar, não porque não soubesse fazer aquelas coisas todas, mas porque tinha medo de não saber fazer tão bem como dona Clotilde queria, e tinha medo que dona Clotilde a mandasse de volta, e tinha mais medo ainda da reação da mãe, que dissera, eu te mato a pauladas se você fizer alguma besteira por lá, e dona Clotilde parecia ter percebido esse medo, olhou séria, uma ruga se formou entre as sobrancelhas, ela disse, você tem que caprichar, viu, meu bem, porque você só vai poder ficar aqui se caprichar no serviço, e ela disse que sim, que capricharia, e então dona Clotilde saiu dizendo para Dodô que mostrasse à moça seu quarto e o banheiro, e a cozinheira a acompanhou até um quartinho bem ao fundo da área de serviço, ela teria mesmo um quarto só para ela, perguntou para Dodô, que riu esquisito, mas não disse nada, e quando chegou o quarto era um quarto bem pequeno com uma porta e só, um quarto sem janela, e lá dentro cabia apenas uma cama de ferro, colchão e uma cômoda, para você guardar suas coisas, Dodô disse, talvez para compensar qualquer tristeza, e ela olhou para o teto e viu um fio do qual pendia uma lâmpada fluorescente, e Dodô saiu e ela ficou sozinha ali dentro, com a porta fechada, sem saber para onde olhar.

O trabalho consistia em acordar todos os dias às seis horas da manhã, preparar o café, pôr a mesa, ir à padaria comprar pão e o que mais dona Clotilde tivesse deixado escrito num muralzinho que ficava na área de serviço, depois era só deixar tudo pronto para quando eles levantassem. Eles eram dona Clotilde, seu Alfredo e os dois filhos, Renan e Lucas. Renan, o mais velho, era também o mais bonito, ela logo notou, ela nunca tinha olhado com atenção para um homem, mas Renan era apenas alguns anos mais velho, e ela nem tinha certeza se já podia ser considerado homem, mas com certeza ela nunca tinha visto um homem tão bonito como Renan, que saía todos os dias de manhã vestindo o uniforme da escola, e ela pensava que devia ser mesmo muito lindo usar uniforme, não como o dela, que dona Clotilde fazia questão, logo no primeiro dia, esqueça suas roupas, quero que você use isto aqui, e deu a ela dois vestidos azul-escuros muito feios e grandes para o seu corpo, não como o uniforme de Renan, mas talvez ela é que fosse feia e não tivesse mesmo jeito, e sempre que saía para comprar pão, leite, ou alguma outra diligência de dona Clotilde, ao voltar, se olhava no imenso espelho do elevador, magra, muito magra, o cabelo longo e liso preso num coque, nada desses cabelos caindo no rosto, é anti-higiênico, o rosto moreno e os olhos levemente vesgos, os lábios com as bordas escurecidas, tudo nela era apagado e magro e escuro, pensou, enquanto Renan e seu irmão eram claros e louros e cintilantes, e quando eles passavam ficava um cheiro bom de gente rica.

Enquanto eles tomavam café ela arrumava as camas, troque a roupa de cama toda sexta, explicou dona Clotilde, e colocava novas toalhas nos banheiros, arrumava também toda a bagunça dos quartos, restos de comida no quarto de Renan e Lucas, roupas sujas espalhadas, às vezes até terra que eles traziam grudada nos sapatos, enquanto eles tomavam café ela limpava os banheiros e varria a casa e tirava o pó dos móveis e quando ela terminava eles já tinham terminado e já tinham ido para a escola, Renan e Lucas, e seu Alfredo já tinha saído para o trabalho e dona Clotilde ficava então em casa supervisionando o que ela fazia, e controlando o que ela falava com Dodô, que na realidade se chamava Maria das Dores, e vivia com a mãe e o filho e voltava todos os dias para casa, você demora muito, minha filha, assim não dá, você precisa ser mais rápida, reclamava dona Clotilde, e ela tentava ser mais rápida, mas nunca conseguia, se atrapalhava com o próprio nervosismo, e dona Clotilde decidiu então que ela trabalharia até terminar o serviço não importando o avançado da hora, assim, ela trabalhava de seis da manhã às dez da noite, e estava sempre cansada e como estava cansada fazia as coisas cada vez mais devagar. Mas, apesar de tudo, o trabalho não a incomodava tanto assim, trabalhara desde sempre, limpando a casa, cuidando dos irmãos, às vezes vendendo panos de prato na rua, estava acostumada, mas ao que não se acostumava nunca, mesmo com o passar dos meses, era a distância da mãe, e especialmente da avó, e até mesmo dos irmãos brigando e ela brigando com eles e a mãe brigando com ela, sentia falta até das coisas de que não gostava, da mãe batendo nela com o cabo de vassoura, porque mesmo batendo ainda era a mãe, e ali não tinha ninguém, só Dodô e aqueles fragmentos de conversa quando dona Clotilde não estava olhando, que dona Clotilde não gostava de conversinhas entre os serviçais. Dodô, que toda segunda lhe trazia um chocolate, um bombom envolto em papel cintilante amarelo, e dizia, não deixa a patroa ver que ela me mata, e ela escondia debaixo do colchão, o bombom todo amassado, e comia de noite, quando todos estavam dormindo, aquele bombom que era de certa forma a continuação da conversa, o que Dodô não dizia. Pensava muito na avó, pensava que ela devia ter se sentido assim quando saiu lá da terra dela no meio do mato, e pouco a pouco foi esquecendo as coisas de lá e aquela tristeza que não ia embora. A tristeza só melhorava mesmo quando via Renan, cada vez mais alto, cada vez mais bonito, ele era simpático com ela, dava bom-dia, boa-tarde, ao contrário do Lucas, que passava por ela sem dizer nada, como se ela fosse de vidro, ou um móvel da casa, às vezes Renan até perguntava alguma coisa, tá gostando daqui?, ele perguntou um dia, e ela tremeu de cima a baixo, gaguejou, queria dizer que sim, que estava adorando, mas as palavras não saíam, acabou saindo um grunhido que mais parecia aquele idioma estranho no qual a avó cantava. Outra vez Renan perguntou o que ela fazia em seu dia de folga, você tem amigas?, e ela ficou com vergonha, queria contar que tinha muitas amigas e que fazia coisas muito interessantes, sim, muitas amigas, todas lindas, talvez um namorado assim lindo que nem ele, Renan, mas ela não conhecia ninguém e ficava com medo de se perder na cidade, em Copacabana, então sentava num banquinho no calçadão e ficava lá olhando o mar, os turistas, as pessoas passando, e depois ia ao cinema, e gastava grande parte do que ganhava indo ao cinema, no início era difícil ler tão rápido aquelas palavras todas, mas logo foi se acostumando, e eram filmes muito bonitos, com mulheres lindas e louras, com vestidos cheios de cores, e era muito bom isso de poder ir ao cinema, e Renan riu e ela ficou sem saber se aquele riso era bom ou ruim. E o que ela ganhava gastava assim, mandava parte para a mãe através de dona Neusa e com a outra parte ia ao cinema e de vez em quando comprava coisas para ela, às vezes um pente, uma presilha de cabelo, mas dona Clotilde dizia que a vaidade era coisa do diabo, e que ela não precisava de dinheiro ali, que guardasse o que ganhava, que não ficasse comprando bobagens. Um dia ela comprou um chapéu e dona Clotilde lhe deu uma bronca, onde já se viu, onde você vai usar esse chapéu, menina, vai parecer uma doida, e mandou devolver na loja, mas ela mentiu e disse que não quiseram aceitar de volta, e escondeu o chapéu debaixo da cama, sem nunca ter coragem de usar, depois achou melhor só gastar mesmo com o cinema, então ela todo domingo ia ao cinema e depois comprava um picolé que o rapaz vendia na carrocinha, o rapaz puxava papo, mas ele nem de longe era bonito como Renan, e ela preferia nem responder, que se dona Clotilde visse ela de papo com homem mandava ela de volta para a sua mãe, e ela morria de medo disso, porque a mãe já dissera que a escorraçaria a pauladas e ela sabia que a mãe era bem capaz, e ela então nem falava com o rapaz do picolé, mas sempre que saía do cinema sentia uma vontade imensa de falar com alguém, do que tinha visto no filme, e às vezes, apesar da mãe e apesar da dona Clotilde, falava um pouco com o rapaz do picolé, mas ele achava esse negócio de cinema uma bobagem. Um dia tentou falar do filme com Renan, sobre uma moça muito boa e muito bonita, mas muito pobre, ela vende flores na rua para sobreviver, e que conhece um homem muito lindo e rico e ele se apaixona por ela, e os dois são tão lindos juntos, e no final ele casa com ela feito um príncipe, e ela aprende a comer direito e falar direito e a vestir roupas bonitas, e ficam felizes para sempre, ela queria contar para Renan, mas ele estava com pressa, e no dia seguinte também e no outro e no outro, até que chegou domingo de novo e ela viu outro filme e ficou com vontade de falar do outro filme.

E os dias foram passando e passando, talvez meses, talvez até anos, ela já não sabia mais, só sabia da saudade de casa, que nunca passava, nesses dias que se misturavam uns aos outros se tornando todos um dia só. Até que dois acontecimentos fizeram com que o tempo mudasse de rumo. O primeiro foi a morte da avó. A avó tinha morrido mês passado, a causa ninguém sabe ao certo, suspeitam de um derrame, um ataque do coração, parece que foi dormir e não acordou mais, disse dona Neusa, numa das visitas que fez à prima, ela ouviu por acaso, enquanto limpava as janelas, não acreditou, não pode ser verdade, o trasco de limpa-vidros escorregou da sua mão, claro que sim, queridinha, pensei que você sabia, mas como ela ia saber, se desde que chegara nunca recebera notícias da mãe, e a avó não sabia ler nem escrever, e começou a chorar ali mesmo, chorou tanto que pensou que nunca mais ia conseguir parar, e nunca pensou que a morte era desse jeito, essa dor tão grande, essa falta de ar, e teve uma vontade enorme de voltar no tempo e ir atrás da avó e do abraço da avó e dela falando que era o destino, e ela teve vontade de se trancar no quarto para sempre e teve vontade de fugir, de sair correndo e teve vontade de voltar para casa e teve vontade de ir ao cinema, e de nunca mais voltar, mas teve que continuar trabalhando normalmente pois não é porque alguém morreu que eu vou ficar com a casa suja e bagunçada, onde já se viu, disse dona Clotilde, e ela ficou com a vontade e as lágrimas escapando toda hora.

Passaram-se alguns meses e ela ainda pensava muito na avó, tentava lembrar do que a avó dizia, como fazia nos primeiros tempos, aquelas palavras de espíritos e ervas, mas as palavras da avó se tornavam cada vez mais distantes, mais incompreensíveis, e isso era como se a avó morresse uma segunda vez e a deixava ainda mais triste, não ser capaz de evitar ao menos essa segunda morte, esse esquecimento. Por isso quando num sábado à tarde os patrões haviam saído para almoçar no clube e só ficara ela lavando e passando roupa, e apareceu Renan para pedir que ela passasse uma camisa, ela sentiu uma alegria tão grande e uma vontade de falar para ele algo da avó, mas, antes que ela dissesse alguma coisa, ele disse, minha mãe contou que sua avó morreu, sinto muito, e ela sentiu uma vertigem ao saber que ele sentia muito por ela, ao saber que ele sabia que ela estava lá, passando roupa, ela, que era quase invisível, e ela sorriu sem jeito e disse, muito obrigada, seu Renan, porque agora ele já era um homem e ela não tinha coragem mais de chamar de Renan, e ele disse que não precisava chamar ele de seu Renan, e ela sorriu mais ainda, morrendo de vergonha de chamar ele só de Renan, e ficou treinando em silêncio, Renan, Renan, e então meia hora depois seu Renan, desculpe, Renan voltou para pegar a camisa passada e disse que ela estava ficando muito bonita, e ela levou um susto, e achou que ele estava falando da camisa, e disse que tinha passado com muito capricho, e ele riu e falou que era ela que estava bonita, e ela ficou muda e imóvel e com um frio na barriga, sem saber o que dizer, quase não aguentando de tanta felicidade que era Renan achar ela bonita, e ela riu de nervoso e disse que era pra ele não rir dela, não brincar com essas coisas, e ele disse que ele não estava brincando e ela sentiu seu corpo desmontar inteiro e achou que ia ficar sem ar quando ele olhou com atenção para o seu corpo desmanchado e pegou na sua mão e disse, você está ficando mesmo muito bonita, e a guiou até o seu quarto, o quarto sem janela, e fechou a porta e ficaram os dois ali, de porta fechada e sem janela, e ela de olhos fechados que tinha até medo de ver o que estava acontecendo, e ele dizendo, você gosta de mim, não gosta? E ela sem coragem de responder e ele repetindo, eu sei que gosta, não gosta?, e ela sem ter coragem de se mexer, vem cá, vem, há muito tempo eu percebo como você me olha, e ela apavorada ao perceber que ele havia abaixado a calça e guiava a mão dela em direção àquele pedaço duro de carne que os homens têm entre as pernas, repetindo, vem aqui, vem, e colocou sua mão sobre a carne dele e fez movimentos com a mão dela e deu alguns grunhidos abafados, e tirou sua calcinha, e ela sem coragem até de olhar, mas deixando que ele tirasse a sua calcinha e depois colocasse a carne dura dele dentro do corpo dela, e começasse a fazer movimentos de vaivém, e ela pensou que fosse desmaiar como no cinema, e se imaginou como no cinema, mas só sentia a dor, ela não sabia da dor, ninguém tinha lhe dito nada, e ela ainda estava sentindo a dor quando Renan deu um grunhido mais intenso e caiu resfolegando sobre ela, e depois levantou, subiu as calças e saiu sem dizer nada.

Renan nunca mais perguntou algo da avó, ou voltou a pedir que passasse uma camisa, nada. Ela ficava esperando Renan dizer alguma coisa, podia ser qualquer coisa, o dia está bonito ou acho que vai chover, mas ele passava por ela como se ela não estivesse ali, e ela não sabia o que pensar, porque depois daquele dia ele voltou ao seu quarto mais cinco vezes, aos sábados, ele entrava no seu quarto e acontecia a mesma coisa, ele abaixava as calças e tirava a calcinha dela, e colocava a coisa dele dentro dela, então começava a doer um pouco e quando a dor começava a melhorar ele subia as calças e ia embora e ela ficava lá, em silêncio. Começou a se atrapalhar ainda mais no serviço, quebrava um prato, um vaso de flores, as flores todas espalhadas pela sala, e a água molhando o tapete, dona Clotilde furiosa, o que há com você, garota?, preste atenção no que faz, olha que numa dessas eu perco a paciência e te mando de volta pra tua mãe, e ela não dizia nada, desta vez vai ter que pagar o estrago, vou descontar do seu salário, sou muito boazinha, mas tudo tem limite, e ela não se importava, nem tinha vontade de nada, nem mesmo de ir ao cinema ou de conversar com o rapaz do sorvete. E ela pensava que com o tempo tudo ficaria melhor e ela iria esquecendo como esquecera as palavras da avó.

Com o passar dos meses, ela foi ficando cada vez mais

cansada e distraída, se pudesse dormiria o dia inteiro, dormiria à noite, não acordaria mais, até que um dia percebeu que dona Clotilde a observava desconfiada, examinava o seu corpo, o seu rosto. Venha até aqui, ela disse, esse uniforme está ficando apertado, não?, venha aqui, e ela se aproximou temerosa, intuía que algo muito ruim estava para acontecer. Dona Clotilde passou a mão na sua barriga, segurou com força o seu queixo e lhe deu um tapa na cara, sua putinha descarada, e ela achou que dona Clotilde daria nela uma daquelas surras que a mãe costumava dar e se preparou se agachando e protegendo o rosto com os dois braços. Quem foi, dona Clotilde gritou, quem foi, sua vagabunda, rameira, piranha desgraçada, e dona Clotilde parecia outra pessoa, o rosto vermelho parecia pegar fogo, e ela não quis dizer do Renan mais por medo do que para protegê-lo, quem foi, dona Clotilde foi ficando cada vez mais furiosa e apertava com raiva o seu braço, você não vai sair daqui até me dizer quem foi, e ela começou a chorar, e dona Clotilde continuou, se foi o Alfredo eu mato você, e pegou a colher de pau que estava sobre a mesa, já pronta para bater com força até que ela falasse ou que a raiva fosse encurtando, e ela que não queria dizer Renan, não conseguiu falar outra coisa e disse, Renan, foi o Renan, foi o Renan, e dona Clotilde a olhou ainda com desconfiança, tem certeza?, e ela repetindo e chorando que foi o Renan e dona Clotilde mais calma, disse, eu já imaginava, aquele moleque irresponsável, bem que eu andei surpreendendo uns olhares, eu devia ter imaginado que isso ia acabar acontecendo, vá para o seu quarto, e ela foi e ficou fechada no quarto sem luz sem janela apenas uma frestinha que entrava por baixo da porta.

Quando a chamaram de volta, estavam dona Clotilde

e seu Alfredo sentados à mesa da sala, ambos muito sérios, sente, disse seu Alfredo, e ela que nunca tinha sentado à mesa da sala nem sabia como fazer e atrapalhou-se com a cadeira, que lhe pareceu de repente pesadíssima, ela que já a havia levantado tantas vezes, passado pano, espanador, e agora uma cadeira desconhecida, dona Clotilde parecia ter chorado, escute aqui, minha filha, disse seu Alfredo, quantos meses tem essa gravidez?, e ela não sabia responder porque até então nem sabia que estava grávida, quer dizer, suspeitava por causa das mudanças do corpo e porque sabia que quando a mulher embuchava não tinha mais regras até o bebê nascer, havia lhe explicado a avó assim que seu sangue desceu pela primeira vez, mas ela não sabia de verdade, não tinha certeza, e toda noite ia deitar esperando que na manhã seguinte a barriga tivesse sumido, mas, isso não disse a ninguém, também tinha a esperança de que a barriga não sumisse, que continuasse ali, cada vez maior, até sair esse filho de dentro dela, esse filho que era tudo o que ela tinha, que era também a primeira vez que ela tinha alguma coisa, e ela até sorria com os olhos quando pensava nele e por isso procurava não pensar, pro filho continuar ali bem escondido sem ninguém perceber, e continuaria não pensando se não fosse dona Clotilde e o olhar de dona Clotilde para a barriga que começava a despontar no uniforme. Está bem, disse dona Clotilde, não importa quantos meses, nós somos cristãos, não somos monstros, jamais lhe pediríamos para não ter esse filho, o que seria um grande pecado, e ela fez uma pequena pausa esperando sua reação, mas como ela não disse nada, dona Clotilde continuou, e também sabemos que a sua mãe é muito pobre e não tem como recebê-la de volta, então queremos fazer um trato com você, você tem esse filho, nós vamos arcar com todas as despesas, um bom médico, maternidade, roupas, o que você e a criança precisarem, com uma condição, e nesse momento dona Clotilde fez uma nova pausa, para todos os efeitos e para sempre, isso é importante que você entenda, para todos os efeitos esse filho é de um rapaz que você conheceu na rua e que depois sumiu, algum faxineiro, porteiro, motorista de caminhão, nunca o Renan, que já está sendo suficientemente castigado por deus, e nisso seu Alfredo assumiu a palavra, a voz grave, agora, se você, pelo motivo que for, disser, para quem quer que seja, que o filho é do Renan, bom, nesse caso nós daremos um jeito de te colocar na cadeia pelo resto da vida e você nunca mais verá a criança, está claro?, o olhar ameaçador de seu Alfredo ressaltava a intenção de suas palavras, e ela sentiu uma onda de pavor que lhe percorreu o corpo inteiro, e fez que sim com a cabeça, que a ideia de nunca mais ver o filho que até então nem tinha certeza que existia lhe trouxe uma dor nova e insuportável, uma dor que a dividiu em duas, e fez com que o tempo passasse a existir, se cumprir o trato, pode criar essa criança aqui conosco, e, como a Clotilde disse, nós a ajudaremos em tudo o que precisar, e ela achou que era um bom trato, que outra opção tinha?, e aceitou na hora mesmo não tendo muita certeza do que era para achar.

Então as coisas se seguiram como dona Clotilde e seu Alfredo falaram, Renan foi estudar fora, num país chamado Estados Unidos, onde iam estudar os ricos, e só voltou muito depois, quando a filha já ia pelos cinco anos, e voltou casado com uma moça muito loura como ele e muito bonita como ele e que falava uma língua que ela não entendia, e vê-lo novamente acendeu nela uma saudade esquecida e o desejo de mostrar a filha, nem era tão morena assim, e tinha a boca igualzinha à dele, mas acabou não mostrando e não dizendo nada, e ele cumprimentou a menina com um aceno e pronto, e a filha disse um oi desinteressado, mas isso foi bem mais no futuro, agora ela ainda estava à mesa com dona Clotilde e seu Alfredo, e a conversa continuou, e pouco antes de acabar dona Clotilde explicou uma última coisa, que, é claro, quando você tiver essa criança o médico cuidará de ligar suas trompas, que é a coisa mais sensata a fazer, e ela ficou sem saber o que isso significava, mas ficou com medo de perguntar achando que eles poderiam se chatear e mudar de ideia e expulsar ela da casa e para onde iria?, e se acalmou pensando que se era algo que o médico fazia não podia ser ruim, e ela fez que sim com a cabeça e dona Clotilde e seu Alfredo a dispensaram, agora pode voltar para o seu quarto, e ela saiu de lá se sentindo estranha, feliz, triste, esperançosa e apavorada, era tanta coisa que nem sabia como sentir, e ela foi para o seu quarto e foi então que, pela primeira vez, a avó voltou.

A avó estava sentada na beira da cama, as costas encurvadas, arrumando uma série de roupinhas de bebê, sapatinhos, lencinhos, mantas, eu mesma tricotei, ela disse, e ela ficou sem saber o que dizer, mas a avó não se importou e continuou falando, você teve muita sorte dos seus patrões serem tão bons, fossem outros tinham te colocado no olho da rua, que é o que você merece, onde já se viu, se engraçar com o filho deles, onde você estava com a cabeça?, será que você não entende, eles não são como nós, são feitos de outra pele, outro material, e vai ser sempre assim, será que você não vê?, e agora você vai ter essa filha, porque é menina, infelizmente, e essa filha é meio a gente meio eles, vai habitar aqui e lá, sem nunca ter um lugar seu, sem nunca saber quem é, culpa sua, e ela teve vontade de dizer que ela também não tinha um lugar que fosse seu e que tampouco sabia quem era, mas que agora havia algo que realmente importava, e era essa filha na barriga, o que mais ela poderia querer?, mas a avó continuava falando sem prestar atenção ao que ela se esforçava em colocar em palavras, e como você vai fazer, agora eu vou ter que ficar aqui até a criança chegar, espantando os espíritos maus que se aproveitam de quem ainda está nas sombras, ah, minha filha, tanta preocupação, nem morta eu posso deixar de me preocupar com você, como doem as minhas costas, vá, me traga uma bacia com água e um pano limpo, já é hora de preparar essa barriga. A avó encheu a bacia de terra e ervas e fez um emplastro que espalhou pela barriga estufada, o que é isso, a neta perguntou, já te disse, é para proteger tua filha, para guiá-la no caminho para o lado de fora, mas como?, é uma proteção, uma barreira, que coisa, para de fazer tanta pergunta, nunca vi, deita aí, meu deus, já está bem grande, calculo uns seis meses, não vai ser um trabalho fácil, lembro que quando eu estava grávida da sua mãe os espíritos tentavam puxar a alma antes dela nascer, e eu ficava cuspindo sangue pelas partes, umas dores horríveis, mas sua mãe é tinhosa feito o cão, os dias e a barriga crescendo, e ficou enorme, eu mal conseguia andar, até que sua mãe nasceu, um bebê enorme, me deixou descadeirada por longo tempo, e eu sabia que era menina porque, se você abandona a sua terra, da sua barriga só sai menina, e assim foi, e vai continuar sendo, porque maldição é coisa que passa de mãe pra filha, então, como eu te dizia, isso, agora fica aí quieta, não se mexe, mas, como eu te dizia, sua mãe nasceu enorme e eu enterrei a placenta e o umbigo para que os espíritos não puxassem a alma da bebê de volta, coisa que sempre pode acontecer, não esqueça de fazer isso, caso eu não esteja mais aqui, e ela teve vontade de perguntar para onde a avó iria se já estava morta, mas teve medo da resposta, ruim isso de falar de morte com os mortos, pensou, e a avó continuou lá no quarto com ela o resto da noite, e na manhã seguinte, e seguinte e seguinte, até ela achar que dali em diante a avó ficaria ali, morando com ela no quartinho na casa de dona Clotilde, me faça uma massagem nas costas, o tempo vai virar, com certeza, para minhas costas estarem doendo assim, e me traga uma xícara de café e um pedaço de bolo de fubá, estou com fome, e ela, sem que ninguém visse, levava o bolo de fubá para o quarto e colocava num pratinho em cima da cama, diante da avó, que comia lentamente.

O tempo começou a passar cada vez mais devagar, até que, no último mês, a sensação era a de ter sido engolida pela eternidade. Ela continuava fazendo o seu trabalho, mas agora tudo custava um mundo, varrer, passar roupa, limpar os móveis, não posso pagar duas empregadas só porque você engravidou, minha filha, você vai ter que dar um jeito, então ela dava um jeito do jeito que podia, e tinha às vezes a ajuda de Dodô, que continuava lhe trazendo chocolates, que ela agora compartilhava com a avó, e Dodô de vez em quando dizia, pode deixar, querida, eu penduro a roupa pra você, vá descansar que essa criança já deve estar para nascer. Até que um dia, a criança realmente nasceu, a avó já tinha avisado, logo de manhãzinha, deixe-me ver essa barriga, a avó apalpou, examinou o umbigo, sentiu a criança, é para hoje, filha, pode preparar suas coisas, e no início da tarde ela começou a sentir as contrações, dona Clotilde imediatamente ligou para o médico, que a recebeu no hospital, um hospital muito limpo e elegante, onde abriram sua barriga porque tinham que ligar as tais trompas, é melhor assim, você não vai sentir dor nenhuma, e ela realmente não sentiu dor, e só percebeu que tinha parido quando lhe mostraram o bebê, uma menina, e ela ficou olhando cheia de amor e espanto para a filha, minha filha, ficou repetindo o tempo todo no hospital, minha filha, e sentindo grande angústia quando as enfermeiras a levavam embora depois de mamar, gente ignorante, dizia a avó, que permanecera ao seu lado durante todo o parto, abrem a barriga das pessoas, onde já se viu, e depois deixam a bebê sabe-se lá onde, não entendem que vocês ainda são uma única alma, e que a alma de uma filha só acaba de se separar da mãe quando por sua vez pare ela também, a sua própria filha, quanto mais brancos, mais burros, resmungava, e, em vez de ouvir a avó, ela ficava contando os minutos para que a filha voltasse.

Quando voltaram para casa de dona Clotilde, ela, a filha e a avó, tudo parecia bom e novo, o quartinho sem janela já não incomodava, nem as reclamações de dona Clotilde, que ela estava fazendo corpo mole, que na idade dela, tão jovem, não precisava de todo aquele resguardo. Mas ela nem ligava, a bebê era muito calminha, a avó dizia, pode ir, que eu a distraio, as crianças se dão muito bem com os mortos, e de vez em quando vinha a Dodô ver se ela não precisava de alguma coisa, e de vez em quando a própria dona Clotilde aparecia, a pegava no colo, dona Clotilde gostava muito de pegar a bebê no colo, e ficava um tempão, assim, agarrada a ela, fazendo festinha e falando desse jeito que as pessoas gostam de falar com os bebês, dizia que se lembrava de quando os próprios filhos eram pequenos, dona Clotilde era muito boa e comprou para a menina uma porção de roupinhas cor-de-rosa e fraldas e até um móbile com bichinhos que dançavam, dona Clotilde só ficava aborrecida quando ela amamentava o bebê, ainda mamando, como é possível, vai ficar desnutrida ela, dê logo uma boa mamadeira, vou comprar um bom complemento, devem estar faltando vitaminas, e dona Clotilde ficava vigiando, e ela, para não contrariar a patroa, passou a dar mamadeira durante o dia, mas à noite, quando ninguém via, botava a filha no peito e dormiam as duas assim, agarradas, escondidas. A avó não gostava nada daquele jeito de dona Clotilde, vivia dizendo, isso não é boa coisa, minha filha, essa mulher não é boa coisa, você não devia deixar ela chegar tão perto da menina, lembre-se que, por mais que ela não queira, o sangue sempre fala mais alto, mas ela achava exagero, dona Clotilde gostava da bebê, o que haveria de mau nisso, além do mais, como dizer para a patroa que não aparecesse no quarto se o quarto era dela, assim como toda a casa e tudo o que havia dentro daquela casa?

Assim que a menina cresceu um pouco e ela passou a levá-la ao parquinho e depois ao calçadão e ao cinema todos os domingos, qualquer filme servia, se houvesse mais de um ela escolhia pelo cartaz, preferia aqueles que mostravam um homem e uma mulher apaixonados, lutando contra o mundo por aquele amor, quase sempre chorava, a menina quase sempre dormia, embalada pelo barulho e pelo ar-condicionado, dona Clotilde, quando descobriu, ficou indignada, é um absurdo que você leve uma criança de cinco anos para ver um filme adulto, mas são histórias de amor, ela explicava, e além do mais ela gosta, fica quietinha olhando a tela, às vezes até dorme, quanta ignorância, a patroa dizia, você está fazendo mal à sua filha e eu não vou permitir, e então ela decidiu que era melhor omitir esse detalhe do passeio, a senhora tem razão, dona Clotilde, dizia que tinham ido no parquinho, ah, parquinho é bem melhor, mas continuavam no cinema, depois ela comprava um sorvete, um para cada uma, que disso a filha fazia questão, um sorvete de chocolate só para ela, e ficavam as duas sentadas num banquinho em frente à praça tomando cada uma o seu sorvete, e ela pensava que não poderia ser mais feliz. Até que dona Clotilde esqueceu o domingo e começou a implicar com o sábado, dia que ela trabalhava e não tinha como sair com a filha, essa menina presa em casa o dia inteiro, não é bom, criança precisa correr por aí, gastar energia, deixe que ela saia com a gente. Ao ouvir isso ela pensou nas palavras da avó, dona Clotilde não era boa coisa, mas, por outro lado, morria de pena de vê-la ali, brincando sozinha o dia todo na área de serviço, e, se saísse com dona Clotilde e seu Alfredo, eles a levariam a lugares lindos, a levaremos ao clube, e ela que nem conseguia imaginar o que era um clube, um clube é um lugar muito exclusivo e muito bonito, grande, cheio de árvores, com piscina, brinquedos, quadras de esporte, restaurantes, ela vai adorar, e compraremos algumas roupinhas novas para que ela se adapte melhor por lá, e ela ficou na dúvida, e ficou a avó martelando em seu ouvido, mas a menina, que ouvia a conversa toda, pela primeira vez pediu, por favor, mãe, deixa, por favor, ela também pedia que a deixasse ir ao clube com a dinda e o dindo, afinal eles eram os padrinhos, e ela não teve como dizer não, foi o que explicou à avó, que passou a recriminá-la todos os dias, não é possível, será que você não vê, eles querem tirar a sua filha de você, vão levá-la para o mundo deles, que é o mundo dos ricos, e com o tempo ela vai gostar de lá e vai se acostumar e vai querer que você dê as mesmas coisas e vai olhar para você com desprezo, e ela começou a chorar porque tinha muito medo que a avó tivesse razão, mas também não sabia o que fazer, ir embora dali, dizia a avó, mas para onde?, e a avó sugeriu, vamos para casa, não para a casa da sua mãe que eu sei que ela não quer você de volta, mas eu sei de um lugar que sempre aparece em meus sonhos, rio abaixo, se seguirmos o rio vamos encontrar, a casa está abandonada, podemos nos acomodar lá, fazer nossa vida, nós três, e ela pela primeira vez disse, mas, vó, a senhora está morta, como eu vou sobreviver sozinha com minha filha numa casa abandonada, e daí que eu estou morta?, vou te ensinar a falar com os espíritos, você pode ler a sorte das pessoas, e ela até pensou em considerar o que a avó dizia, tinha vontade mesmo de ir embora, ainda mais depois de ver que a menina, ela mesma, pediu tanto para ir ao clube com dona Clotilde e seu Alfredo, mas ao mesmo tempo tinha muito medo, um medo enorme, o que faria sozinha, como cuidaria da filha?, e se ela a odiasse depois? A avó, diante da sua recusa, decidiu ir embora, não aguento ficar aqui vendo você perder sua filha para essa gente, nunca vi ninguém tão boba e medrosa, volto quando você finalmente criar juízo. E desapareceu.

A menina passou a ir ao clube todo sábado com os padrinhos, contava os dias até esse momento e voltava feliz da vida, contando da comida no restaurante, dos brinquedos, que fizera amizade com outras crianças, que dona Clotilde tinha comprado um sundae de chocolate com calda de chocolate, e ela se esmerava em compensar no domingo, e passou a comprar também um sundae de chocolate para a menina, que era muito mais caro, mas que mesmo assim nunca era tão bom nem tão grande como o sundae que a menina comia no clube. Ela acabou se conformando, tentou ver pelo lado positivo, graças aos patrões podia oferecer à filha uma vida muito diferente da sua, uma vida longe da pobreza, era para ficar satisfeita, feliz mesmo. Até que um dia a menina pediu para passear com dona Clotilde também no domingo, eles queriam levá-la ao circo, um circo muito bonito com artistas estrangeiros, ela negou, não, de forma alguma, é o único dia para ficarmos juntas, e a menina ficou furiosa e a olhou com ódio, e pela primeira vez ela percebeu que a filha tinha raiva dela, e a menina passou com ela o domingo, mas não sorriu, não respondeu às suas perguntas, nem quis sorvete nem nada, voltaram para casa em silêncio, e ela chorou a noite toda e sentiu muita falta da avó, que nunca mais tinha aparecido, e a partir de então tentou fazer tudo para agradar a filha, tudo o que ganhava era para a filha, mas a filha continuava pedindo para passar o domingo com dona Clotilde, com as amigas que tinha conhecido no clube, com as amigas da escola elegante onde ela estudava, a escola que os patrões pagavam e que era uma bênção, assim ela teria as melhores chances e, quando crescesse, iria para a faculdade, dissera seu Alfredo, poderia virar até médica, ou advogada como ele, e ela ficou pensando que era mesmo uma sorte, alguém como ela com uma filha advogada, nem conseguia imaginar, mas isso não diminuía a dor que sentia quando chegava o domingo e vinha aquela recusa tão profunda, era uma recusa de tudo o que ela era, e um dia dona Clotilde a chamou para uma longa conversa, sente aqui, minha filha, e explicou que a filha tinha o seu mundinho, nessa idade as meninas já têm seu próprio universo, ela precisava entender, suas amigas, as coisas de que ela gostava, e que ela não devia tentar prendê-la porque prendê-la seria condená-la à pobreza, à ignorância, era isso o que ela queria?, é claro que não, ela queria o melhor para a filha, e então, por que você insiste em prejudicá-la?, e diante daquela pergunta ela finalmente desistiu e parou de insistir e voltou a ir ao cinema sozinha como antes de a menina nascer. Olhava para a filha, cada vez mais bonita, cada vez mais distante, e tinha até vergonha de conversar com ela, que agora já era uma adolescente, a filha que a olhava com desprezo sempre que dizia algo errado, uma palavra fora de contexto ou mal pronunciada, e ela tentava só dizer as coisas certas, mas ela nunca sabia o que eram essas coisas certas, e a filha só ficava ainda mais furiosa, até que um dia, durante uma briga, percebeu que era tarde demais, a filha ia completar quatorze anos e dona Clotilde planejara uma festa para ela e as amigas no clube e, na véspera, enquanto ela passava o aspirador, a filha lhe pediu que por favor não fosse, que comemorariam juntas depois, que iriam ao cinema, e ela achou que tivesse entendido errado e desligou o aspirador e pediu para a filha repetir, e a filha repetiu e ela ficou sem saber o que dizer, e sentiu uma raiva tão grande, como nunca havia sentido, e disse que ia de qualquer forma, afinal, eu sou sua mãe, mesmo que você não goste, e a discussão foi aumentando e aumentando e ela disse coisas para a filha que até então nunca tinha dito, mas que estavam agarradas na garganta, e a filha também disse coisas para ela que nunca tinha dito, até que só ficou a última frase, as palavras da filha, que começou a chorar e disse, eu não quero ser sua filha, eu tenho vergonha de você, do seu rosto que é só osso, dos seus cabelos grudados na cabeça, dos dentes que faltam na sua boca, das suas unhas todas roídas, você parece uma velha, uma mendiga, e eu não quero ser sua filha, não quero ser filha da empregada, eu queria ser filha da dinda, por que eu não sou filha da dinda?, a filha chorava, e ela sentiu vontade de nunca ter existido.

Foi quando, após anos de ausência, a avó voltou, dessa vez para ficar. Parecia diferente, mais jovem, a coluna mais reta, o cabelo curto, usava um xale que ela nunca tinha visto e um colar de contas coloridas, a avó sentou-se na beira da cama, fez um carinho na sua cabeça, minha filha, eu te avisei tantas vezes, vamos, acalme-se, beba isso, e a fez engolir uma beberagem de gosto amargo, vamos, beba, vai te fazer bem, isso, agora deite aqui, vou cuidar de você, não se preocupe, a dor vai diminuir, acredite em mim, mas vamos ter que começar tudo do início, como assim?, você vai ver, disse a avó, e tirou, de dentro de uma enorme bolsa, um livro velho, as pontas dobradas, desses de banca de jornal, teremos que repensar a história desde o início, a avó abriu o livro na primeira página e, com uma solenidade que ela nunca vira, leu em voz alta: *En esto sí confieso que ha sido inexplicable mi trabajo; y así no puedo decir lo que con envidia oigo a otros: que no les ha costado afán el saber. ¡Dichosos ellos! A mí, no el saber (que aún no sé), sólo el desear saber me le ha costado tan grande que pudiera decir con mi Padre San Jerónimo (aunque no con su aprovechamiento): Quid ibi laboris insumpserim, quid sustinuerim difficultatis, quoties desperaverim, quotiesque cessaverim et contentione discendi rursus inceperim; testis est conscientia, tam mea, qui passus sum, quam eorum qui mecum duxerunt vitam. Menos los compañeros y testigos (que aun de ese alivio he carecido), lo demás bien puedo asegurar con verdad. ¡Y que haya sido tal esta mi negra inclinación, que todo lo haya vencido!*

A avó fechou o livro e ficou algum tempo assim, com o exemplar imundo sobre o colo, parecia meditar sobre algo místico ou profundo, mas que ela não tinha a menor ideia do que seria, guardou-o novamente na bolsa, depois continuamos, disse, agora você precisa descansar, ela ficou muda, olhando para a avó, tão diferente, e aquelas coisas sem sentido que a avó acabara de ler, que língua estranha era aquela?, vó, é a senhora mesmo, ela perguntou, e a avó riu, claro que sou eu, quem mais seria?, e ela pensou que poderia ser algum demônio fazendo-se passar pela avó, um demônio pouco preocupado em esconder sua natureza, mas depois diante do carinho com que ela a tratava apaziguou-se, claro, quem mais seria?, mesmo assim achou estranho que a avó soubesse ler, ela era analfabeta quando viva, será que depois de morto é possível aprender a ler? Ela disse, vó, desde quando a senhora sabe ler?, desde sempre, e lhe lançou um olhar indignado, desde sempre não, antes a avó não sabia, tinha certeza, mas achou melhor não insistir e perguntou, vó, onde a senhora esteve esse tempo todo?, e a avó respondeu que havia feito uma viagem, e os mortos viajam?, claro, por que não viajariam, a avó abriu a bolsa mais uma vez e tirou de lá um embrulho cor-de-rosa e entregou à neta, ela ficou com o embrulho na mão, sem saber o que fazer, abra, é pra você, um presente que eu trouxe da minha viagem, ela sorriu e tirou do embrulho uma pequena capivara talhada em madeira, obrigada, vó, e olhando para a capivara ficou ainda mais curiosa, para onde a senhora foi?, fui visitar o lado de lá, e o que tem do lado de lá?, bom, o lado de lá é também o lado de cá, mas nada que seja da sua conta, e agora fique quieta e durma, mas eu não consigo dormir, feche os olhos que você dorme, confie em mim, a avó fez um carinho no seu cabelo e abriu o livro mais uma vez, vou ler para você, vai te ajudar a dormir, mas mantenha os olhos fechados, está pronta?, estou: *Pues ¿qué os pudiera contar, Señora, de los secretos naturales que he descubierto estando guisando? Veo que un huevo se une y fríe en la manteca o aceite y, por contrario, se despedaza en el almíbar; ver que para que el azúcar se conserve fluida basta echarle una muy mínima parte de agua en que haya estado membrillo u otra fruta agria; ver que la yema y clara de un mismo huevo son tan contrarias, que en los unos, que sirven para el azúcar, sirve cada una de por sí y juntos no. Por no cansaros con tales frialdades, que sólo refiero por daros entera noticia de mi natural y creo que os causará risa; pero, Señora, ¿qué podemos saber las mujeres sino filosofías de cocina? Bien dijo Lupercio Leonardo, que bien se puede filosofar y aderezar la cena. Y yo suelo decir viendo estas cosillas: Si Aristóteles hubiera guisado, mucho más hubiera escrito.*

Acordou se sentindo estranha, mas não sabia precisar exatamente por que, olhou em volta, a avó não estava, até que entrou no quarto uma jovem já adulta, e, logo soube, era a sua filha, como estava bonita, pensou, mais linda do que nunca, muito elegante, usava sapatos de salto alto, a saia justa até o joelho, uma blusa de seda, parecia uma artista de cinema, e teve um orgulho imenso dela, a jovem entrou, foi até a cômoda, parecia estar arrumando alguma coisa ali em cima, chamou-a pelo nome, o que é, mãe?, a filha falou, sem parar o que estava fazendo, eu queria uma foto sua, mas você já tem tantas, mãe, para que mais uma foto?, é que você está tão bonita agora, ainda mais bonita, a filha virou-se sorriu para ela, mas pareceu-lhe um sorriso triste, um sorriso que não era de verdade um sorriso, pode deixar, mãe, da próxima vez que eu passar aqui te trago uma foto. E ela achou curioso que a filha falasse dessa forma, passar aqui, como assim, passar aqui?, sim, mãe, a próxima vez que eu vier te visitar. E foi quando ela olhou em volta e viu que não estava na casa da dona Clotilde, que o quarto era grande, com janelas, uma cama de madeira, um armário branco embutido, sobre a mesinha de cabeceira, um jarro com flores e alguns livros, onde estou, filha?, perguntou assustada, e a filha a olhou irritada e disse, mãe, será que vou ter que repetir isso todas as vezes, isto não é a casa de dona Clotilde, esta é uma casa de repouso, um lugar ótimo, olha só pela janela, lá fora, o jardim, que lindo, e ela acompanhou a filha até a janela e viu que havia mesmo um jardim, é lindo mesmo, filha, e você mora aqui comigo?, não mãe, eu moro na Alemanha, com meu marido, ah, você casou?, sim, mãe, eu casei, a filha parecia impaciente, e a Alemanha, onde é isso?, é longe, mãe, muito longe, ah, tá, ela disse, e você está feliz, filha?, estou sim, mãe, não se preocupe, e dona Clotilde está bem?, está sim, mãe, não se preocupe, vem, vamos deitar um pouco, vem, se cobre direito, isso, agora vê se descansa, você anda muito agitada, claro, filha, claro, a filha lhe deu um beijo na testa e disse alguma coisa, mas ela só ouviu a voz da avó, que, sentada numa cadeira ao lado da cama, continuava lendo em voz alta sem que a bisneta percebesse: *Porque ¿qué inconveniente tiene que una mujer anciana, docta en letras y de santa conversación y costumbres, tuviese a su cargo la educación de las doncellas? Y no que éstas o se pierden por falta de doctrina o por querérsela aplicar por tan peligrosos medios cuales son los maestros hombres, que cuando no hubiera más riesgo que la indecencia de sentarse al lado de una mujer verecunda (que aún se sonrosea de que la mire a la cara su propio padre) un hombre tan extraño, a tratarla con casera familiaridad y a tratarla con magistral llaneza, el pudor del trato con los hombres y de su conversación basta para que no se permitiese.*

Era uma vida muito diferente, pensou, quando acordou. Sentia-se sozinha. A avó, que falava cada vez menos, só se interessava em ler aquelas esquisitices, e a filha que quase não a visitava. Olhou para o cartão-postal, um lugar com neve, Alemanha, seria de verdade, será que a filha morava mesmo ali, no meio da neve, não sentiria frio, ela se preocupava, estaria bem agasalhada? Às vezes, conversando com Fátima, uma das cuidadoras, perguntava, ela me escreveu? E a mulher dizia, deve ter escrito, mas nesta época, Natal, as cartas se perdem, é comum, ah, já é Natal?, sim, olhe lá a decoração, e ela viu no final do corredor uma árvore de Natal com presentes em volta, é mesmo, mas não se preocupe, logo, logo ela escreve pra senhora, e ela achava estranho que a chamassem de senhora, afinal, quantos anos eu tenho, se perguntava, ainda sou jovem, não?, mas por algum motivo ela se sentia tão velha, a vida que se gastara antes do tempo, sentia-se confusa, onde estariam todos, dona Clotilde, seu Alfredo, e de vez em quando dava para pensar em Renan, não no Renan já adulto casado com a moça muito loira e muito bonita e depois no Renan com os filhos loiros correndo pela casa, não, pensava no Renan que pedira que passasse uma camisa e depois entrara em seu quarto, por onde andaria ele?, e as saudades da filha o traziam de volta ao seu pensamento, as coisas pareciam tão misturadas, tentava conversar com a avó, mas ela só se interessava por aquele livro, o que teria acontecido com todos?, tinha vontade de ir embora, ir embora da casa de dona Clotilde, é o que devia ter feito quando a avó lhe disse que fosse embora, mas não importa, iria agora, iria atrás da filha nesse lugar de neve e juntas iriam embora, por que não pensara nisso antes?, e sentiu um novo fluxo de energia, começaria imediatamente a arrumar suas coisas, olhou em volta procurando a cômoda, mas o que viu foi sua avó, recostada na cama, a avó deixou o livro de lado e disse, finalmente, minha filha, você tomou uma decisão racional, é verdade, vó, que bom que a senhora me apoia, me ajude então a achar as minhas roupas, claro, minha filha, já sabe para onde vocês vão? Não pensei nisso ainda, ela disse, primeiro vou buscá-la na Alemanha e depois eu vejo, mas o que é isso, essas coisas você tem que planejar bem, não pode ser assim de qualquer jeito, não?, ela perguntou surpresa, claro que não, está certo, você vai buscá-la na Alemanha, mas e depois, para onde vocês vão?, não sei, ela disse, e a avó deu um sorriso, vê, ainda bem que você tem a mim, vou te dizer o que fazer, primeiro você pega ela lá na Alemanha, depois vocês vão para a casa de que te falei, a tal casa abandonada?, isso mesmo, e se ela não quiser ir?, claro que ela vai querer, se você tivesse me ouvido da outra vez nada disso teria acontecido, você tem razão, vó, vou fazer isso, dessa vez vai dar tudo certo, isso, minha filha, eu te ajudo, mas, antes, tem um trecho aqui que eu quero ler para você, é importante, mas, vó, de novo, já falei tantas vezes, eu não entendo nada dessa coisa que a senhora lê, não importa, disse ela num tom severo, a gente não precisa entender tudo, e, além do mais, há entendimentos que não passam pela razão, são entendimentos do corpo, e começou: *Lo que sólo he deseado es estudiar para ignorar menos: que, según San Agustín, unas cosas se aprenden para hacer y otras para sólo saber: Discimus quaedam, ut sciamus; quaedam, ut faciamus. Pues ¿en qué ha estado el delito, si aun lo que es lícito a las mujeres, que es enseñar escribiendo, no hago yo porque conozco que no tengo caudal para ello, siguiendo el consejo de Quintiliano: Noscat quisque, et non tantum ex alienis praeceptis, sed ex natura sua capiat consilium?*

PARTE II
O lado de dentro

ANNA

Noite de estreia. Teatro lotado. As cortinas se abrem. Anna usa um vestido negro e longo que balança acompanhando o movimento dos quadris e o ruído imperceptível dos pés descalços. Seu corpo é esguio e ágil e despido de qualquer adorno.

xxx

A história começa assim: uma mulher muito jovem abandona o seu bebê. (*Pausa. Anna se aproxima do público*) Tento ser mais específica: uma mulher muito jovem abandona o seu bebê de poucos meses num parque. (*Pausa. Anna se aproxima ainda mais, quase na beira do palco*) Não, a história não é bem assim, tento ser ainda mais específica: uma mulher abandona o seu bebê. (*Pausa*) Essa mulher sou eu.

xxx

Pouco depois alguém encontrou o bebê. Gosto de imaginar que foi assim, para que a história se torne suportável, o intervalo, cada vez mais breve, entre o abandono e o resgate. (*Anna senta-se na beira do palco*) Não sei quem é essa pessoa, vi apenas a silhueta, talvez nem isso, mas posso imaginá-la, um exercício que recobre com gestos e passos o que é apenas dúvida. Pouco depois alguém encontrou o bebê. Como eu sei? Eu sei porque observo detrás de um arbusto, de uma árvore. Imagino da seguinte forma: alguém que cortava caminho pelo parque, que tinha um compromisso, entrevista de trabalho, hora no dentista, alguém que, apesar da pressa, viu de longe o carrinho, olhou em volta, o parque vazio, apenas um carrinho abandonado. Essa pessoa, num gesto instintivo, se aproximou e viu que dentro do carrinho havia um bebê, um bebê de verdade, e se apavorou ao vê-lo sem sentidos, ou talvez apenas dormindo, num primeiro momento não era possível saber. Essa pessoa, uma mulher? Sim, uma mulher. Não muito jovem. Por volta dos cinquenta, cinquenta e cinco anos, magra, muito magra, a pele e os cabelos quebradiços, um leque de pequenas rugas em volta dos olhos azuis, essa mulher pegou o pequeno embrulho com cuidado, as mãos ainda inseguras, como se ele pudesse cair ou desmontar a qualquer instante, pegou o bebê e o colocou junto ao corpo, junto ao peito, dentro do casaco, a cabeça encostada em seu ombro ossudo. E ficaram ali, ela e o bebê, em silêncio, em suspenso, num tempo que era tanto a vida quanto a morte.

xxx

Alguns segundos depois, um choro abafado dentro do casaco, e então essa mulher, num misto de surpresa e alegria e tristeza, percebe que aninha, pela primeira vez na vida, um bebê em seus braços. O pequeno corpo se agita em movimentos desencontrados. Olha com atenção para ele, é uma menina, deduz pela cor da roupa, uma menina!

E sente que algo naquela brevíssima relação se estreitara. NÓS DUAS. A expressão que ela usava pela primeira vez. Nós duas. Aquela felicidade. Mas, não, não era certo aquela felicidade assim, gratuita, precisava fazer alguma coisa, avisar a polícia, ou ao menos procurar alguma identificação, nas roupas, no carrinho, um nome, um endereço. Onde estaria a mãe?, ela olhou em volta, eu prendi a respiração, o medo que ela me visse, eu, atrás de um arbusto, de uma árvore. Provavelmente abandonara a criança, pensou, sentiu raiva, como alguém abandona uma criança? (*Anna se levanta*) Que monstro é esse que pare um filho e o abandona?, no parque, na cidade, no mundo? E se ela não o tivesse encontrado? (*Longo silêncio*)

xxx

Quando eu saí da casa de dona Clotilde, eu sentia muita raiva dela, velha hipócrita, mas sentia mais raiva ainda da minha mãe, daquele jeito calmo e frágil da minha mãe, aquele jeito de quem aguenta as maiores humilhações ali, quieta, com aquele ar de cão escorraçado esperando que talvez numa próxima oportunidade, um osso, um resto de arroz, um pedaço de lixo qualquer. Eu não queria ser filha de um cão escorraçado.

xxx

Mas logo a raiva da mulher passou, assim como veio passou, e ela se surpreendeu numa nova alegria. Convenceu-se, não era abandono, era o acaso que dava às duas uma nova oportunidade. Nós duas. (*Anna sorri, mas logo o sorriso se desfaz*) A inquietação novamente, e se a mãe estivesse sofrendo em algum lugar, obrigada, por sabe-se lá que circunstâncias, a abandonar a filha? A mãe, atrás de um arbusto, de uma árvore. Qual seria o avesso de NÓS DUAS? Um elástico esticado demais? E, após uns minutos nesse movimento de gangorra, decidiu: ficaria com o bebê, decidiu, a sua filha, pensou em voz muito baixa, minha filha, e as palavras se estendiam feito corda envolvendo os dois corpos, ela e o bebê.

XXX

Um dia eu cheguei na lanchonete onde havíamos combinado de tomar um café, mas minha mãe não estava lá. Esperei quinze minutos, meia hora. Liguei, ninguém atendia. Fui então até a casa de dona Clotilde, toquei a campainha da entrada de serviço, Dodô, a cozinheira, abriu, minha mãe está aí?, Dodô me pegou pela mão e levou até o quartinho, minha mãe estava ali sentada na cama, imóvel, com uma expressão estranha, parecia um sorriso, mas os olhos voavam ocos, mãe, mãe? Eu acho que sua mãe amalucou de vez das ideias, disse Dodô num sussurro. Eu senti um arrepio, como se uma lufada de vento dançasse pelo quarto, enchendo de espanto aquele espaço sem janela.

XXX

O bebê chorava, estaria com fome? Sim, provavelmente fome. Deixou o carrinho onde estava e foi com ele até a farmácia, eu atrás delas feito um cão de guarda, o medo que a mulher me visse, e o medo que lhe fizessem perguntas, que desconfiassem, apertava o corpinho com delicadeza, como se quisesse escondê-lo dentro do próprio corpo, comprou fórmula, água e uma mamadeira, voltou ao parque, recuperou o carrinho e sentou-se no primeiro banco que viu, eu atrás de um arbusto, de uma árvore. Ali o alimentou em seus braços, parecia faminto. (*Anna olha para um bebê imaginário*) A sua filha. Minha filha, ela repetia em voz baixa acariciando o bebê com aquelas palavras. (*Anna acaricia o bebê imaginário*) E, quando terminou, sentiu que não era suficiente, que não era alimento suficiente, que ela ainda não era suficientemente sua filha. Descobriu então o seio direito e aproximou a pequena boca, que o agarrou e continuou mamando, seu seio feito uma extensão natural da mamadeira. Um seio murcho, um seio seco. E ela ficou ali, sublime, perplexa, emocionada, pensando, então era assim, esse amor tão grande, esse tempo todo esse amor tão grande. E aquele bebê quieto e macio do qual ela já era mãe havia exatos trinta e sete minutos.

xxx

Quando eu nasci, olhei para a minha mãe e não reconheci o seu rosto. Quando eu nasci, olhei para o rosto da minha mãe e não me reconheci em seu rosto. Éramos tão estrangeiras uma à outra. Depois as palavras minha mãe, minha mãe, mas há sempre algo que escapa, que escorre pelos cantos da boca. Ela fechava a porta do pequeno quarto sem janela e pronto, deixava de existir, como era possível? Como era possível esse mundo que se desfazia feito a linha de um carretel, e minha mãe girando e girando numa velocidade inimaginável, até que não restasse nada, só um cilindro de plástico no chão de um quarto de empregada. Eu buscava em cada um dos seus gestos algo que a reconstruísse, eu repetia as palavras, minha mãe, e segurava com força as suas mãos, ou algo nelas que me resgatasse, mas que acontecimento seria esse, que espera, que acaso? E eu buscava em cada uma das suas palavras, nas entrelinhas soltas pelos corredores, algo que me convertesse em sua filha, minha filha, ela que me entregava feito um embrulho para que outra mulher me criasse, a patroa, feito um tributo a pagar, e eu atirava perguntas como quem atira pedras numa estátua de pedra, por que você não e eu sim?, por que você sim e eu não?, por que ela e não você?, por que nunca eu e você?, por que ela tudo e eu nada?, por que você nada e ela tudo?, por que não tudo neste pequeno espaço? (*Pausa*) Depois, um primeiro olhar devolvido, o primeiro olhar, o único possível, e minha mãe dizendo em voz baixa, imperceptível, que só eu ouvia, minha mãe dizendo, mas por que deveria?, eu sou apenas uma pessoa. E tirando a roupa, como se quisesse demonstrar o que afirmava (*Anna tira a própria roupa, para diante da plateia*), o corpo extremamente magro, o corpo escuro e magro que dizia, mas eu sou só uma pessoa, e se há um mistério em mim, sim, porque há o mistério, e se há o mistério, ele não me pertence, ele acontece à minha revelia, porque eu, eu sou só isso que você não vê. E eu fiquei ali observando fascinada e cheia de pavor a minha mãe se transformar, até que restasse somente um corpo, inerte, desabitado. (*Longo silêncio. Anna olha para lugar nenhum.*)

xxx

(*Anna veste-se novamente*) Uma vez li a seguinte frase: (*Imposta a voz*) Aprende, aprende o quanto custa renegar o sítio natal. (*Pausa*) Não lembro mais nada, não quero lembrar, só essa frase que ficou ressoando na memória, desconectada do resto do corpo, a frase feito vingança ou vaticínio. Tempos depois, fui numa cartomante, ela jogou as cartas, apontou para a imagem de um velho segurando uma lanterna, me olhou com tristeza e disse, ninguém, ninguém consegue esquecer para sempre. E as palavras foram se abrindo em pétalas.

xxx

Eu era ainda muito jovem e acabara de ter um bebê. Eu pari um amontoado de células que costumamos chamar "outro ser humano", e, ao fazê-lo, apenas reproduzi o gesto de todas as mulheres da minha linhagem, minha mãe, minha avó, minha bisavó, minha tataravó, minha tataratataravó. A natureza. (*Pausa*) Mas nada é natural na natureza!

xxx

Não, nada é natural na natureza. (*Anna prende o cabelo num rabo de cavalo*) Eu gestei "outro ser humano" dentro das minhas entranhas, nesse lugar chamado útero, esse órgão-casa, órgão-universo, e assim, de um instante a outro, surgiu alguém que antes não existia. Onde habitam os seres antes de começarem a existir, onde dormem suas marcas, suas possibilidades? E que instante-zero é esse, essa linha que separa o sim e o não, a existência e o nada, um estrondo silencioso? Um clarão?, o exato segundo ou talvez o exato milionésimo de segundo em que um amontoado de células recebe esse estranho sopro de vida?

xxx

Tudo começou assim: um dia, eu permiti que um órgão chamado pênis penetrasse o meu órgão chamado vagina, e permiti que esse ato se estendesse tempo suficiente para que desse órgão chamado pênis esguichasse um líquido branco e viscoso. Um acontecimento que deu prazer (mesmo que melancólico) ao dono do órgão chamado pênis, mas não necessariamente a mim, dona do órgão chamado vagina. E desse ato surgiu um amontoado de células chamado "outro ser humano". Eu, então, durante nove meses, dentro do meu órgão-recipiente chamado útero, gestei esse outro ser humano, e, quando ele estava grande o suficiente, eu senti as contrações que o expulsaram para fora do meu corpo. E isso se deu através desse tubo chamado vagina, ligado ao órgão-recipiente chamado útero através de uma pequena entrada chamada colo do útero, entrada essa que, não por acaso, nove meses antes possibilitara a entrada do líquido branco que, de alguma forma, estava ligado à existência daquela outra pessoa. O tubo chamado vagina, assim como o colo do útero, foi se expandindo e se expandindo até que passasse por ele, num acontecimento inimaginável, um pedaço de carne chamado outro ser humano, e depois outro pedaço de carne, menor, chamado placenta. E eu fiquei ali, desorientada, exausta, diante daquele outro ser humano que chorava e mamava e dormia e soltava secreções por todos os orifícios do corpo. E era também através de um desses orifícios do corpo chamado boca que o outro ser humano sugava a ponta do meu peito, que nada mais era do que também um pedaço de carne com ínfimos orifícios, dos quais saía sangue que, desprovido dos glóbulos vermelhos, chama-se leite. Eu fiz tudo isso: gestei e pari e vesti e alimentei um pedaço de carne, chamado também de "outro ser humano", e limpei suas secreções e excrementos e o coloquei num berço a salvo de intempéries e predadores, eu fiz tudo isso que minha mãe e minha avó e minha bisavó e minha tataravó e minha tataratataravó haviam feito, mas nem por isso tornei-me mãe.

xxx
Então, eu deixei o bebê bem agasalhado no carrinho e fui embora. (*Pausa*) Mas ir embora não é uma linha traçada no tempo, ir embora é frase inacabada. Estou indo embora, estou indo embora, cada vez um pouco mais estou indo embora.

xxx

E depois? (*Longo silêncio. Anna olha para o chão por alguns instantes, depois dirige-se ao público novamente.*) Eu quase não tenho lembranças dos dias que se seguiram, feito alguém que acorda e as imagens logo se desvanecem, algo essencial que se perdeu, mais uma vez. (*Pausa*) Dormi na rua? É possível, passei fome?, talvez, sofri algum tipo de violência?, as marcas no meu corpo diziam que sim, sim, um braço que eu mal conseguia mexer, falhas no cabelo, marcas arroxeadas nas coxas, nos braços e no pescoço. E nas costas, quando finalmente me olhei no espelho, nas costas uma longa cicatriz. Algum tipo de violência. (*Pausa*) Sim, é possível dizer.

xxx

Deixei o bebê bem agasalhado no carrinho e fui embora. Ficaria bem, repetia para mim mesma. Ficaria bem, aquela filha que não era mais minha, que nunca fora. Ficaria bem, aquele corpo que se desprendera do meu corpo e agora tinha vida própria. Depois, as lembranças esmoreciam, os passos rápidos para fora do parque, o medo de que alguém tivesse me visto, que me denunciasse, como explicar que eu não era mãe de um corpo só porque ele saíra de dentro de mim, como explicar que aquilo não era natural, que nada é natural na natureza, porque na natureza não há palavras, palavras que recubram o vazio, palavras que nos confortem e deem sentido. A natureza é só um buraco que tudo devora. A natureza é o mais profundo horror, o pensamento que insistia, e meus passos apressados para fora do parque, cada vez mais rápidos. Talvez, depois, apenas passos sem rumo para fora do parque para fora da cidade para fora de mim mesma, e a intuição de que era preciso uma violência muito mais extrema, para que a dor, enfim, se acalmasse.

xxx

Depois? Depois, por mais estranho que pareça, os dias continuavam passando. Depois, eu fui embora. E, depois, me casei novamente, como eu podia? Como alguém faz o que eu fiz e depois, simplesmente, a vida que segue? (*Pausa*) Mas é que os dias continuavam passando e eu tinha que fazer alguma coisa, algo que me desse alguma esperança, e, ao mesmo tempo, eu tinha que fazer alguma coisa, algo que me desse algum castigo, porque a culpa, a culpa é algo que gruda, que se agarra, uma língua de óleo pelo corpo. A culpa é uma língua de óleo que se enrosca feito corda. Foi um casamento, mas poderia ter sido qualquer outra coisa, uma doença, um abismo, um veneno. (*Pausa*) Então eu me casei novamente.

xxx

Tudo é santo, tudo é santo, nada é natural na natureza! E, quando a natureza parecer natural, será o fim de tudo, e o começo de outra coisa.

xxx

Era um homem muito elegante, muito culto, muito educado. Um bom partido, diriam todos. Ternos sob medida, idas à ópera, a concertos de música clássica, passeios em seu Jaguar conversível, jantares nos melhores restaurantes, passeios de iate pelo mar Egeu. Que sorte a minha, diriam todos. Um homem poderoso. Um homem que tinha tudo sob controle. Tudo. (*Anna senta-se no chão, abraça os joelhos*)

XXX

Só que, mais cedo ou mais tarde, as coisas sempre saem do controle. (*Silêncio*)

XXX

Na última vez que as coisas saíram do controle, eu havia acabado de voltar do cabeleireiro, era um sábado à tarde, estava feliz com o novo corte, depois de muito tempo me sentia leve, me sentia mais jovem, mais atraente. Ele me ofereceu uma bebida, eu aceitei, e ficamos os dois no jardim bebendo e conversando. Eu logo percebi que por trás de seus gestos havia raiva, muita raiva, a ação de uma força centrípeta puxando suas palavras para um ponto único, um ponto cego. Onde você esteve?, ele perguntou, após um breve preâmbulo, eu disse que no cabeleireiro, até essa hora?, sim, até essa hora, onde mais eu estaria?, ele se aproximou, apertou o meu braço com força e começou a torcê-lo, escuta aqui, sua vagabunda, eu sei tudo o que você faz, absolutamente tudo, está entendendo, não pense que eu não sei dos seus amantes, das suas mentiras, eu tentava me afastar dele, não sei do que você está falando, você está bêbado, eu gritei, e eu tinha a sensação de repetir as falas de um trajeto preestabelecido, palavras escritas em algum lugar. Ele então me pegou pelo cabelo, puxou com força, quer dizer que foi esse belo penteado o que o cabeleireiro fez?, e me segurando pelos cabelos bateu minha cabeça na parede, eu sei tudo, você está entendendo? Eu gritei por socorro o mais alto que pude, mesmo sabendo que ninguém viria ajudar, e quando ele finalmente me soltou e eu passei a mão na cabeça, ainda em choque, sem compreender muito bem o que acontecera, eu passei a mão na lateral da cabeça e senti a umidade quente e pegajosa em meus dedos, e sentia que a qualquer momento iria desmaiar, eu chorava, cala a boca, ele disse, e colocou a mão sobre a minha boca como se pudesse devolver o choro para dentro do corpo, você acha que pode me envergonhar na frente dos outros, que pode rir de mim pelas costas, você acha que pode fazer o que bem entender como fez com seu ex-marido, aquele imbecil, hem? Não pense que eu não sei o que você fez, não pense que eu não sei o que você fez com sua filha, sei muito bem quem você é, e no dia em que eu te denunciar você vai presa, ele apertava o meu rosto, eu mal ouvia suas palavras, sua voz parecia distante, aguda, você é uma coisa, está entendendo?, uma coisa que me pertence, me pertence porque eu comprei, ele disse, será que você ainda não se deu conta disso, tudo o que você tem fui eu que comprei, foi com meu dinheiro, tua comida, tuas roupas, até as tuas calcinhas, e o dia em que eu resolver te mandar embora você sai daqui sem nada, você sai nua pela porta, e ao dizer isso ele arrancou o vestido que eu acabava de estrear, me jogou de bruços no chão e me arrastou pelos cabelos até o quarto, eu gritando e tentando me segurar de qualquer coisa, um móvel, um pedaço de cortina.

xxx
O amor, o amor é uma súbita falha no universo.

xxx
Chegando no quarto ele me jogou sobre o tapete, arrancou minha calcinha e, enquanto eu me debatia sob o peso do corpo que me imobilizava, ele abriu a braguilha e pôs para fora um órgão endurecido pela fúria. Ele me virou de bruços e adentrou com esse órgão um dos buracos do meu corpo enquanto me apertava pelo pescoço,

esta é a única linguagem que você entende, não é?, sexo e dinheiro, é só o que te interessa, puta, puta, puta, puta, e a palavra puta estalava louca em meus ouvidos, enquanto ele me penetrava alheio ao sangue no tapete do quarto, e eu pensava que teria que mandar para a lavanderia, o tapete alheio ao meu silêncio composto, cadela, cadela, cadela, já a palavra cadela meio que me acariciava, não fique assim, vai passar, dizia a palavra cadela, e ele sentia um prazer extremo que é o prazer de uma potência infinita, sim, sim, sim, ele podia tudo, e eu não podia nada, ele tinha um órgão, eu só tinha aquele buraco, e, quando o órgão endurecido enfim se esvaziou e saiu de dentro do meu corpo, ele se levantou coberto de suor e me deu uma série de chutes nas costas enquanto eu me encolhia num canto do quarto pensando no tapete em círculos dentro da máquina de lavar, isso é para você aprender, vocês são todas umas putas, e saiu batendo a porta. E eu fiquei ali, talvez uma, duas, três horas, o tempo, assim como meu próprio corpo, me parecia confuso. Uma, duas horas, até que pouco a pouco fui me reorganizando, e meus braços e pernas voltaram a me obedecer, e me arrastei até a cama. Me cobri com um cobertor, fechei os olhos e pensei que, enfim, o casamento acabara, e agora que as coisas não tinham mais volta eu poderia, enfim, seguir em frente.

(*Anna se levanta, dá um passo em direção ao público*)

xxx

Eu peguei minhas coisas e fui embora, simples assim. (*Pausa*) Porque há esses momentos, depois das violências mais terríveis, quando olhamos em volta e percebemos, cheios de horror, que o mundo continua existindo.

XXX

Às vezes, porém, gosto de pensar num outro desfecho para essa história, as palavras recriando o passado, oferecendo algum tipo de redenção. (*Pausa*) O outro desfecho então foi assim: quando eu consegui me levantar da cama, fui até o seu armário, eu sabia do cofre, do que ele guardava lá, eu sabia inclusive a senha, que ele mesmo havia me dado. Fui até o armário, até o cofre, e peguei a arma, um revólver, eu nunca tivera um revólver em minhas mãos, eu só sabia de revólveres em filmes, e, como nos filmes, peguei o revólver, coloquei as balas, girei o tambor e fui até a cozinha, onde ele comia despreocupado uma porção de espaguete da noite anterior, uma taça de vinho nas mãos. Fui até a cozinha e fiquei ali, apontando o revólver e esperando que o seu olhar finalmente me encontrasse. Ele comia. A oleosidade do molho escorria pela sua boca. Tive nojo. Que tipo de homem é você?, eu murmurava, sem que ele me ouvisse. E fiquei lá, até que ele finalmente me viu, que brincadeira é essa, ficou louca? Eu então fiz uma pequena pausa, disse, a voz empostada: aprende, aprende o quanto custa renegar o sítio natal. E atirei.

XXX

Quando soube que estava grávida, fingi que não era comigo, como se a notícia me dividisse em duas, e eu pudesse, a meu bel-prazer, transitar entre uma e outra, a que sabia e a que não sabia, como se o saber, mais do que o corpo, determinasse a gravidez. Mas, numa questão de segundos, essa separação tão tênue se desfez. A mulher não grávida se olhava no espelho e não se reconhecia. Havia outra, feito sombra, um desdobramento de mim mesma. Havia um corpo dentro do meu corpo, algo humano? Eu olhava para a barriga ainda plana, e se fechasse os olhos?, a tragédia do saber é que não é possível voltar atrás, mesmo com todo o esforço para enterrar o que sabemos, as palavras voltavam à superfície feito náufragos desfigurados pelo sol e pela água do mar.

XXX

Paro diante do corpo vazio da minha mãe, ele se move, vai até a esquina, ao mercado, e, usando um uniforme azul-marinho, limpa a casa de dona Clotilde, minha madrinha, limpa as privadas da casa de dona Clotilde, minha madrinha, os dejetos nas privadas da casa de dona Clotilde, minha madrinha. Aos domingos, o corpo vazio da minha mãe veste sua roupa de domingo e vai ao cinema, ela tem adoração pelas atrizes de cinema, tão lindas e altas e louras, ela diz, ela ri, se diverte, e na saída do cinema conhece um homem que ela diz ser meu pai, um homem muito bonito, ela diz cheia de um suspiro que não termina, o corpo vazio da minha mãe deseja e é desejado por esse homem desconhecido chamado meu pai. (*Pausa*) O corpo vazio da minha mãe, olho para ele cheia de espanto, é o corpo de uma pessoa. Tento dar ao corpo de outra pessoa o estofo das palavras, tento recobri-lo outra vez de significado, cada vez que me aproximo, cada vez que repito, na esperança de recuperar, resgatar em algum lugar, algo meu que ficou pelo caminho. Minha filha, minha filha.

XXX

Eu tinha uns cinco, seis anos, morava com minha mãe na casa de dona Clotilde. Na casa de dona Clotilde moravam dona Clotilde, o marido de dona Clotilde, o filho mais novo de dona Clotilde e Diva, a cadela da família, Diva, que costumava dormir no antigo quarto de Renan, filho mais velho de dona Clotilde, que morava nos Estados Unidos. Um dia, eu tinha uns cinco, seis anos, percebi que Diva estava mais lenta, irritada, não queria mais brincar quando eu chegava da escola, só queria ficar num canto, deitada nuns panos que ela mesma amontoara com o focinho na área de serviço, em frente ao nosso quarto, meu e da minha mãe, o quarto de empregada, e Diva quase me mordeu na vez em que insisti, Diva, Diva, vem brincar, e Diva arreganhou os dentes em desagrado. Diva não está se sentindo bem, anunciei para minha mãe, preocupada, será que ela está doente?, ela riu, disse, isso não é doença, Diva está prenha. E naquele dia, diante da gravidez de Diva, apresentou-se a mim todo um enigma, que, em vez de se revelar, a cada dia se tornava mais inacessível. O olhar de Diva mudara. Diva era agora outra cadela. E eu a seguia de rabo de olho pela casa, fingindo que nem ligava, nem ligava para Diva e o enigma de Diva, mas os cachorrinhos estão mesmo dentro da barriga dela?, eu perguntava. Até que um dia Diva sumiu. Logo a descobriram escondida no quartinho da despensa, e foi quando eu percebi que, sem que ninguém tivesse presenciado, a cadela parira seis cachorrinhos. Os cachorrinhos se digladiavam para mamar nas tetas de Diva enquanto ela olhava exausta para o nada, como se não estivesse ali. Só às vezes, quando um dos filhotes se afastava muito das tetas, ela, sem sair do lugar, com uma pata o puxava de volta. Eu passei o dia ali, observando Diva e os filhotes, e só fui dormir porque a minha mãe insistiu. Eu fui dormir no quarto de empregada e ficaram Diva e os filhotes no quarto da despensa, separados pela fina parede da noite e dos sonhos. No dia seguinte, quando acordei, minha mãe parecia nervosa, dona Clotilde parecia nervosa, não permitiu que eu fosse até Diva ver os filhotes, eles estão cansados, precisam dormir, e quando voltei da escola o quarto de despensa estava vazio, com cheiro forte de desinfetante, e os cachorrinhos haviam desaparecido. Eu comecei a chorar, e minha mãe disse que eles haviam voltado para a barriga de Diva, minha mãe não queria dizer que Diva havia devorado os próprios filhotes, mas também não queria mentir, então disse aquilo, que os cachorrinhos haviam voltado para a barriga, mas eu não me convenci, olhei com atenção para a cadela deitada no sofá da sala, a barriga continuava murcha, e eu ia tirar satisfações com a minha mãe quando vi na expressão de Diva algo que não soube identificar, mas que me provocou um arrepio de pavor.

xxx

Outro dia sonhei que uma menina de uns oito anos me puxava pela mão, poderia ser minha filha, pensei, no sonho, a menina tinha o cabelo escuro até os ombros e uma franja curta e lisa, os olhos grandes e amendoados, usava um vestido verde-claro até a altura do joelho e sapatinhos estilo boncca. Era uma imagem tão real. A menina me puxava pela mão até uma sala, talvez um cenário, a menina sentava numa poltrona e me encarava, preste atenção, parecia dizer. (*Pausa*) A menina segura nas mãos uma tira de papel, torce-a uma vez e, após torcê-la, cola as duas extremidades. Depois pega uma tesoura e corta a fita ao meio no sentido do comprimento, continua cortando e, ao se aproximar do ponto de partida, em vez de encerrar o trajeto dividindo a fita em dois pedaços, ela faz um pequeno desvio, e, sem afastar a tesoura do papel, segue em frente, criando assim uma banda cada vez mais longa. A menina tem cada vez mais dificuldade em continuar, vejo que a fita vai se tornando cada fez mais fina, e a possibilidade de rompê-la sem querer, cada vez mais provável. A menina tem que calcular o momento certo, nem muito cedo, nem tarde demais, para encerrar sua caminhada. Quando ela finalmente se detém, ergue na minha direção uma longa fita e diz, não tenha medo, o lado de dentro ainda é o lado de fora. (*Silêncio*) Acordei com o rosto coberto de lágrimas.

xxx

O amor? O amor é uma súbita falha no universo.

xxx

A menina sabe que não deve entrar lá, a mãe está doente, diz a cozinheira, fique aqui comigo, deixe ela descansar. A mãe tivera um pequeno acidente enquanto limpava a sala de dona Clotilde. A menina não sabe o que é um pequeno acidente, mas suspeita que tem algo a ver com os gritos e o choro que presenciara pela fresta da porta. A menina ainda acha que a mãe é a mulher mais linda do mundo, mais linda do que a Branca de Neve, mais linda do que a Cinderela, mais linda do que todas as fadas e princesas. A menina não entende como a mulher mais linda do mundo teve um pequeno acidente, a menina tem dúvidas, talvez ela só esteja dormindo, assim, num momento de distração da cozinheira, a menina vai escondida até o quarto de empregada. O quarto não tem janelas e a mãe está coberta até o pescoço, apesar do calor, a menina se aproxima, com certo esforço consegue subir na cama, deita ao lado da mãe e se cobre com o mesmo lençol. A menina tem muito medo de ser ela a culpada do pequeno acidente, repreende a si mesma por não ter sido melhor. A menina acaricia os cabelos negros e longos da mãe, os cabelos contrastam com o branco do lençol. A menina, com muito cuidado para que a mãe não perceba, segura a sua mão. Fecha os olhos e torce para que esse momento não termine nunca.

xxx

Às vezes, imagino como seria se as coisas tivessem tomado outro rumo, e eu, num último minuto, em vez do abandono, tivesse decidido me tornar mãe daquele bebê, minha filha, voltando para casa, nós duas. Às vezes, imagino breves cenas espalhadas no tempo, numa ela ainda mama, e eu canto uma canção de ninar que a minha mãe cantava quando eu tinha insônia; noutra, ela brinca de boneca no calçadão de Copacabana; noutra ela tem seis, sete anos, e corre alegre pelo jardim, um momento idílico, eu e minha filha no jardim de casa, sete anos. Às vezes, num salto, ela tem vinte e cinco anos, e eu, a mãe, há muito deixei de ser jovem, como se a existência de um filho, mesmo longe, mesmo não filho, nos jogasse numa nova cronologia. Agora minha filha no auge da vida, em algum lugar, feito promessa, uma sombra do que eu poderia ter sido. Como será o seu sorriso, os seus olhos? Eu me imagino olhando para ela como se olhasse para o meu próprio avesso, um avesso ao mesmo tempo cruel e perfeito. Às vezes uma vontade que vai tomando corpo, refazer um a um seus pequenos passos, seus passos de filha, o primeiro dia na escola, as brincadeiras preferidas, o primeiro beijo. Mas em busca de quê? O que eu espero encontrar? Não há mais filha, há apenas uma mulher adulta e desconhecida. E assim, dou voltas ao arrependimento que me espreita. E se não tivesse engravidado, e se não tivesse parido, e se não tivesse me tornado mãe, e se não tivesse feito daquele outro corpo uma cicatriz? Mas esses são pensamentos intoleráveis. Não, eu não sou um monstro, eu sou só uma pessoa. (*Silêncio*) Mas, por algum motivo, a ideia do monstro me ronda e insiste e estende suas garras sobre mim.

xxx

Minha mãe está morrendo. Eu seguro a mão mole e magra da mulher que me pôs no mundo, a pele feito um pergaminho, desagarrada da carne. Houve um momento em que habitei o corpo dessa mulher que agora está morrendo, me alimentei dele, um cordão que nos ligava. Minha mãe. Minha mãe já não consegue se levantar, respira com dificuldade, seu tórax se desdobra em longos estertores. O rosto encovado, os cabelos negros, agora brancos e ralos numa cabeça que parece ter diminuído de tamanho. Toda ela parece ter diminuído de tamanho, transformada numa boneca de palha sobre a cama do hospital. Nos lábios finos brotam pequenas feridas que se recusam a fechar. Feridas nos lábios e em torno deles, a boca, que antes fora uma boca que sorria e que, em algum dia da juventude, beijara outras bocas, o homem que eu nunca vi e que ela diz ser meu pai. Agora só uma boca doída e murcha. Os últimos anos na clínica foram os melhores da sua vida, eu gosto de imaginar, não mais as tarefas de empregada, o quartinho sem janela, não mais a cabeça baixa, as costas encurvadas, na clínica apenas a leveza de uma loucura branda. Há muitos anos aquela loucura branda, um olhar perdido, aquela meiguice, e um carinho que eu não sei retribuir. Eu passo de leve os dedos no rosto magro da mulher. Os ossos da face. Eu penso, quando ela deixar de existir e seu corpo-morada deixar de existir, restarão apenas as palavras, palavras de amor e ódio gravadas no meu corpo, palavras-flores, palavras-faca, palavras-furacão.

XXX

Acordei com uma antiga canção de ninar na cabeça, dessas bem comuns. Minha mãe cantava para mim. Talvez a minha avó tenha cantado para ela, e talvez a minha bisavó para minha avó e a minha tataravó para a minha bisavó, uma melodia que sutilmente nos unia alinhavando nossas memórias. (*Anna embala um bebê imaginário*) Boi, boi, boi, boi da cara preta, pega esta menina que tem medo de careta... boi, boi, boi, boi da cara preta, pega esta menina que tem medo... boi, boi, boi...

XXX

Fecham-se as cortinas.

MAIKE

1

Quando cheguei em casa, Lupe estava me esperando, como você entrou?, perguntei sem conseguir conter o incômodo, eu tinha uma sensação de descontinuidade, e Lupe parecia existir num passado distante, sem conexão com minha vida atual, como você entrou? Pela porta, por onde mais eu entraria?, Lupe balançou a cabeça em sinal de contrariedade e voltou para a cozinha onde, pelo cheiro, preparava o jantar, um *mole*, ela gostava de cozinhar pratos mexicanos, todos com um tempero que eu não sabia o que era, mas que vinha numa caixinha, e, na caixinha, a foto de uma mulher segurando uma travessa com um enorme frango assado. Lupe sempre se decepcionava, você nunca faz nenhum comentário, mas falar o quê?, da comida, se gostou, se achou mais ou menos, se foi a melhor coisa que você já comeu, se passou do ponto, se falta algum tempero, mas, Lupe, eu não entendo nada de cozinha, você sabe, ainda mais esses pratos mexicanos, como poderia dar palpite? E era verdade, eu não entendia de cozinha, assim como não entendia de praticamente nada, fotografia, pintura, pensei com certo desânimo, não se trata disso, Maike, trata-se de quê, então?, ela me olhava inquisitiva, achei melhor mudar de assunto, como você entrou?, pela porta, eu tenho a chave, esqueceu?, realmente eu tinha esquecido, olhei para Lupe tentando me lembrar dela, e também de mim, de quem éramos, mas algo havia mudado, a conversa com Max, a ideia da viagem que me rondava feito um cão faminto, e só então percebi, a decisão já estava tomada. Não era possível que eu estivesse levando as palavras de Max a sério. Lupe, falei sem pensar muito no que estava dizendo, acho que eu gostaria de passar uma temporada no Brasil. Lupe parou o que estava fazendo, Brasil?, como assim Brasil? É, estudar um semestre lá, aprender melhor português, tem o programa de intercâmbio na faculdade, parece que não é tão difícil conseguir. Mas por quê?, quer dizer, por que agora? E por que não agora?, respondi, talvez buscando uma resposta para mim também, algo que tornasse tudo aquilo mais concreto, e não a verdade simples e inverossímil, eu estava disposta a fazer uma viagem como aquela em busca de algo que eu mesma não sabia o que era, mas, Maike, eu não posso ir para o Brasil agora, acabo de entrar na Escola de Belas-Artes, eu sei, eu sei, fui até o armário, peguei uma garrafa de vinho, quer? Não, não quero nada, quero que você me explique essa história de Brasil, por que isso assim de repente, e pensando, bem, onde você esteve estes dias? Na casa dos seus pais é que não foi. Não foi possível explicar para Lupe o que tinha acontecido, assim como não foi possível explicar para mim mesma. Ela saiu furiosa do meu apartamento, batendo a porta e achando que eu tinha conhecido alguém, que estava tendo um caso com uma brasileira, claro, você pensa que eu sou alguma idiota, ela gritava, quem é ela?, fala logo de uma vez, pra que tanta mentira, e toda essa história de que precisa de espaço, ah, não sei quem sou, ah, não sou mais quem eu era, e toda essa ridícula crise existencial, e Lupe disse isso e tudo mais o que as pessoas dizem nessas situações, usando as palavras feito agulhas.

Ficamos algumas semanas sem contato, eu já estava me conformando com o fracasso do nosso relacionamento, eu tinha grande dificuldade em chamar aquilo que tínhamos de namoro, e eu já estava me conformando com o fracasso do nosso namoro quando, algumas semanas depois, Lupe me ligou, Maike, vamos conversar?, a gente não pode ficar assim, concordei sem saber muito bem o que eu pretendia. Marcamos no café da esquina, Lupe chegou, mais bonita do que nunca, usava um chapéu vermelho, o cabelo solto, os olhos maquiados, um vestido longo e esvoaçante, a pele tatuada dos braços e do pescoço à mostra, tive vontade de beijá-la, como se justamente aquilo que nos distanciava, e que me distanciava de mim mesma, permitisse um novo encontro. Abracei-a com força, que bom que você veio, o cheiro de Lupe, o cheiro do corpo de Lupe me fez duvidar de tudo aquilo, das decisões das últimas semanas, beijei-a na boca, ela não recusou, nos beijamos por longo tempo num sentimento cada vez mais exaltado, feito amantes após longa separação, sentamos as duas num sofá, Lupe não largou a minha mão, pedimos vinho, não eram nem onze da manhã, seu anel com a caveira e olhos de água-marinha, duas taças de vinho, continuamos nos beijando, eu não tirava a minha mão do seu corpo, não falamos quase nada do que seria o assunto que nos trouxera ali, minha viagem ao Brasil, nosso desencontro, pedimos mais duas taças, e mais duas, falamos do curso de belas-artes, Lupe parecia tão feliz, senti ciúmes, talvez inveja, estou experimentando uma nova técnica, disse, e você, o que tem feito?, nada, a faculdade, longas caminhadas, o que era verdade, desde aquele dia com Max eu me acostumara a fazer caminhadas cada vez mais longas, era quando eu me sentia melhor, mais perto de mim mesma, seja lá o que isso significasse. Quero te fazer uma proposta, Lupe falou no meu ouvido, feito quem conta um segredo, uma proposta?, ela fez um carinho no meu rosto, parecia me observar com atenção, quero que você pose para mim, me pediu num tom sedutor, aquilo me pegou de surpresa, era claramente um clichê, mas um clichê sexy, posar? nua?, eu não pude evitar a sugestão, ela sorriu, se você quiser, por que não? Que tal ser minha musa?, só se a pintora ficar nua também, eu puxei para baixo a alça do seu vestido, beijei seu ombro, seu pescoço, pagamos a conta e fomos.

Trepamos como se fôssemos outras pessoas, e de certa forma éramos. Eu me sentia melhor, mais livre, mas talvez fosse apenas a ideia da viagem que deixava tudo menos comprometedor, passamos o resto da tarde na cama bebendo vinho e comendo restos de queijo que ainda sobreviviam na minha geladeira. Lupe pegou a câmera que sempre levava na bolsa e começou a me fotografar, agora não, ficou louca?, agora sim, preciso de algumas fotos suas, Maike, para a pintura que pretendo fazer, fique como está, isso, não se mexa, deixa eu abrir um pouco a cortina, preciso de mais luz, ótimo, lindo, quase tinha esquecido como você é bonita... eu não pude deixar de sorrir, não, não sorria, quero você séria, normal, mas, quanto mais Lupe me mandava não sorrir, mais eu tinha vontade, até que tivemos as duas um ataque de riso, para, Maike, assim não é possível trabalhar, ah, você estava trabalhando?, desde quando as pessoas trabalham sem roupa?, muito engraçado, isso é sério, claro que sim, já te disse que preciso das fotos, pronto, agora fica aí, olha em direção à janela, isso, linda, há algo andrógino em você que eu adoro, esse jeito de menino, eu baixei os olhos sem graça, nem parecia que havíamos acabado de trepar, quando tudo é normal e permitido, segredos, revelações, mas diante da câmera de Lupe a sensação era de uma nudez muito mais extrema, uma inesperada fragilidade, me cobri com parte do lençol, Lupe não disse nada, continuou clicando, mais do que uma sessão de fotos, parecia de um estudo antropológico, e ela a cada clique perguntando, uma pergunta inalcançável, Maike, quem é você?, o que significa esse corpo, essa marca?

 Voltamos a nos embolar nos lençóis, dessa vez foi um sexo prolixo e sem urgências, um sexo sem pressão de chegar a algum lugar, acabamos abraçadas, feito um casal de longa data, eu me sentia bem, feliz, talvez isso fosse a felicidade, pensei, talvez isso fosse capaz de apagar todo o resto, aquele incômodo, Lupe levantou, vou fazer um chá, quer? Lupe se movia com a mesma naturalidade de quando morávamos juntas. Eu aceitei, e Lupe desapareceu pelo corredor. Peguei a câmera e comecei a passar as fotos que ela fizera, era eu mas eu não me reconhecia, havia algo de fantasmagórico, artificial naquilo, como se a imagem que eu havia aprendido a reconhecer como minha não passasse de um embuste, bastava me olhar no espelho para perceber que se tratava de outra pessoa, uma interpretação, e me veio a angustiante certeza de que aquilo que era de verdade o meu rosto, as suas discretas mas constantes transformações, ficaria para sempre vedado ao meu entendimento, restando apenas o artifício desse algo incompreensível e a prisão de estar dentro de um corpo que reconhecemos e não reconhecemos como nosso.

Continuei passando as fotos, surgiram outras, outras mulheres, algumas nuas, eu não deveria fazer isso, aventurar-me pelo terreno pantanoso da desconfiança, desliguei a câmera, desconcertada com a minha reação, por que isso?, fora eu quem decidira ir embora, eu era a vilã, tentei dizer para mim mesma, mas me pareceu bobo aquele argumento, engraçado até, liguei a câmera novamente, as fotos eram lindas, as mulheres retratadas pareciam entregues a um prazer que eu não sentia, o prazer da entrega, o olhar de venha, sou sua, para o que você quiser. Os passos de Lupe se aproximavam, desliguei a câmera novamente, ela voltou trazendo o chá, me entregou uma caneca e sentou-se na poltrona, reta e enigmática feito uma deusa egípcia, a xícara de chá nas mãos, eu não falei nada das fotos, falar o quê?, mas ela sim, ela enfim perguntou o que estava guardando esse tempo todo, feito uma arma dentro da meia, feito quem desembainha uma espada: e a viagem, você vai quando?, um tom de desinteresse, de um falar por falar. Eu sabia que isso viria, mais cedo ou mais tarde, estragando nosso encontro, vou assim que terminar o semestre, ela me olhou com ódio, bebeu um gole do chá, deixou-o sobre a mesa, quer saber, foda-se, foda-se você, Maike, fodam-se você e suas incertezas, e foi até a cama pegar as roupas que estavam espalhadas entre os lençóis.

2

Eu ainda não havia pensado para que cidade do Brasil eu gostaria de ir, mas isso foi logo decidido pelo próprio sistema de intercâmbio da universidade: temos convênio com uma universidade em Santa Catarina e outra no Rio de Janeiro, para Santa Catarina não há mais vagas. Ótimo, eu disse, Rio de Janeiro então, sem ter a mínima ideia de como era a cidade para onde estava indo. Carnaval, futebol, praias, calor, um amontoado de clichês, era tudo o que eu sabia. Melhor não saber, pensei na mesma hora em Max e nas palavras de Max, suas frases enigmáticas, sim, era melhor não saber, apenas ir em frente. Vou para o Rio de Janeiro, disse para os meus pais, que desde o episódio com Lupe pareciam estar à espera do fim do mundo, o que você vai fazer lá? Lupe vai com você? E por que o Rio de Janeiro?, eles me perguntavam cheios de desconfiança, imaginavam que por trás disso se escondia uma trama de intriga e morte, ou algo ainda pior, inventei qualquer desculpa. No fundo eu não era muito diferente dos devotos que ouvem a voz divina e saem pelo mundo cheios de fé, a voz de Max, o louco de pedra, me dizendo, vai, vai, ali uma casinha, um rio, o espaço dentro-fora, as pedras amarelas.

Lupe se ofereceu para me levar ao aeroporto, apesar de não termos nos visto desde então. Aceitei, apesar do medo de que ela estivesse fazendo aquilo apenas para me convencer a ficar, até o último minuto. Mas não, ela apareceu lá em casa aparentemente de bom humor. Maike, nem acredito que você está indo mesmo. Por quê, você achou que eu não ia? Não, quer dizer, achei que você poderia mudar de ideia na última hora, mas não, estou feliz por você. Lupe me abraçou como se os meses de separação não tivessem existido, era sempre muito difícil prever os sentimentos de Lupe, melhor assim. Tenho um presente para você, ela disse, cheia de entusiasmo, foi até a porta e pegou algo que havia deixado no corredor, me entregou. Pelo formato do embrulho parecia ser um quadro, abra logo, ela parecia ansiosa, rasguei o papel e fiquei ali surpresa e arrebatada com o que eu tinha nas mãos, era um quadro, uma pintura, era eu, uma das fotos que Lupe tirara naquela tarde, quer dizer, não era a foto, mas uma pintura feita a partir daquela foto, realista, era exatamente a foto, mas não era, Lupe acrescentara uma indumentária e uma dramaticidade que não existiam, um colar, fita negra e dourada nos cabelos, ao estilo das mulheres nos anos 20 do século passado, toques em dourado pelo meu rosto, como uma espécie de iluminação, batom vermelho e toda uma maquiagem que eu jamais usaria, cílios longuíssimos, era o meu rosto, sim, e ao mesmo tempo extremamente artificial, como se ao exagerar determinados aspectos, o artifício, fosse possível revelar algo do real, algo inesperadamente sombrio, e era isso o que mais me fascinava, que esse algo que eu mesma não sabia nomear, mas que sentia presente, constante, feito uma sombra, surgisse ali, no quadro de Lupe, ela me olhava com atenção, tentava interpretar no meu rosto uma possível anuência, gostou? É lindo, eu disse emocionada. É pra mim? Lupe riu, claro que é para você, fiz para você, um presente, eu não sabia o que dizer, vou levar então, para a viagem? Lupe pareceu surpresa, claro, por que não?, mas é uma tela relativamente grande, vai ser difícil transportar, não se preocupe, vou dar um jeito, vem, me ajuda a embrulhar de novo, obrigada, Lupe, e cheguei a pensar em pedir desculpas por não ser a pessoa que ela gostaria que eu fosse, mas acabei não dizendo nada, nos abraçamos, nos beijamos e fomos para o aeroporto como duas namoradas. Na despedida não houve despedida, no portão de embarque dissemos tchau, boa viagem, desejou Lupe, eu acenei com a mão e sumi na fila do raio X.

Somente quando o avião decolou é que eu me convenci de que algo estava acontecendo. Seguindo o conselho de Max, lá estava eu decidida a encontrar esse outro lugar, onde eu existia no tal casebre amarelo, comecei a rir sozinha, o passageiro ao lado me lançando olhares de desaprovação, como eu era ridícula e infantil, será que eu realmente acreditava naquilo?, que havia algo importante, revelador, que num país do tamanho do Brasil eu me depararia justamente com esse único aspecto, feito um pensamento mágico?, ou talvez o acaso, que me perscrutava desde o dia em que começaram as aulas, eu decidira, ao acaso, estudar português, não era um sinal?, mesmo sem saber seu significado, bastando a angústia de ficar onde estava, apenas aquela angústia feito mola propulsora, e as palavras de Max, quer dizer, agora Fênix, fumando seu cigarro numa piteira, tive novo ataque de riso, o passageiro ao lado olhou com censura para a pequena garrafa de vinho sobre a minúscula mesa à minha frente, eu sorri para ele fingindo uma embriaguez que não existia.

Cheguei no aeroporto e, depois de passar pelos procedimentos de alfândega, peguei minha mala e o quadro que Lupe me dera e fui em busca de um táxi que me levaria até a casa de dona Helga, senhora que alugava quartos para estudantes estrangeiros e cobrava uma pequena fortuna por isso. Assim que passei a porta automática que me separava do lado de fora, fui recebida por um bafo de ar quente e úmido, a umidade inimaginável, uma máscara de duzentos quilos se agarrava ao meu rosto, comecei a suar e a respirar com dificuldade, era uma terça-feira do mês de fevereiro, eu chegava em pleno Carnaval. Para minha surpresa, a cidade que se revelava durante o trajeto em nada se parecia com o que eu esperava encontrar. Era uma cidade muito mais crua, tempos depois, tentando entender, pensaria, um imenso mangue que se infiltrava por baixo dos edifícios e construções.

Dona Helga me esperava com impaciente simpatia, me explicou as regras da casa, nada de visitas depois das dez da noite, e nada de homens aqui, independente do horário, caso receba visita, nunca mais do que uma pessoa por vez e no máximo por duas horas, eu assenti com a cabeça, música alta também não, tampouco cigarro, drogas e bebida alcoólica, mas pode guardar suas compras na geladeira e pode usar o fogão, desde que não seja fritura. Dona Helga era neta de alemães e falava com um curioso sotaque brasileiro. Representava quase que uma caricatura da alemã severa e sem senso de humor, após me passar todo o regulamento, acrescentou, caso eu fosse acometida por algum tipo de amnésia, uma cópia dele está grudada atrás da porta dos quartos e da cozinha, e, para completar o ritual de boas-vindas, me examinou de cima a baixo, me lançou um olhar que eu bem conhecia e disse, curioso, você não parece alemã, eu fingi que não tinha ouvido, sairia de lá na primeira oportunidade, peguei minhas coisas e me fechei no quarto. O quarto, ao contrário de dona Helga, era até simpático, tinha vista para o verde, o que de certa forma tornava o estar no Brasil uma realidade mais concreta, mais próxima do que eu imaginara. Desembrulhei o quadro de Lupe e o coloquei sobre a mesa que serviria de escrivaninha, depois pensaria num lugar melhor para ele, de qualquer forma, ver aquele quadro ali, no meio de um cenário tão pouco familiar, fez com que eu me sentisse melhor, mais otimista. Depois de todas aquelas horas no avião, eu precisava me mexer, dar um passeio, andar pelo bairro. Tomei um banho e saí.

O bairro ficava num morro e, dependendo de onde se estivesse, era possível ter uma bela vista do centro da cidade, e havia as favelas de que tanto falavam, as favelas, olhei para as casinhas que se estendiam morro acima, não me pareciam ameaçadoras como diziam, ao contrário, pareciam pequenas ilhas paradas no tempo, crianças brincando descalças, cachorros vira-latas, foi minha primeira impressão, mas o que realmente me impressionou, assim que saí da casa de dona Helga, ainda no portão, foi a turba dançando e pulando e cantando e bebendo e se beijando e suando e rindo e gritando, que quase me atropelou, muitos fantasiados, perucas coloridas, lenços de pirata, chapéus, chifres, véus de noiva, orelhas de Mickey Mouse, por um momento achei que era uma alucinação, como era possível que, num segundo momento, o Rio de Janeiro fosse exatamente como nos clichês, o calor e o barulho, a música e o ritmo dos tambores, foi quando me lembrei que era Carnaval, as pessoas do bairro, mas também gente de todas as partes, depois soube, e foi ali que, logo naquele primeiro dia, depois de uma hora e meia me deixando arrastar pela música e pelo turbilhão de gente, finalmente tive a sensação de haver aterrissado, dois homens haviam tentado me beijar, uma mulher me puxara pelo braço e acariciara o meu cabelo, imaginei que fossem os trópicos, os trópicos enlouquecem as pessoas, uma hora e meia depois achei que estava de bom tamanho e já me preparava para voltar para a casa de dona Helga quando deparei com um grupo de freiras que vinha ladeira abaixo, quase todas com uma garrafa de cerveja na mão, cantavam e dançavam muito animadas, entre elas Inês, Inês não disse nada, ficou me olhando, sorriu, me ofereceu um gole da sua bebida, eu aceitei, e começamos a conversar numa algaravia descontrada, eu, apesar das aulas de português e de todo o meu esforço, não entendia praticamente nada do que ela dizia.

Fui com Inês e as outras freiras para um bar, eu tinha perdido completamente a noção de onde estava. Inês ria de tudo o que eu dizia, ou tentava dizer, um riso pelo riso, provocado muito mais pela bebida do que por mim, e assim, de alguma forma, e apesar das dificuldades, nos entendíamos. O tempo passou em disparada, já começava a anoitecer e eu continuava lá com elas, mais por inércia do que qualquer outra coisa, o cansaço e a barreira da língua começavam a me desanimar, após não sei quantas cervejas, disse, vou andando, Inês segurou a minha mão, fica, por uns segundos não soube o que fazer, mas assenti, Inês puxou a sua cadeira para mais perto de mim, passou os dedos pelo meu rosto e me beijou. Simples assim. Um beijo com gosto de cigarro e bebida. Ficamos ali nos beijando, Inês dizia coisas estranhas, recitava poemas, algo sobre um sonho, sobre um ladrão que dormia e um amante que não acordava, talvez nada disso, até que as freiras decidiram seguir em frente, Inês perguntou, você vem conosco?, não, a viagem foi longa, preciso descansar, não sei se ela entendeu o que eu disse, mas me deu um último beijo e num guardanapo de papel anotou seu nome e telefone.

    Fui caminhando pelo que imaginei ser o trajeto por onde tinha descido, as ruas continuavam cheias, mas já não era aquela loucura anterior, eu estava tonta das cervejas e da própria Inês, então isso era estar onde eu sempre havia estado, as palavras de Max teimavam em meus ouvidos. Continuei andando. Após meia hora me dei conta de que não chegaria a lugar nenhum, e só então ficou claro que havia me perdido, eu não tinha o endereço de dona Helga, deixara o celular no quarto, no bolso da calça só algum dinheiro que trocara no aeroporto e um cartão de crédito, na pior das hipóteses, pensei, iria para um hotel. Sentei no que parecia ser um ponto de ônibus, precisava descansar um pouco, pensar no que fazer. Minutos depois sentou-se ao meu lado um homem fantasiado de demônio, fantasia que consistia numa malha vermelha colada ao corpo, um par de chifres envoltos em purpurina e um rabo que o atrapalhava na hora de sentar, o demônio acendeu um cigarro, virou-se para mim, quer? Eu disse que não, agradeci, ele continuou puxando assunto, tá um calor dos infernos, e riu com a própria piada, dei um sorriso sem graça, ainda mais com esta malha, deviam dar ao demônio algo mais fresco para vestir, eu continuei em silêncio, não queria dar corda àquele encontro, de onde você é?, Alemanha, eu disse, é mesmo?, de onde na Alemanha?, Berlim, ah, Berlim, gosto muito de lá, uma cidade interessante, cosmopolita, eu costumava frequentar alguns lugares incríveis, lugares de noite interminável, não como este cafundó dos infernos daqui, e ele voltou a rir alto, enquanto soprava a fumaça do cigarro em minha direção, diferente de Inês eu entendia bastante bem o que o demônio falava, tinha um sotaque que eu não soube precisar, mas falava um português claro e pausado, meu nome é Lúcifer, mas pode me chamar de Mefistófeles se preferir, atendo por vários nomes, sou parte daquela energia que sempre o mal pretende e que o bem sempre cria, eu devo ter feito cara de espanto, o demônio prosseguiu com sua apresentação, eu sou o espírito que sempre nega, ele piscou um olho e me estendeu a mão, oi, Lúcifer, eu disse, tentando evitar que a fumaça entrasse pelo meu nariz, você está aqui faz tempo?, ele perguntou. Mais ou menos, menti, ele provocava em mim profunda desconfiança, e, ao mesmo tempo, certa curiosidade, o que está achando?, do Carnaval?, interessante, pois é, o Carnaval é sempre um ótimo ponto de partida, pois se você não se perde, também não se acha, não é?, pode ser, respondi, sem entender muito bem a que ele se referia, pois tudo o que vem a ser é digno de perecer, eu concordei com a cabeça, decidida a concordar com qualquer coisa que ele dissesse, melhor seria se nada mais viesse a ser, por isso tudo o que chamam de pecado, destruição, em outras palavras, o mal, é meu elemento integral, Lúcifer falava numa cadência estranha, como se declamasse, e parecia cada vez mais entusiasmado com o próprio discurso, seu bafo de álcool não deixava dúvidas, depois de alguns minutos dessa conversa, ele disse, estou indo para uma festa de Carnaval aqui perto, o dono da casa é um grande amigo meu, quer ir?, aquele convite me pegou de surpresa, uma festa, mas, assim, com um desconhecido?, Lúcifer percebeu que eu vacilava, insistiu, ali você vai ver o que ninguém jamais viu!, vai ser ótimo, e, antes de qualquer coisa, quero te colocar em companhia divertida, para que você veja como a vida pode ser fácil, Mefistófeles se aproxima ainda mais, fala ao meu ouvido, para o povo daqui todo dia é festa, a graça é pouca, mas, havendo quem a aplauda, cada um gira alegre em sua estreita roda, como um gato atrás da própria cauda, vamos?, o demônio reiterou o convite, por que não?, pensei, surpresa com minha repentina disponibilidade, por que não? Pegamos o primeiro bonde que passou e subimos em direção à parte mais alta do morro, era um bonde antigo e parecia que ia despencar a qualquer momento, agarrei-me ao encosto do assento dianteiro, Lúcifer, que até então não parara de falar, ia agora em silêncio ao meu lado, imerso em sabe-se lá que pensamentos, até que anunciou, entre sério e envergonhado, eu escrevo uns poemas de vez em quando, ah, que bom, respondi sem saber o que dizer, você também escreve?, ele perguntou, não, eu disse, surpresa que ele me fizesse uma pergunta como essa, nem ao menos um conto aqui outro acolá?, diga a verdade... não, nada, ele pareceu decepcionado, gosta de poesia?, eu tive vontade de rir, mas mantive o semblante sério, gosto, claro, então, eu tenho aqui uns poemas, disse o diabo tirando um maço de papéis amassados de dentro da fantasia, vou ler para você. Eu ainda tentei explicar que gostava, mas não entendia nada do assunto, muito menos em português, mas ele já tinha começado, lia empostando a voz enquanto o bonde balançava para cá e para lá, e, ao contrário da sua fala, dos poemas não entendi quase nada. Estava disposta a tecer-lhe grandes elogios, mas, antes que eu tivesse tempo de dizer alguma coisa, o bonde parou no ponto final, e descemos todos, ele guardando seus escritos novamente dentro da malha, por aqui, me disse, e enveredamos por uma série de ruelas sem muita iluminação, comecei a ficar aflita, onde eu estava com a cabeça de aceitar aquele convite, ele agora se alongava num discurso sem fim, a poesia é uma arte da qual as pessoas foram se afastando cada vez mais, culpa da revolução industrial e da burguesia, que, com seu egocentrismo, foi tornando o fruir da verdadeira arte cada vez mais obsoleto, no fundo trata-se apenas de entretenimento, as pessoas querem ser entretidas, ouvir historinhas, porque, o que é a ficção além de uma pueril contação de histórias? Ridículos folhetins?, é o fim dos tempos, sinto anunciar, pouco a pouco figuras importantes como o poeta são substituídas por simples rapsodos, nem isso, na Grécia antiga, eu me sentia muito bem lá, bons tempos, bons tempos aqueles, esperava-se de um bom rapsodo que ele compreendesse a essência das palavras que entoava, ele, o intérprete do intérprete, arauto da voz divina, o rosto de Lúcifer se contorceu numa careta estranha, eu não tinha certeza se o que ele falava era mesmo o que ele dizia, talvez não passasse de uma brincadeira, mas o que temos hoje? bufões, papagaios? Achei melhor não interferir, ao longe ouvia-se música e algumas pessoas cantando. Após uns cinco minutos, chegamos em frente a uma casa, na verdade, uma mansão, é aqui, disse o demônio, o portão estava aberto, entramos, me desculpe, mas tenho uns negócios para resolver, uns contratos, ele deu uma piscadela, nos vemos depois, divirta-se, e sumiu pelo jardim.

 A casa era enorme, antiga, mas bem conservada, móveis de madeira, tudo ali parecia caro, uma elegância rústica de quem podia se permitir qualquer tipo de luxo. Atravessei o hall de entrada, garçons fantasiados de esqueleto passavam com todo tipo de bebida, peguei uma taça enorme com um líquido cor-de-rosa borbulhante e muito gelo picado, o barulho era tanto, a música tão alta, que mal dava para ouvir o que os outros diziam, perguntei ao esqueleto que bebida era aquela, mas não ouvi a resposta ou não entendi o que ele dizia, bebi mesmo assim, era doce e levemente azeda, me pareceu bom, com a taça na mão, resolvi conhecer melhor a casa, obras de arte por todos os lados, quadros, esculturas, vários salões, em dois deles pessoas dançando, na realidade as pessoas dançavam pela casa toda, uma odalisca pegou a minha mão e tentou me levar para um grupo que executava uma esdrúxula coreografia, resisti, me desvencilhei, virei à direita e entrei por um corredor que desembocava na cozinha, a cozinha também estava lotada de gente, acho que na maioria serviçais, ou talvez estivessem só fantasiados, cheiro de comida e barulho de panelas e talheres. Saí pela outra porta, que dava para uma imensa varanda, dali a vista era impressionante, um manto de pequenas luzes se estendia morro abaixo e se espraiava feito mar pela cidade, do lado de fora, a música soava um pouco menos agressiva, fiquei ali, encostada no parapeito por longo tempo, dessa vez ninguém apareceu para puxar assunto ou me chamar para dançar, eu me sentia bem, realmente bem, o cansaço tinha desaparecido e meu pensamento adquiria uma nova ordenação, talvez fosse a bebida, talvez o calor, a música, eu tentava me lembrar da minha vida na Alemanha que fora a minha vida até o dia anterior, mas aquilo parecia tão distante, será que Max tinha razão?

Ah, até que enfim te achei! Era o diabo, que bebia um drinque parecido com o meu, só que verde, quero te apresentar uma pessoa, esta é madame Sycorax. Madame Sycorax era uma mulher de cabelos escuros e olhos azuis, aparentava qualquer coisa entre quarenta e setenta anos, eu não soube precisar do que era a fantasia, parecia reproduzir a moda do século XVIII. Madame Sycorax me estendeu a mão, prazer, querida, ela disse com forte sotaque francês, eu ia me apresentar, mas o diabo continuou, madame, gostaria de te fazer um convite. Querida, nosso amigo Mefistófeles me falou muito bem de você, que é uma moça inteligente, sensível e que gosta de poesia, então eu gostaria de convidá-la para o nosso sarau carnavalesco, é um evento secreto, apenas para poucos amigos, lá em cima, no segundo andar, e, antes que eu dissesse qualquer coisa, madame Sycorax me deu o braço, venha comigo, e entramos na casa novamente. Passamos por um corredor que eu ainda não tinha visto e que desembocava num elevador panorâmico, a cidade feito uma tapeçaria de pequenos diamantes, tenho certeza de que você vai adorar, nosso sarau é antes de tudo um evento dionisíaco, ou melhor, é o momento do beijo impossível entre Apolo e Dioniso, venha. Madame Sycorax me pegou pela mão e seguimos por um corredor longuíssimo que parecia não terminar nunca, a música cada vez mais longe, até que chegamos, madame abriu a porta e entramos num grande salão, as paredes cobertas com pinturas clássicas retratando paisagens tropicais de um Brasil Colônia, parecia a sala de um museu, as pessoas conversavam em torno de um pequeno palco. Ali a música era outra, ao vivo, os músicos, também trajando fantasias, deslizavam entre os convidados, um deles, Pan, tocava uma flauta e me lançava olhares de sátiro. Fique à vontade, o sarau já vai começar, querida, e madame Sycorax sumiu na conversa com outras pessoas. Me senti deslocada naquele espaço, sem a liberdade anterior, acabei aceitando outro drinque cor-de-rosa, dessa vez de um coelho que passava com uma bandeja, me sentei numa chaise longue carmim e dourada, pouco depois, na cadeira ao meu lado sentou-se um senhor de terno e gravata-borboleta, o cabelo grisalho penteado para trás, achei exótico alguém vestido assim naquele lugar, ascendeu um charuto, que me pareceu levemente torto, deu uma ou duas baforadas, só depois olhou para mim, os óculos de lentes redondas e levemente escuras, quer?, perguntou, me estendendo uma caixa de charutos cubanos, eu aceitei. Ele então pegou um, cortou e me entregou, aprecie, disse, aprecie a expectativa, o ritual, ele falou, dando às palavras um tom levemente exagerado, quase dramático, com pequenas pausas estratégicas, sim, sim, eu disse, sem saber muito bem o que fazer, como era o tal ritual do charuto, o ritual é sempre mais importante do que o objeto, mas é só um charuto, tive vontade de dizer, não, isto não é um charuto, ou nunca é só um charuto, e eu não sabia por que havia aceitado, eu nem cigarro fumava, mas algo ali me compelia a aceitar todo e qualquer convite, fiz como ele mandara, primeiro você observa o charuto, perceba a cor, os veios, agora toque, toque, isso, sinta a consistência, o formato, muito bom, agora aproxime-o do nariz e sinta o aroma, isso, compreende agora?, eu fiz que sim com a cabeça, mais para acelerar tudo aquilo e não porque aquele procedimento tivesse algum significado para mim, só então ele me passou um isqueiro, acenda, mas sem encostar a chama e não trague, não trague! Ele quase arrancou o charuto da minha boca, isso, isso, perceba o amargor, a doçura, bem melhor, e agora, como se sente? Eu não sentia diferença alguma, mas disse, ótima, me sinto ótima, ele então ficou em silêncio, me dava a impressão de que esperava algo de mim, que eu dissesse alguma coisa, eu não sabia o que dizer, sentia-me intimidada diante dele, mas não houve tempo para que aquele jogo se estendesse mais, logo a música parou, ia começar o sarau propriamente dito, preste atenção nas palavras, ele disse ao meu ouvido, porque as palavras são sempre do âmbito do engano, as palavras se desfazem à medida que lhes damos significado, nesse momento subiu ao palco uma freira, no início ela estava de costas, e de costas uma freira é apenas uma freira, como tantas outras, só quando ela se virou é que eu vi, levei um susto, a freira era Inês, como era possível, o que Inês estava fazendo ali, comecei a olhar para tudo aquilo com imensa desconfiança, Inês sentou-se numa poltrona estilo vitoriano, o estofado vermelho-carmim, as bordas e pés dourados, parecia fazer conjunto com a chaise onde eu estava sentada, iniciou-se um rufar de tambores, que deve ter durado alguns minutos, até que o barulho cessou de repente, ela se levantou, deu uns passos em direção ao público e, olhando para mim, ou ao menos assim me pareceu, disse:

> *Ï irúnamo aiecotýár vel*
> *Cecè catù aiecotýár*
> *Inhëengabé aiporacár,*
> *Aipyrupán cetá mirí*
> *Cunhàmucú etá, e Cunumí,*
> *Oropycýc cetá catú,*
> *Opabenhé cunumí goaçú,*
> *Coritéité aiepabóc*
> *Paranà rupí aiparabóc,*
> *Moçapýr tüibäé uçú*
> *Çupí ocepiác pytún uçú.*
> *Moçapýr bé goaimí reté*
> *Çakycoéra amondó cöyté,*

(Inês fez uma pequena pausa e logo continuou o que parecia ser um poema.)

Coritéi i có ára oçaçáo,
Amò recobé nití opáb,
Quatro nhó tapyýia recé,
Acanhemne auieramanhè!
Xe cüapàra agoéra omanó,
Umámepe ï angoéra oçó?
Äé tapyýietà oipocoár abé,
Ocëár öanáma çupé.
Xe anáma ambyra cetá
Opocoàr tapyyietà;
Mbäépe cöýr ogoacem?
I angoéra ipò ocanhem.
Opacatú icò ára mbäé,
Mbäé rámape opabenhé?
Ocanhem ramé xe angoéra,
Ocanhem abé xe mbäé coéra.

A partir de então, os tambores começaram a rufar novamente, e o som foi se tornando cada vez mais alto, até que não fosse mais possível ouvir o que Inês dizia. Após alguns minutos, soou um gongo e as cortinas se fecharam. O público aplaudiu freneticamente, inclusive o homem de gravata-borboleta ao meu lado, eu, que não tinha entendido nada, me limitei a aplaudir de forma discreta, nheengatu, ele disse, imagino que já ouviu falar, eu fiz que não com a cabeça, é a língua geral, a primeira, a língua que te mapeou antes de você ser quem é, para sempre incrustada no corpo, para sempre perdida, de certa forma é o que procuramos, a origem, mas não perca seu tempo com isso, é uma origem irrecuperável, a nós só resta o artifício e o mal-entendido, dei uma baforada no charuto e pensei, que bobagem, o que ele sabe de mim?, ele deu um risinho sarcástico, nós fazemos perguntas cuja resposta já conhecemos, e isso limita muito o alcance da pergunta, esse é o principal problema, e, após uma pequena pausa, bom, ficamos por aqui. Ele se levantou, esperando que eu também me levantasse, me estendeu a mão, eu me despedi decidida a sair dali o mais rápido possível. Voltando pelo corredor, uma cigana passou correndo por mim, quase me derrubou, depois um palhaço, logo chegaria até o elevador, foi quando a bebida, ou o charuto, ou seja lá o que fosse, começou a fazer efeito, talvez apenas o cansaço, tantas horas sem dormir, vi uma porta entreaberta, um dos muitos quartos daquela casa, achei melhor descansar um pouco, realmente não me sentia bem, era um quarto enorme, poucos móveis, todos em madeira, um espelho, e no meio a cama com dossel, deitei, fechei os olhos, o quarto girava à minha volta.

3

Acordei no dia seguinte com uma dor de cabeça terrível e sem ter a mínima ideia de onde estava. A claridade entrava pela janela e eu mal conseguia abrir os olhos. Olhei em volta com dificuldade, nada que eu reconhecesse, foi quando vi sobre a escrivaninha o quadro que Lupe pintara, era a casa da dona Helga, concluí, levantei com dificuldade, devia estar com a pressão baixa, pensei, me aproximei da janela fazendo esforço para enxergar a paisagem, sim, estava no Brasil no quarto que havia alugado, a exuberância de um verde-escuro sem flores, mas como chegara lá? Por mais que me esforçasse eu não conseguia me lembrar, apenas da festa, do sarau e de deitar numa cama, como eu poderia ter voltado se nem ao menos o endereço eu tinha comigo?, olhei em volta novamente, minha calça do dia anterior estava jogada sobre a cadeira, inspecionei os bolsos, havia ali dois pedaços de papel, um com o endereço de dona Helga, outro com um nome e telefone: Inês. Achei estranho, não me lembrava de ter anotado o endereço de dona Helga, mas a letra era minha, sem dúvida, as imagens do dia e da noite anterior passavam sem conexão umas com as outras, a viagem, o sarau, Inês declamando sabe-se lá o quê, talvez tivesse sido tudo uma alucinação causada pelo calor, pela bebida, mas aquele telefone, a letra miúda tão diferente da minha, deixei o papel sobre a mesa e fiquei olhando para ele como se olhasse para um fantasma.

4

Nos meses que se seguiram, em contraste com essa primeira experiência, a vida no Rio de Janeiro se mostrou até bastante comum. Dona Helga com seu regulamento militar, o início das aulas, o descobrimento da cidade, as burocráticas conversas ao telefone com meus pais, a distância geográfica havia intensificado uma distância emocional que sempre existira, ao menos da minha parte, a troca de mensagens com Lupe, agora mais apaixonadas do que nunca, a distância nos oferecendo uma nova possibilidade, ou uma desculpa. Sentia que meu conhecimento da língua ia ficando cada vez melhor, mais fluente, e junto a isso a sensação de que viver numa língua estrangeira era tornar-se, mesmo que sutilmente, outra pessoa. No meu caso, essa pessoa que eu me tornava, apesar de um pouco tosca, me parecia muito mais próxima de mim do que a que vivia na Alemanha, como se em português eu me tornasse quem eu realmente era. Seria isso o que Max queria dizer? Mas, se por um lado eu me sentia mais próxima de mim mesma, por outro, havia a permanente sensação de não pertencimento, a cidade que a todo instante avisava: não se engane, não se engane, que esse véu de boas-vindas logo se desfaz.

A cidade arrebatadora, excessiva. Nada ali era simples, nada era o que parecia ser. O morro e suas favelas que num primeiro momento me pareceram casinhas pitorescas, como as que eu vira no sul da Itália, tornaram-se motivo de escárnio numa mesa de bar, Henrique, um aluno da pós-graduação que havia passado uma temporada na Alemanha e sempre me tratava com estudada indiferença, riu alto, casinhas pitorescas, sul da Itália, você acha pitoresco crianças vivendo descalças no meio do esgoto, você, como tantos turistas aqui, acha romântica a pobreza, acha que somos um povo pobre, mas feliz, não é?, o tom era agressivo, e, se num primeiro momento tive raiva dele, daquele discurso acusatório, logo fui tomada por uma mistura de decepção e vergonha, como podia me enganar tanto assim?, como era possível que eu não fosse capaz de interpretar o que era óbvio, as camadas mais superficiais? Saí de lá melancólica, me sentindo mais estrangeira do que nunca, o que eu estava fazendo ali, naquele lugar que não me pertencia, naquela cidade incompreensível?

Henrique era um homem bonito, e, apesar de sua agressividade comigo, parecia estar em todos os lugares e me seguia com o olhar, eu, que ao mesmo tempo atraía e desagradava. Nos conhecemos num curso de literatura alemã, para o qual o professor havia me convidado como uma espécie de assistente-monitora. O que ela sabe de literatura alemã?, Henrique havia questionado logo na primeira aula, só porque nasceu lá não significa que saiba alguma coisa. Sei o suficiente para estar aqui, eu respondera tentando ser firme, mas me sentindo insegura, e se ele tivesse razão?, o professor, para me apoiar, fez um pequeno discurso sobre a importância de quem interpreta a própria cultura. Depois, conversando com Lupe sobre Henrique, ela comentara, conheço bem esse tipo de idiota, ignore, sim, senhora, respondi rindo, e eu pensava no surpreendente que era a minha relação com Lupe, no que ela havia se tornado, uma relação de namoradas, nos falávamos todos os dias, às vezes várias vezes ao dia, e eu me sentia mais próxima do que nunca, Lupe, a única ponte possível entre esses dois mundos.

Mas havia outras pessoas, amigos, ou alguma coisa próxima disso. Fernanda, que morava com os pais em Ipanema e sempre marcava um compromisso comigo e com outras dez pessoas no mesmo horário, vamos ao cinema no sábado?, claro, ela respondia com grande entusiasmo, mas quando o sábado chegava ela já tinha esquecido, e me dizia ao telefone, ignorando totalmente o compromisso anterior, vou com um pessoal num show na praia, vem com a gente, você vai amar, e assim eu acabava em algum lugar inesperado, coisa que no início me exasperava, mas que com o tempo me deu uma sensação de leveza que eu nunca tivera, tudo era fluido, tudo era possível, a ausência de compromissos. Lupe ria, imagino que deve te trazer grande alívio, como assim?, se pudesse ia aí, te fazer uma visita surpresa, só não vou porque tenho medo que as coisas desandem, esse nosso namoro à distância está tão bom, eu não dizia nada, mas concordava, e tinha medo do nosso reencontro, como seria quando as coisas se tornassem realidade? Então no meu mundo no Rio de Janeiro havia Henrique, que me desprezava, mas me seguia pelos cantos, havia Fernanda, que flutuava aparentemente alegre pela vida, e havia também Klaus, que, apesar desse nome, não tinha nada de alemão. Assim que nos conhecemos ele anunciou, eu cresci no Rio, mas minha família é do Piauí, meu nome foi promessa de minha mãe, bem antes de eu nascer, um padre com esse nome, esse sim alemão, ajudou minha família quando meu irmão mais velho teve coqueluche e quase morreu, o padre Klaus conseguiu remédios e um lugar no hospital, minha mãe prometeu que, se o padre conseguisse salvar o menino, o próximo que nascesse se chamaria Klaus. Então, cinco anos depois, eles se mudaram pra cá, eu nasci e foi isso. Klaus tinha um riso fácil, e parecia sempre disposto a qualquer tipo de generosidade, Klaus, meu companheiro de caminhadas, credo, você está andando ou correndo uma maratona, que pressa é essa?, e eu dizia que não era pressa, era só um ritmo do corpo, como as batidas do coração, o fluxo do sangue, e eu, feito um vértice oposto, me angustiava com aquele seu jeito de andar, como se estivesse à espera de alguma coisa, de alguém. E eu gostava desses encontros com Klaus e Fernanda, havia neles, como em tudo o que eu fazia, e até mesmo no ódio de Henrique, uma impossibilidade que me apaziguava.

Por outro lado, eu sentia uma grande necessidade de me embrenhar por aquilo tudo, entender o que as coisas significavam, o que as pessoas realmente queriam dizer, e procurava assim algum tipo de resposta. Às vezes ia caminhando até a faculdade, todo mundo achava excêntrico, coisa de estrangeiro, eu descia o morro onde ficava a casa de dona Helga, um bairro de artistas, me explicaram, um bairro tranquilo, eu achava, às vezes, a sensação de estar em outro tempo, outra época, uma industrialização que nunca chegara, mas era um sentimento de poucos minutos, e logo vinham os carros último modelo e o burburinho e uma série de restaurantes caros, o bairro e seus moradores simples e artísticos e moradores de elegantes mansões. Eu seguia pelo centro, o centro que mantinha casas coloniais em meio a modernos arranha-céus, às vezes não tão modernos, o centro com suas pessoas feito formigas num calor que eu nunca sentira antes, o centro e seus habitantes, mendigos com feridas abertas, músicos de rua, executivos engravatados, pregadores do fim do mundo, uma turba de passos cheios de pressa, o centro e seus vendedores ambulantes, vendedores de quase tudo, livros, brinquedos, chocolates, roupas, celulares, o centro e seus centros culturais, o centro e sua mistura de glamour e sujeira, e uma beleza-feia, a beleza das coisas que não foram, a beleza da vida que surge e ao mesmo tempo se desfaz. Às vezes, no centro, a surpreendente quietude das igrejas, em meio ao caos, as portas das igrejas que se abrem para o silêncio, uma ou outra pessoa rezando, às vezes, no centro, a violência que explode imprevisível, ilhas de gritos e explosões e gente correndo. Eu caminho por tudo aquilo ao mesmo tempo nativa e estrangeira, desço a avenida Chile até a Rio Branco, subo a Rio Branco, depois viro à direita na Sete de Setembro e sigo até a praça xv, onde se encontra a estação das barcas e onde, aos sábados, passeio pela feira de antiguidades, que inclui antiguidades, mas também todo tipo de fabulosas quinquilharias. Gosto de repetir o mesmo caminho, e imagino que na repetição se esconde algo impossível. Na estação das barcas, a barca e suas pequenas janelas. A travessia da baía de Guanabara, da deslumbrante baía de Guanabara e sua vista para o centro da cidade e sua vista para a ponte Rio-Niterói e sua vista para o Pão de Açúcar, sua saída para o mar, a cidade começou ali, na abertura da baía de Guanabara, os portugueses e depois os franceses e antes de tudo os tupinambás, e antes deles sabe-se lá que outros índios, e antes preguiças e tamanduás gigantes, a baía de Guanabara, que, depois me disseram, era poluída e morta e exalava mau cheiro, será que eu não enxergava? O esgoto a céu aberto em que se transformara a baía de Guanabara? Mas da barca eu só via esse núcleo inicial, base de outros núcleos, desenhado por cima dos que já estavam ali, as diversas camadas, como teria sido entrar pela primeira vez na baía de Guanabara?

Um dia, num desses trajetos, um homem velho correndo nu no meio da rua, a cor acinzentada como a pele de um elefante, mas não completamente nu, sobre os ombros uma jaqueta também velha e cinza e andrajosa, o que o deixava ainda mais nu, ele falava alto e gesticulava com as mãos pra cima, e as pessoas sem olhar para o lado, como se nada daquilo estivesse acontecendo, como é possível, eu me perguntaria tantas vezes, Klaus me explicava, é como um vírus, uma doença, a gente vai se acostumando, e, se você ficar aqui tempo suficiente, um dia isso vai acontecer com você também, um dia você acorda e deixa de ver. Um dia, um domingo, acordei e saí a esmo, desci a rua principal e enveredei por uma série de artérias, o coração da cidade vazia, nesse dia, um domingo, no meio da calçada, a mala aberta de um mendigo, uma mala sem mendigo, o couro gasto e sujo, teria ele abandonado, ou, mais simplesmente, teria sido assassinado, e então só aquele rastro, a mala com as coisas do mendigo, me aproximei, seus pertences espalhados sobre os desenhos das pedras portuguesas, as entranhas da mala, bonecas quebradas, roupas velhas, um espelho, um pente cor-de-rosa, um pente pela metade, mas um pente, fotos antigas, um frasquinho vazio de perfume, alguns livros, eu sentia uma tontura, eu já não sabia do equilíbrio, o eixo do corpo. Fiz menção de me aproximar, ler os títulos, mas, naquele momento, desisti, não tive coragem, não tive coragem de entrar tanto assim na intimidade do mendigo, provavelmente uma mulher, essa invasão, o interior de alguém que não estava mais ali para protegê-lo, mas se proteger do quê?, eu ficava me perguntando.

Eu passava cada vez menos tempo na faculdade, assistia a algumas aulas, mas sempre a sensação de que o que havia para compreender estava em outro lugar, do lado de fora, sim, a cidade era toda do lado de fora. E as horas passavam ali num ritmo diferente, escorrendo, molengas, pelo corpo. E haviam se passado quase seis meses quando eu voltei a me perguntar o que estava fazendo ali, ou melhor, o que viera fazer ali, as palavras de Max-Fênix-Pitonisa que tornavam a surgir, sentia-me boba, afinal, o que eu imaginara, que no Brasil havia uma banda de música me esperando, ou uma tenda na qual eu entraria e pronto, a grande revelação, feito um raio fulminante, ou, mais absurdo ainda, a tal casa amarela, o rio logo em frente e o tal lado de dentro que era o lado de fora. Mas talvez houvesse mesmo algo, uma seta, um sinal, eu é que não procurara o suficiente, mas procurar o quê? E talvez esse fosse o principal problema, viajara em busca de algo que eu não sabia o que era, viajara assim, completamente cega, um cego agarrado a uma coleira sem cão. Alguns dias depois, talvez como consequência desses pensamentos, dessa pergunta que ressurgia, resolvi fazer a única coisa que me pareceu realmente arriscada, um retorno ao início, àquela terça de Carnaval, talvez ali estivesse a chave, uma passagem secreta. Abri o armário e tirei de lá um caderninho de anotações no qual eu nunca anotava nada, mas que, em meio às suas páginas em branco, guardava a única prova de que aquilo realmente existira, o Carnaval, e também o único rastro de Inês, o guardanapo com seu nome e telefone.

    Era um sábado à tarde e demorei algumas horas antes de finalmente decidir ligar, talvez não houvesse Inês nenhuma, talvez ela tenha me dado o número errado, talvez ela nem mesmo exista, Inês?, perguntei quando uma voz de mulher atendeu, ela mesma, eu tinha a sensação de que ela podia ouvir meu coração batendo do outro lado da linha, desde aquela primeira noite eu nunca deixara de pensar no que acontecera, às vezes me parecia um sonho, uma alucinação, outras, eu pensava, devia haver uma explicação lógica para tudo aquilo, mas por algum motivo eu sempre adiava a investigação, se havia alguém que tinha as respostas com certeza era Inês, sou eu, Maike, não sei se você se lembra de mim, nos conhecemos no Carnaval, você me deu seu telefone. Inês ficou em silêncio, cheguei a pensar que ela havia desligado, até que disse, claro que me lembro, claro, como eu ia me esquecer, seu português melhorou muito, dá até pra te entender, pensei que a gente podia se encontrar, Inês ficou em silêncio outra vez, certamente estava achando um abuso eu ligar quase seis meses depois, Maike, deixa eu te dizer uma coisa, eu tenho um namorado, mais do que isso, caso daqui a duas semanas. Dessa vez fui eu que fiquei muda. Ela continuou, aquilo que aconteceu foi Carnaval, não sei se você sabe, mas o que acontece no Carnaval não é para ser levado a sério, claro, claro, eu disse, era justamente isso que eu queria saber, o que aconteceu no Carnaval, mas disse apenas, eu só queria conversar, Inês, só isso, mais um longo silêncio e Inês responde, está bem, podemos tomar um café amanhã, anota aí o endereço.

Passei o resto do dia e da noite pensando em Lupe, na nossa relação permeada pela ausência, nos escrevíamos longos e-mails, Lupe estava amando a Escola de Belas-Artes e trabalhava com afinco e entusiasmo, e conseguira um emprego numa galeria de arte, para pagar as contas, disse, eu a invejava, invejava sua capacidade de trabalho, sua paixão pelo que fazia, pelas coisas do mundo em geral. Já em mim, tudo parecia embotado e só aflorava em momentos extremos, feito um cataclismo, mas estou bem, eu dizia, ainda tentando entender esta cidade, o país, apesar da certeza de não entender nada.

O dia seguinte passou num minuto, Inês tinha marcado no Museu de Arte Moderna, eu nunca tinha estado lá, saí mais cedo, fui andando, naquela época do ano o calor já havia arrefecido um pouco, mas nada que pudesse se chamar de inverno. Ao chegar, fui direto para o café que ficava meio escondido na imponente construção que abriga o museu. Sentei do lado de fora e pedi uma água. Quase uma hora depois, Inês ainda não havia chegado, provavelmente desistira, e eu já me preparava para ir embora quando ela apareceu, esbaforida, parecia que viera correndo, numa situação normal eu não a teria reconhecido sem o hábito, mas ali além de nós duas não havia mais ninguém, oi, Maike, desculpe a demora. Inês era muito mais bonita do que na minha memória, o cabelo longo e cacheado, tudo bem, eu disse, ela olhou em volta, que tal irmos para outro lugar?, tem um bar aqui perto, eu concordei, claro. Atravessamos uma pequena rampa que conectava o museu ao outro lado da rua e continuamos por uns cinco minutos até o bar que Inês havia sugerido. Pedimos cada uma um chope, Inês sorriu, em nada lembrava a pessoa arredia ao telefone, impressionante como você está falando bem português, ela comentou, eu agradeci, não, ainda falta muito, falta muito para quê?, para eu poder fazer algo com isso, fazer algo?, ela me pareceu surpresa, como assim? Terminar a faculdade, talvez trabalhar como tradutora, ainda não sei, ah, claro, mas ela não pareceu se interessar muito pelo tema, e então, está gostando daqui?, muito, ela sorriu, e ficamos as duas por alguns instantes sem assunto, eu aproveitei para ir ao banheiro, minha vontade era ir embora, fugir, mas não fugi, fui ao banheiro, lavei o rosto várias vezes, passei as mãos molhadas pelos cabelos, só então percebi que eu tinha um machucado na têmpora direita, a pele ferida, sequei com papel, havia em meu olhar algo estranho, desconhecido, o que eu pretendia com tudo aquilo, com Inês, a verdade é que, afastadas do êxtase carnavalesco, não tínhamos nada em comum, mas voltei mesmo assim. Na volta, numa mesa distante, pensei ter visto Henrique, que bebia uma taça de vinho e tirava fotos com o celular pela janela, está tudo bem?, ela perguntou diante do meu cabelo molhado, tudo, respondi, é o calor, ainda não me acostumei, pedi mais um chope, aproximei a cadeira da dela, ela sorriu, olhei novamente, Henrique parecia ter desaparecido. Inês, eu queria muito te perguntar uma coisa relacionada àquele dia em que a gente se conheceu, ela me olhou desconfiada, fechou o sorriso, eu afastei um pouco a cadeira, naquela noite, a gente se separou logo, eu tentava voltar pra casa e você seguiu com suas amigas, lembra?, lembro, claro, pois é, mas depois aconteceu algo estranho, eu te vi numa festa, um sarau, você estava no palco, declamava um texto num idioma que eu não consegui identificar, num sarau?, Inês fez cara de espanto, não, Maike, com certeza não era eu, depois que a gente se despediu eu fui direto pra casa, tinha marcado com o meu noivo, tem certeza?, tenho, por que eu iria mentir?, não, claro, não foi isso que eu quis dizer, mas por quê, aconteceu alguma coisa na festa, você beijou outra freira?, ela riu, não, não beijei mais ninguém, nem eu, quer dizer, beijei o meu noivo, mas ele não conta, dessa vez quem achou graça fui eu, era difícil entender Inês, não o significado das palavras, mas o que elas ocultavam, me pareceu que ela me escondia alguma coisa, naquela festa aconteceram coisas incomuns e, como você estava lá, quer dizer, como eu achei que era você, pensei que talvez você pudesse me ajudar com algumas incongruências, incongruências?, é, mas que incongruências são essas que te deixaram tão perturbada?, bobagem, Inês, nada importante, Inês aproximou a cadeira da minha, você tem algo, Maike, algo que me atrai, mas eu não quero que você me atraia, entende?, tudo bem, farei o possível, eu disse, ela riu, passou os dedos pelo meu cabelo, eu não consigo parar de olhar para você, esse seu jeito meio moleque, você parece um menino, Maike, e ao mesmo tempo, tem algo tão, tão frágil. Nos beijamos.

No dia seguinte, acordei com Inês na minha cama, ao menos dessa vez eu me lembrava exatamente o que havia acontecido, nos beijamos, bebemos, continuamos nos beijando, continuamos bebendo, e à medida que as horas passavam íamos nos tornando mais íntimas, Inês falou do namorado, do casamento que aconteceria em breve, da família, dos irmãos, da péssima relação com a mãe, vou casar pra fugir, Maike, quer fugir comigo?, eu achei graça, fugir pra onde?, bom, que tal fugirmos pra tua casa primeiro, Inês sugeriu, eu relutei um pouco, mas nem é minha casa, é um quarto que eu alugo, tua casa, Maike, vamos. Fugimos.

Inês dormia nua ao meu lado na cama, o dia se assomava devagar pela janela, olhei para o quadro pintado por Lupe e tive a sensação de que algo estava diferente nele, me levantei devagar para não acordar Inês e fui até a escrivaninha olhar direito, sim, algo havia mudado, mas eu não conseguia precisar o quê, será que Inês havia feito alguma coisa?, não, como ela poderia?, passei o dedo na tela para ver se havia algum sinal de tinta fresca, nada, me afastei, olhei novamente, não era possível, mas eu podia jurar que havia algo estranho, vem, volta pra cama, era Inês que me chamava sonolenta, já vou, vem, vem agora, quero te contar um segredo, eu me aproximei, ela me beijou, segurou o meu rosto entre as mãos, e disse sorrindo, eu nunca havia ido pra cama com uma mulher, fiquei sem reação, eu não sabia o que dizer, Inês continuou me beijando. Passamos o resto da manhã na cama, eu pensando em como sair dali sem que dona Helga nos visse, diria que era uma amiga que acabara de chegar, tenho que ir, disse Inês, preciso passar em casa, tomar banho, trocar de roupa, a gente se vê hoje à noite?, tem uma peça que eu quero muito ver, hoje é a estreia, eu amo a atriz, a Anna Marianni, sou fã, ela é linda, usa umas roupas incríveis, aliás, acho que vocês têm certa semelhança, eu e a atriz?, é, engraçado, não tinha percebido antes, mas agora, pensando bem, vocês se parecem sim, não no jeito de se vestir, claro, eu achei graça, e ela é bem mais velha, mas você vai ver, sabe que ela morou na Alemanha? Li que a peça é baseada numa vivência dela, meio autobiográfica, vamos?, acabei concordando, afinal, por que não?, desde que chegara nunca tinha ido ao teatro, o teatro é no centro, já te passo o endereço e o horário certinho, agora tenho que ir, e Inês desceu as escadas correndo.

O teatro era dentro de um centro cultural, meia hora antes eu já estava lá, eu sempre fora assim, me angustiava chegar atrasada e acabava me adiantando, como Inês ainda não havia chegado fiquei esperando num átrio, o chão parecia de mármore, assim como a pequena escada que dava para a sala onde aconteceria o espetáculo, sentei num dos degraus. Olhando para cima via-se a sacada interna dos demais andares e, no alto, a cúpula, por onde entrava luz natural, o interior clássico e climatizado contrastava com o barulho e o caos de centro da cidade, uma dimensão paralela. Fui até a livraria, folheei alguns livros de arte que pareciam muito bonitos, mas não me diziam nada, dei uma volta pelo lugar, depois voltei a me sentar nas escadas. A peça já havia começado e nada de Inês aparecer, de repente ficou óbvio que Inês não viria, por que eu acreditara nela?, havia em Inês uma clara contradição, guiavam-na forças opostas, Inês queria e não queria, e agora me deixara plantada, decidi esperar mais quinze minutos, se ela não aparecesse eu iria embora, e estava justamente pensando no que faria depois, quando uma mulher velha, carregando duas sacolas de supermercado, se aproximou. A obra já começou? Foi essa palavra que ela usou, a obra, eu disse, sim, a obra já havia começado, os cabelos grisalhos e longos tinham um aspecto sujo, que pena, e eu saí tão cedo de casa, a mulher sentou-se ao meu lado, ajeitou as sacolas que faziam um barulho excessivo, pareciam conter não compras, mas peças de ferro ou garrafas de vidro, a mulher abriu um sorriso, é a minha filha, sabia?, disse apontando em direção à sala de espetáculo. Olhei com mais atenção, talvez não fosse tão velha como me pareceu num primeiro momento, muito magra, tinha fortes traços indígenas, os olhos pequenos, a pele escura, vestia uma camisola manchada, era difícil dizer se era mendiga, louca ou apenas pobre, ou apenas alguém querendo puxar conversa, é a minha filha, ela repetiu, que bom, eu disse, e por que a senhora não está lá dentro assistindo à sua filha? Ela me olhou surpresa, disse, minha filha é muito importante, tem muitos compromissos, ela aparece nos jornais, quer ver?, eu assenti com a cabeça, ela tirou uma folha de jornal de dentro de uma das sacolas, é verdade que ela se bandeou para o lado de lá, para o lado deles, ela segurava o jornal com cuidado, entendo, eu disse, por isso eu desculpo esse jeito dela, coitada, sofreu muito, a mulher deu um longo suspiro, fiquei sem saber o que dizer, mas ela logo falou, feito um segredo, vim buscá-la, coisa que eu deveria ter feito muito antes, quando ela ainda morava na Alemanha, ela fez muitas bobagens na vida, sobreviveu como pôde, mas é uma boa menina, sofreu muito, sofre, a mulher baixou o rosto, parecia meditar sobre o assunto, mas logo continuou, isso porque desprezamos a sabedoria dos antepassados, você sabe, hoje ninguém mais liga para o que os antepassados têm a dizer, mas eles sabem muita coisa sobre o mundo e a tristeza e as doenças do mundo, é verdade, a senhora tem razão, não, ela me repreendeu, eu não tenho razão, eu sei, e saber é muito diferente de ter razão, porque aqui as pessoas sempre querem ter razão, mas a razão não serve para nada, minha filha, para nada, claro, entendo, não, ela elevou a voz, agressiva, como se eu a tivesse insultado, o que você entende?, e, após uma breve pausa, e por que você fala desse jeito estranho?, ela me olhou ressabiada, eu achei melhor falar o mínimo possível para não correr o risco de ser mal interpretada, um segurança que já estava nos rondando havia algum tempo se aproximou, ela está importunando a senhorita?, não, claro que não, eu senti de repente a necessidade de protegê-la, ela está comigo, eu disse, o segurança se afastou desconfiado, minha filha é tão linda, você viu as fotos?, você não tem ideia de como ela é linda, minha filha é muito boa, gosta muito de mim, sempre cuidou de mim, do jeito dela, nunca me deixou faltar nada, eu continuei fazendo que sim com a cabeça, me parecia cada vez mais improvável que ela fosse a mãe da atriz, devia ser maluca, mas eu vim porque agora sou eu que vou cuidar dela, e eu já falhei tantas vezes, seu rosto adquiriu uma expressão de sofrimento, eu a observava com atenção, algo nela me parecia familiar, algo na sua expressão, ou talvez nos seus gestos, olhei novamente para as sacolas, ela deve ter percebido minha curiosidade, apontou para as sacolas que deixara sobre os degraus, aqui dentro tem coisas valiosíssimas, mas também documentos secretos, que o lado de lá jamais entenderia, mas vejo que você é diferente, você não é daqui, percebe-se, você fala desse jeito estranho, então para você eu mostro, se me prometer que não conta para ninguém, claro, prometo, ela abriu uma das sacolas e tirou de lá outra página de jornal, uma enorme matéria sobre a peça em cartaz e, no título, o nome da atriz, Anna Marianni, eu apontei para o jornal, Anna Marianni é a filha da senhora? É sim, duvida?, ela saiu de dentro de mim, daqui, e abaixou a saia para mostrar a cicatriz da cesárea por onde tinha saído Anna Marianni, era uma cicatriz alta, que, ao contrário do que costumam ser esses cortes, atravessava a barriga de cima a baixo, em volta a pele escura e flácida do abdômen, o segurança se aproximou novamente, eu decidi que a defenderia a qualquer custo, pode deixar, não vai voltar a acontecer, o segurança me olhava com cara de poucos amigos, mas logo se afastou. Meu nome é Maike, eu disse, talvez na intenção de corresponder àquela súbita intimidade, ela me olhou desconfiada, como?, Maike, eu repeti, ela fez uma pequena pausa e disse, isso lá é nome, minha filha?, eu achei graça, ela continuou, isso daí não é o seu nome não, não é mesmo, eu fiquei sem saber o que dizer, há um nome secreto, todos temos um nome secreto, que só deve ser pronunciado em ocasiões especiais, esse é o nosso verdadeiro nome, ah, então não sei, não sei o meu verdadeiro nome, venha cá, me dê a sua mão, mocinha, sua pele era ao mesmo tempo fina e áspera, os dedos longos e magros lembravam os meus próprios dedos, uma cópia da minha mão, apenas mais escura e envelhecida, você é tão nova, quantos anos você tem?, vinte e cinco, tão nova, ela repetiu, a mulher pegou minha mão entre as suas e fechou os olhos, ficou assim por longo tempo, o que começava a me deixar um pouco nervosa, minha filha, o seu nome está enterrado dentro de um pote de barro, enterrado como um morto, que estranho, você está morta?, ela soltou minha mão e se afastou um pouco para me olhar com mais cuidado, quem é você?, Maike, eu disse, ah, isso você não é não, eu me refiro a quem é você, de verdade?, eu não sei, respondi sem pensar, ela se aproximou novamente, colocou as duas mãos na minha testa, que estranho, você não tem história, não há antes nem depois, nunca vi nada assim, espere um pouco, a mulher começou a procurar alguma coisa dentro das sacolas, tem que estar aqui, deixe ver, espero que não tenham roubado, aqui não, nesta, sim, aqui está, e tirou um ramalhete de folhas que passou pelo meu rosto, pela minha cabeça, eu não consigo, não consigo ver, não é possível, quem é você?, a mulher voltou a me perguntar, eu não sei, respondi, eu realmente não sei, ela continuava passando as folhas pelo meu rosto, e nesse momento me veio uma angústia tão grande, como nunca havia sentido, a sensação de que ela alcançava em mim algum canto opaco e desconhecido, a angústia foi crescendo, crescendo, se transformando num peso, algo afundava em meu peito, comecei a chorar, no início apenas as lágrimas caindo, logo depois soluços, e um choro em borbotões, como eu nunca havia chorado, sem conseguir pronunciar as palavras, meu corpo todo tremia, uma tristeza tão grande, como se uma represa estourasse, eu não sei, eu repetia, eu não sei, a mulher pegou minha cabeça com as mãos, o rosto muito perto do meu, o hálito ácido, olhava nos meus olhos tentando entrar neles, sim, há uma dor tão grande, uma dor antiga, algo intenso como a morte, mas não é a morte, é outra coisa, é muito estranho, você não tem futuro nem passado, que espécie de espírito é você? E, quanto mais crescia o seu espanto, mais eu chorava, até que ela tirou as mãos do meu rosto e disse, segurando o meu braço, espere, vou te dar algo que talvez te ajude, mas antes você tem que se acalmar, a mulher esfregava com força o meu ombro, meu braço, pronto, pronto, está tudo bem, está mais calma agora?, e após alguns minutos eu realmente me senti mais calma, como se aquele peso que eu sentira tivesse voado para longe, a mulher sorriu, abriu novamente uma das sacolas, pegou um velho pote de geleia, dentro dele uma massa marrom-esverdeada, abriu a tampa, tirou de lá um pouco daquela substância e disse, mastigue bem e, quando estiver bem mastigado, mantenha debaixo da língua, mas o que é isso?, não interessa, apenas faça o que eu digo, tome, vai te ajudar na travessia, e, apesar de tudo o que mandava o bom senso, obedeci. O gosto era repugnante, muito amargo, parecia que eu estava mastigando uma punhado de terra compacta, achei que fosse vomitar, segure o vômito, respire fundo, ela disse, continue mastigando, pronto, logo você se sentirá melhor, e, se você tiver merecimento, os espíritos irão te conduzir, algum tempo depois, ela me mostrou outro frasco, esse vazio, cuspa, ela disse, cuspa aqui, e eu cuspi aquela massa estranha dentro do frasco, que ela tampou e guardou novamente na sacola, mais algum tempo e o mal-estar desapareceu, olhei novamente para a mulher e me sobreveio uma sensação estranha, quem é você?, dessa vez era eu quem perguntava, as palavras saíam moles, como se tivessem sido mastigadas também, ela sorriu, e me veio um cansaço imenso, uma sonolência, mal conseguia manter os olhos abertos, ela disse, é um bom sinal, os espíritos estão do nosso lado, e você tem agora suas próprias armas, deite, minha filha, deite aqui no meu colo, eu deitei a cabeça sobre sua saia, o tecido da camisola pareceu-me uma enorme manta com a qual eu me cobria, a mulher passou levemente os dedos pelo meu cabelo e começou a cantar numa língua desconhecida.

5

Abri os olhos. Olhei em volta, onde eu estava? Onde estava a mulher, a escada para o teatro? Olhei em volta, era um lugar amplo, uma sala, os móveis modernos. Sofá de couro preto, poltrona, uma parede coberta com estantes de livros, e então ficou claro, com algumas pequenas modificações, era o apartamento de Max, eu me sentia cada vez mais confusa, o que eu estava fazendo no apartamento de Max?, continuei investigando, perto da janela, a escrivaninha, um computador, sobre a mesa uma capivara talhada em madeira, um amontoado de folhas, por algum motivo achei que poderia ser um manuscrito, Max não estava escrevendo um romance?, me aproximei para ver o título, título estranho, pensei, logo abaixo um nome que me pareceu tão familiar, quase como se fosse o meu próprio nome... mas logo meu olhar escapuliu para uma série de fotos, reconheci imediatamente, retratos de Henrique, Klaus, Fernanda usando um chapéu panamá sorria para a câmera, no verso de cada uma, anotações a lápis, parecia a minha letra, com certeza era, mas eu não conseguia ler, não me lembrava de ter feito aquelas fotos, olhei para a janela, do lado de fora choviam gotas enormes, a vegetação densa e de árvores altíssimas, uma floresta tropical, não, aquilo não era a Suíça, onde eu estava? Fui até o parapeito e fiquei um tempo ali, meio que hipnotizada pela chuva em meu rosto, um cheiro de terra úmida, eu tentava me lembrar dos últimos acontecimentos, mas tudo se dissipava feito sonho. A chuva aumentou, eu dei um passo para trás, fechei a janela com esforço, o aro de madeira pesada. Quando me virei, uma surpresa maior ainda, em destaque numa das paredes da sala, o quadro pintado por Lupe, um arrepio me percorreu a espinha, me aproximei do quadro e passei levemente os dedos pela pintura na tentativa de me certificar de que aquilo era real, com exceção de um colar de pérolas, eu não me lembrava de um colar de pérolas pendendo entre os meus seios, o quadro parecia ser o mesmo, olhei em volta mais uma vez, o lugar era e não era o apartamento de Max, segui pelo corredor, uma das portas dava para o banheiro, sob a bancada de pedra negra, perfumes femininos, pareciam caros, cremes, produtos de beleza, maquiagem, foi quando levantei o rosto e me olhei no espelho, me olhei sem acreditar no que via. Era eu, apesar de o meu rosto parecer mais magro, mais marcado, eu usava óculos de armação escura, o cabelo estava grisalho, rugas despontavam nos cantos dos olhos, a pele parecia ter perdido o viço, como se houvesse envelhecido, sim, eu havia envelhecido, como era possível?, dei um passo para trás, eu vestia um roupão de fundo azul-marinho e estampa de flores coloridas, e entre os dedos um cigarro aceso numa longa piteira prateada, que, num gesto automático, levei à boca.

(AVÓ)

A filha havia se tornado uma grande atriz, como nos filmes, a filha agora era uma atriz como nos filmes aos que assistia quando jovem, e se lembrou da casa de dona Clotilde e dos domingos de folga em Copacabana, a tela imensa da sala de cinema, o ar-condicionado e o rosto perfeito da atriz rindo, chorando, rindo, chorando e dizendo coisas tão bonitas, de amor e sentimentos, mas que piscavam agora incertas em sua memória, apenas a lembrança da atriz que agora era a sua filha, a mesma que um dia ela sentira se mexer dentro da sua barriga, agora ali fora, na tela do cinema, olhe, é a Anna, sua filha, reconhece?, Fátima, a enfermeira, apontava para uma foto no jornal, a filha com os longos cabelos presos por uma presilha prateada, um vestido preto, parecia tão segura, tão dona da própria vida, e a deixava cheia de um orgulho bobo, uma vontade de sair por aí, dizendo, veja, é minha filha, veja como está bonita, dizia Fátima, que era uma mulher forte, ainda jovem, e usava um uniforme todo branco e reluzente, não como o uniforme que ela usava na casa de dona Clotilde, azul-escuro e que a deixava ainda mais escura, credo, parece uma assombração, dizia às vezes a patroa quando ela aparecia de mansinho na sala ou na cozinha, e ela gostaria mesmo era de ter tido um uniforme como o de Fátima, alvo, quase brilhante, mas dona Clotilde não gostava porque branco sujava muito fácil e logo encardia, e uniforme não é desfile de moda, e então ela decidiu não perguntar mais e ficou só com o desejo e agora a beleza daquele uniforme branco de Fátima, coisa linda de se olhar, Fátima trabalhando ali, ao seu lado, e era tão estranho que alguém trabalhasse para ela, Fátima que nunca faltava, Fátima que era como ela, feita do mesmo silêncio, então ela preferia fingir que Fátima era na verdade uma amiga, que tal um café? Um pouco de sol no jardim?, a filha insistia, ela está aqui para cuidar de você, mãe, e ela ria sem graça, sem saber o que dizer para Fátima de segunda a sexta, cuidando dos seus horários e dos seus remédios e da sua pressão, mesmo após todos aqueles anos, mesmo sendo a Fátima agora realmente sua amiga, ela ficava sem jeito de pedir as coisas porque poderia ficar parecendo que ela era agora como dona Clotilde, e cruz-credo ser como dona Clotilde, não que ela não fosse grata à patroa e a tudo o que fizera pela sua filha, não que ela não fosse grata, e até a consolara quando a filha tivera aquela briga horrível com dona Clotilde e a chamara de velha hipócrita e exploradora, e ela, sem saber o que fazer diante de dona Clotilde gritando furiosa que a filha não passava de uma empregadinha mal-agradecida, uma mulherzinha vulgar, e que ia acabar pedindo esmola no meio da rua, ou coisa pior, e a filha gritando que preferia pedir esmola a ficar mais um minuto naquela casa de merda, e ela até tentou se desculpar pela filha, porque, por pior que tivesse sido dona Clotilde, sem a patroa ela teria ficado sozinha no mundo, ela e a filha, a filha que fora embora batendo as portas, as portas da casa de dona Clotilde, e fora morar com uma amiga e depois morar na Alemanha e casara com um homem muito bom e depois descasara e casara com outro homem, também muito bom, e depois se separara novamente, e depois dessa separação voltara ao Brasil, e casara mais uma vez, ela já tinha perdido a conta de tanto casamento, e agora era uma atriz famosa que tinha dinheiro para tudo aquilo, ao contrário do que dissera dona Clotilde, que a filha não passava de uma empregadinha mal-agradecida e que ia acabar pedindo esmola no meio da rua ou coisa pior, e por isso ela tinha muito medo de ser como a patroa com Fátima, mas ela nem que quisesse poderia ser como dona Clotilde, que tinha a pele branca, quase tão branca como o vestido de Fátima, e os cabelos louros, dourados de tão claros, e na verdade nem queria ser como dona Clotilde, que, apesar de ser tão boa, fez muita coisa ruim com ela e com a filha, muita coisa ruim, a filha tinha razão, e ela ficava pensando que as pessoas são ruins mesmo quando querem ser boas, e coisas assim, enquanto Fátima continuava falando sobre a notícia do jornal, e ela a olhava agradecida e às vezes colocava a mão sobre a mão escura da enfermeira, apenas um pouco mais escura que a dela, mas muito mais escura que a de dona Clotilde, que ela, claro, nunca tocara, imagina, tocar a mão da patroa, as unhas feitas e os dedos cheios de anéis de ouro amarelo e pedras que brilhavam com a luz, mesmo tendo tocado havia muitos anos a mão de Renan, o filho de dona Clotilde, que era o pai da sua filha, mesmo que dona Clotilde e seu Alfredo não quisessem e mesmo que ela tivesse mantido segredo todos aqueles anos, e mesmo que a própria filha não soubesse e achasse que o pai era um moço muito bonito que a mãe conhecera no cinema e que tinha sumido no mundo antes de ela nascer, mesmo assim Renan continuava sendo o pai da sua filha, mesmo que ele mesmo não quisesse e tivesse casado com aquela moça muito loura e tivesse tido filhos louros e depois se separado e depois casado com outra moça, essa morena, mas de pele bem clara, mesmo tendo mais filhos com essa outra moça, ele continuava sendo o pai da sua filha, porque isso de ser pai de alguém é coisa que a gente não tem como apagar, ela tivera tantas vezes vontade de dizer a ele, gritar com toda a força, não tem como apagar, mas o medo fora sempre maior do que a raiva.

Ela colocava a sua mão sobre a mão da enfermeira, a filha a contratara, quando fora isso?, não se lembrava, os dias lhe pareciam todos iguais, a filha, que agora era uma grande atriz, como nos filmes, e tinha muito dinheiro e podia comprar coisas e pagar pessoas para cuidarem dela, Fátima, e aquela outra moça dos fins de semana, como era mesmo o nome dela?, é a Anna, sua filha, reconhece?, e ela achava estranho que Fátima lhe fizesse essa pergunta, como não reconheceria a própria filha?, que na foto parecia ter envelhecido, que estranho, quantos anos teria?, ela vai estrear uma peça nova, quer que eu leia?, Fátima nem se deu ao trabalho de esperar uma resposta, começou a ler: Anna Marianni em seu maior desafio, e ela repetiu em silêncio aquele nome, Anna Marianni, nunca se acostumaria, e lembrou da primeira vez que a filha lhe dissera que já não se chamava mais como ela se chamava, mas que havia adotado um pseudônimo, e ela ficou olhando para a fruteira em cima da mesa da cozinha de dona Clotilde e pensando no que isso significava, a filha havia adotado um pseudônimo, e, diante da sua expressão de assombro, a filha explicara que pseudônimo era um nome artístico, mas ela nunca entendera muito bem, só entendia que a filha não gostava do nome que ela havia lhe dado e que agora tinha que chamá-la de Anna, coisa que raramente conseguia, e então ficava chamando a filha de filha, e um dia perguntara para a avó, a avó que depois de morta parecia saber de tudo, ou de quase tudo, o que é um pseudônimo, e ela respondera, pseudônimo é quando você cansa de ser quem você é e escolhe ser outra pessoa, e ela achou que a explicação da avó fazia mesmo mais sentido e ficou por muito tempo pensando na sua filha de antes, pequena, brincando na casa de dona Clotilde, e nela depois, quando decidira ser outra pessoa, a atriz tão bonita e famosa, e sentia que nunca conseguira se aproximar de nenhuma das duas, a filha sempre tão distante, Anna, mãe, meu nome agora é Anna, a peça foi escrita a partir da vivência da própria atriz, Fátima continuava a leitura, que, ainda muito nova, engravidou e, sem condições de ficar com o bebê, deu-o para adoção, Fátima abaixou o jornal e olhou para ela assustada, meu deus, eu não sabia disso, sua filha teve um bebê?, uma menina, diz o jornal, e ela, que estava em pé junto à cômoda, sentiu o corpo dolorido de repente, mole, parecia ter perdido os ossos, deu alguns passos e se sentou na beira da cama, a respiração agitada, a filha tivera um bebê e o dera para adoção, a filha tivera um bebê e o dera para adoção, a filha tivera um bebê, mas as palavras iam minguando e minguando até se transformarem num balão murcho, ela e as palavras um balão murcho, a filha tivera um bebê e não lhe dissera nada, e tentou imaginar a filha grávida, a barriga crescendo, mas só conseguia imaginar a própria barriga, ela e a filha ainda dentro da barriga dentro do quartinho de empregada, dentro do apartamento de dona Clotilde, e como era possível que agora a filha tivesse a sua própria filha, e ela estava pensando nisso quando ouviu os passos da avó, que se aproximava, a avó sentou na cama ao seu lado, a avó que olhava para a frente perdida em seus próprios pensamentos, essa peça é muito diferente dos meus trabalhos anteriores, é um salto no escuro, eu diria, e é uma exposição extrema, pois eu estou lá como atriz, mas também com a minha própria história, nada ali é inventado, e, de certa forma, a cada apresentação, irei revivendo a minha própria história, enfim, trata-se de uma peça criada a partir de minhas lembranças e associações, e da emoção que vinha à tona durante o processo, diz Anna Marianni, disse Fátima, mas e a criança que você deu para a adoção, quer saber o jornalista, foram necessários vinte e cinco anos para que eu me sentisse capaz de falar nesse assunto, vinte e cinco anos, meu deus, quer dizer que a senhora tem uma neta de vinte e cinco anos, a senhora sabia disso?, e ela ficou ouvindo aquelas palavras, como se a enfermeira falasse de outra pessoa, que loucura, Fátima colocou a mão sobre a boca, talvez na tentativa se proteger dos próprios pensamentos, e tentou mudar de assunto, ou ao menos fingir que nada mudara, que ela não ganhara assim, de repente, uma neta, e, de certa forma, perdera um pouco mais a filha, que não lhe dissera nada e que preferia contar essas coisas para os jornais, e cada vez menos ela entendia o que estava acontecendo, enquanto Fátima, sem saber o que dizer, fingia que nada acontecera, a estreia é nesta quinta, olhe só, mas a senhora não fique triste não, ela vai convidar a gente com certeza, vou recortar e guardar na nossa pasta, e Fátima já se levantava para ir buscar a tesoura quando ela a segurou pelo braço e puxou o jornal para si, a senhora quer ficar com ele?, ela fez que sim com a cabeça, tudo bem, pode ficar, ela está mesmo muito bonita nessa foto, muito elegante, como sempre, depois eu arranjo um porta-retratos para a coleção, que era a coleção em cima da cômoda, todas fotos da filha, algumas recortadas de jornais e revistas, outras fotos que ela mesma lhe mandara. Uma vez Fátima perguntou, mas por que não tem foto da senhora aqui também?, e ela quis responder que de jeito nenhum, para que ia querer foto dela que era tão feia?, nunca fora bonita, mas ao envelhecer ficara cada vez mais feia, encarquilhada, e nem adiantava que a filha insistisse com essas coisas de tratamento de beleza, de colocar cremes no rosto, de pintar as unhas, não queria parecer uma velha pintada, mas também não queria ficar se vendo todos os dias num porta-retratos, e Fátima fez um carinho em sua cabeça, feito quem se dirige a uma criança, vou preparar um chá e já volto, a enfermeira parecia incomodada, como se quisesse sair correndo, se afastar da filha que preferira dar a própria filha para adoção, como se isso fosse algo contagioso, e ela se perguntou se não era culpa dela, de uma doença que ela carregava, um contágio, como quem pega uma gripe, e sentiu mais uma vez falta de dona Clotilde e da casa de dona Clotilde, e das suas obrigações, que eram algo que a cansava muito, mas ao mesmo tempo eram algo que não mudava, pôr a mesa, limpar os vidros, passar o aspirador, fazer as camas, não havia surpresas nem revelações nem Fátima indo pegar uma xícara de chá, sentia falta da vida na casa de dona Clotilde, por mais que a filha não entendesse, como é possível que você sinta falta daquele lugar?, aqui você tem tudo, um quarto imenso, uma salinha, vista para o jardim, até um jardim você tem, e, mais importante, aqui você não trabalha para ninguém, ao contrário, tem pessoas para te servir, como é possível que você sinta falta da casa daquela mulher que te explorou por mais de vinte anos?, mas a filha não entendia que a vida toda era toda uma vida e que se não sentisse falta disso não sobraria mais nada para sentir falta, e que a tristeza era melhor do que coisa alguma, e que às vezes pensava até em Renan, e não conseguia evitar, apesar da raiva, um certo carinho por ele, porque se não tivesse existido Renan não haveria ela, nem uma neta desconhecida nos jornais, a filha falando nos jornais essas coisas tão íntimas, coisas que eram para ser ditas com a porta fechada, e lembrou da própria mãe, e lembrou que ultimamente vinha pensando muito na mãe, tantos anos sem notícias até que um dia dona Neusa já velhinha lhe dizendo que a mãe tinha morrido, e umas lágrimas que teimavam em aparecer, porque mesmo com aquele jeito estourado que ela tinha era a sua mãe, e mãe a gente tinha que respeitar, mesmo que batesse na gente com cabo de vassoura e mesmo que expulsasse a gente de casa e não quisesse mais saber da gente, porque mãe só queria o melhor para o filho, e então caíram aquelas lágrimas de tristeza, e veio também a lembrança do dia em que foi até a esquina com a filha ainda bebê tirar uma foto das duas, uma foto pequena, dessas de documento, e colocou a foto junto com uma carta num envelope, a sua neta, olha que linda a sua neta, e mandou com dona Neusa, e passou anos perguntando se havia alguma resposta e dona Neusa sempre, envergonhada, dizendo que a mãe você sabe, minha filha, sua mãe trabalha muito, até que um dia ela desistiu e até que um dia, depois de muitos anos, veio a notícia da morte da mãe e as lágrimas que a acompanharam.

Se a gente tivesse ido buscá-la na Alemanha quando combinamos, nada disso teria acontecido, disse a avó sentada ao seu lado na cama, enquanto lia a entrevista e balançava a cabeça em desagravo, ao terminar, deixou o jornal sobre a cama e foi até a janela, ficou ali encostada no parapeito, parecia pensar em alguma solução, a manhã nublada escurecia o quarto, talvez fosse bom acender a luz, eu te avisei, disse a avó de costas, mas você fez tudo errado, e ela ficou com essas palavras agarradas nela e ficaram as duas um longo tempo em silêncio, ela brincando com um fio solto da colcha de tricô, desde que deixara de trabalhar para dona Clotilde o tricô se tornara sua distração principal, havia a tv, é verdade, mas cada vez mais tinha a sensação de não entender muito bem o que se passava, assistia às novelas e se perdia, confundia as histórias, os personagens, Fátima explicava, mas ela logo se perdia novamente, no tricô não, havia ali um ritmo que era como desembaralhar os próprios pensamentos, seus pensamentos cada vez mais embaralhados, até que a avó se virou, foi até a cama, sentou-se ao seu lado, pousou a mão sobre o seu ombro numa espécie de abraço, e ela sentiu que as palavras saíam trêmulas, ela teve um bebê, uma menina, a senhora sabia disso, vó?, a avó não respondeu, claro que ela sabia, por que a senhora não me disse nada?, a avó continuou em silêncio, e ela ficou sentindo uma pressão no peito, por que a senhora não me disse, vó?, falou com raiva, ela que nunca tinha sentido raiva da avó, e a raiva veio feito um redemoinho virando ódio virando pena e virando mágoa e virando ódio e virando culpa, e pena e mágoa e culpa, um bebê, ela pensou, como se o bebê fosse dela, uma menina, como se a menina fosse dela, fosse a filha, e, ao mesmo tempo, como se a menina fosse ela própria, entregue, abandonada, mas fosse também a mãe e até a própria avó, uma sucessão incessante de entregas e abandonos, quando teria começado isso?, ela se virou para a avó, falou em voz muito baixa, os olhos cheios de água, vó, a senhora acha que eu também abandonei a minha filha?, a avó a olhou com tristeza, talvez sim, talvez não, essas coisas não têm resposta, e ficou um tempo em silêncio olhando para as fotos sobre a cômoda, ou talvez apenas pensando nas melhores palavras, eu devia ter feito alguma coisa lá atrás, logo que ela saiu da casa de dona Clotilde, ou antes ainda, logo que ela nasceu, como é possível, minha filha, você já viveu tanto e parece que não aprendeu coisa alguma, a avó segurou sua mão entre as dela, rugas novas se formaram em sua testa, escute, escute bem o que eu vou te dizer, a avó fez uma pausa, colocou as mãos sobre os olhos da neta e disse, eu tinha acabado de morrer, e nem sabia ainda o que isso significava, tanto que levei um susto enorme quando levantei do colchão e vi o meu corpo ali, estendido, morto, o primeiro impulso foi não fazer nada, eu estava sonhando e logo acordaria, e fiquei alguns minutos esperando a vigília, como quando você sonha e sabe que é sonho e faz um esforço para acordar e acabar logo com aquela bobagem, mas em vez de acordar me veio a suspeita de que aquilo talvez não tivesse volta, toquei de leve no meu rosto, quer dizer, no rosto do corpo estendido no colchão, a pele gelada, me afastei como se tivesse levado um choque, e foi quando ela apareceu, a capivara, já te falei?, não?, não é uma capivara qualquer, trata-se de um exemplar especial, a mensageira dos mundos, a capivara disse, vamos, não é bom ficar perto do corpo, quando mais tempo você permanecer aqui, mais ele vai te atrair e você fica à mercê dos espíritos de sombra, vamos. Eu, diante da situação inusitada, achei melhor não questioná-la, e saímos as duas pela porta, venha, suba, precisamos acelerar as coisas, eu subi, me agarrei no seu pescoço e seguimos em frente por um bom tempo, eu tinha muito medo de olhar para baixo e não tinha certeza se a capivara estava correndo ou voando, mas sentia o vento em meu rosto e um cheiro forte de algas, imaginei que estivéssemos perto do mar, até que chegamos a uma espécie de mato, um mato que eu nunca tinha visto, uns arbustos com folhas imensas, de um verde-escuro quase preto, ela apontou com o focinho para a beira de um rio logo adiante, descansemos um pouco, temos uma longa viagem até a ilha, que ilha?, eu perguntei, ela tem vários nomes, alguns a chamam Mocha, outros a origem dos séculos, mas não dê tanta importância a essas questões de nomenclatura, o nome só serve para nos afastar do objeto, sentamos então num pequeno espaço em que o mato era mais baixo, quer dizer, eu sentei e ela ficou ao meu lado, feito sentinela, fui tomada, de repente, tomada por uma imensa angústia, mas eu não posso morrer agora, logo agora, sinto informar, mas você já morreu, não tem volta, mas a minha neta, ela precisa de mim, a capivara soltou um grunhido, bom, os mortos têm suas estratégias, estratégias?, quando chegar a hora você vai saber, e a capivara fez sinal para seguirmos em frente. Dessa vez eu fui caminhando ao seu lado, a vegetação ia ficando cada vez mais alta, comecei a sentir um cheiro de mandioca cozida, como a minha mãe fazia, um cheiro da infância, depois um aroma de flores, a capivara continuava falando, veja bem, quando deus, vamos chamá-lo assim, quando deus criou o mundo, ele criou um único espírito, um espírito original, que depois separou em bichos e gente e plantas e águas e pedras e terra e ventos e tudo o que há, e para que a memória desse estado anterior não se perdesse deus achou por bem deixar uma pequena passagem, um caminho secreto que permitia essas transformações, gente virar bicho e bicho virar gente, e às vezes virar planta, até pedra, a capivara olhou em volta, sentou-se ao meu lado e continuou, mas depois, com o tempo, essa passagem foi ficando cada vez mais difícil de acessar, até que praticamente desapareceu, eu senti uma onda de frio, mas também muita umidade no ar, olhei para o céu, estava azul, mas eu não via sol algum, nem nuvens, eu ouvia com atenção, mas não entendia muito bem o que a capivara queria dizer com aquilo, para você ver, disse a avó, apesar do que as pessoas pensam, depois que a gente morre não passamos a saber tudo, apenas não sabemos de uma outra forma, então eu pedi que a capivara explicasse melhor aquilo, ela deu um suspiro e disse, no fundo, trata-se da velha frase, *Gnōthi seauton*, eu continuei sem entender, insisti, é o problema do livre-arbítrio, gostamos de imaginar que somos livres, completamente livres, mas isso não passa de ilusão, somos a nossa herança, uma herança gravada nas palavras de nossos ancestrais, pensemos num bicho qualquer, disse a avó, disse a capivara, um tamanduá, por exemplo, um tamanduá é um tamanduá e continuará sendo um tamanduá, assim como seus filhos e seus netos e seus bisnetos e tataranetos, numa cadeia infinita de tamanduás, e não há nada a fazer, a não ser que, por algum motivo, quase sempre mero acaso, o tamanduá consiga reconhecer a narrativa que faz dele um tamanduá, decifrá-la, e reencontrar a antiga conexão, ou seja, fazer a travessia, que é o momento em que ele pode se aproximar da sua essência original, que é irrecuperável, pois não é feita de palavras, se desvincular de sua herança de tamanduá e assumir a forma de outro bicho, de uma planta, de uma pessoa, e até mesmo, preste atenção, de outro tamanduá!, a capivara fez uma pausa, mexeu a orelha esquerda e disse, bom, chega de jogar conversa fora, e estamos indo muito devagar, temos que chegar antes do anoitecer, suba, eu subi novamente em seu dorso e seguimos em frente, a capivara acelerando cada vez mais, só mais uma pergunta, o quê?, isso que você disse, do tamanduá ser um tamanduá, o que isso tem a ver com a minha neta?, a capivara deu um longo suspiro, tudo, e talvez nada, talvez ela consiga fazer a travessia, talvez não, talvez a filha da sua filha, ou, quem sabe, a filha da filha da sua filha, é difícil prever, de qualquer forma, seja como for, tudo já aconteceu, tudo é passado, fora isso não há nada, eu fiquei sem saber o que dizer, fiz o resto da viagem em silêncio, e para onde vocês foram?, ela perguntou, a avó retirou as mãos que cobriam os olhos da neta, não é da sua conta, ao menos por enquanto, tirou um pequeno espelho do bolso do casaco, examinou o próprio rosto com cuidado, ajeitou o cabelo, guardou o espelho novamente e disse, agora venha cá, deite aqui, e ela deitou a cabeça em seu colo, e ficou pensando que aquela história da capivara, como tudo o que a avó dizia, era difícil de entender, mas que não importava, que agora tudo seria diferente, já não precisava buscar a filha na Alemanha, que era um lugar com neve e tão longe, que agora bastava ir ao teatro onde ela estaria se apresentando, iria até lá, pegaria sua filha no colo, como quando era muito pequena, e a levaria para longe dali, e a avó lhe ensinaria todas as coisas que ela aprendera, sobre os espíritos e a morte e os animais, e também dos livros naquela língua esquisita, porque ela, ela era muito ignorante, não tinha estudo e não conseguia entender, mas a filha não, ela entenderia, e saberia todas aquelas coisas, e faria a tal passagem, e lembrou das antigas palavras da avó, a casa e o rio que passava, ela nunca mais tocara no assunto, perguntou, a cabeça ainda no seu colo, vó, lembra que você sempre dizia que tinha a tal casa amarela onde o lado de dentro era o lado de fora?, a avó ficou alguns instantes em silêncio, depois disse, lembro, minha filha, e o que tem isso?, e ela pensou que podiam ir até lá, as duas, quer dizer, as três, contando a avó que era espírito, será que a casa ainda existe?, claro que existe, talvez precise de alguns reparos, mas nada que eu não possa resolver, a avó abriu um sorriso e achou uma boa ideia, passariam amanhã no teatro, pegariam a filha e depois era só seguir em frente, e ela pensou que depois, com a ajuda da avó, poderiam ir também em busca da neta, não se preocupe com isso, ela já tomou seu caminho, disse a avó, quando for o momento vai aparecer, e imaginou que isso significava algo como pode deixar, daremos um jeito, essas palavras que a avó tanto gostava de repetir.

No dia seguinte a avó a acordou cedo, anda, levanta, não temos muito tempo, anda, minha filha, mas o dia nem começou a clarear, por isso mesmo, essa é a hora em que as almas se desprendem dos corpos, disse a avó, enquanto a ajudava a se vestir e depois a terminar de arrumar a cama, e ela queria ao menos tomar um café, nem pense nisso, temos que sair daqui o quanto antes, depois paramos em algum lugar, e saíram as duas sem que ninguém percebesse, você trouxe tudo?, perguntou a avó, trouxe, minhas ervas?, linha de costura?, e ela ficou pensando em tudo o que enfiara nas sacolas de supermercado, duas sacolas, ótimo, vai dar tudo certo, a avó se mostrava com energias renovadas, ninguém imaginaria que estava morta. Não foi difícil deixar a clínica, o segurança dormia um sono profundo encostado na cadeira, a cabeça pendendo para o lado, passou por ele em silêncio, abriu o cadeado com atenção para que não fizesse barulho, cadeado que nem tranca tinha, só enfeite, mas também quem pensaria em fugir daquele lugar, um quarto enorme e até jardim, a vista para o jardim, e saiu fechando o portão com cautela. Do lado de fora, medo e euforia, há quanto tempo não saía?, uma cidade que sempre lhe parecera imensa, assustadora, e ela sempre tentando restringir-lhe o tamanho, a cidade-quarto-sem-janela, a cidade-casa-de-dona-Clotilde, a cidade-clínica-com-vista-para-o-jardim, a cidade-sala-de-cinema. Dobrou a primeira esquina, até a hora da peça tinha um longo dia pela frente.

Acho que vai chover, disse a avó, trouxe um guarda-chuva?, não quero estragar o meu penteado, a avó se tornara bastante vaidosa, algo que só começou depois de morta, gostava de maquiagem, vestidos e mantos bordados, o cabelo cheio, branco e curto formando pequenas ondas, trouxe o guarda-chuva?, e ela fez menção de voltar para pegar, mas a avó a deteve, está louca, quer que nos descubram? Vamos em frente. Continuaram caminhando em silêncio, o bairro pareceu-lhe agradável, muitas casas, poucos prédios, tudo mais simples, não tão bonito como Copacabana, mas havia o verde das árvores e do morro que se estendia rua acima, chamou-lhe a atenção também o comércio, havia anos que não entrava numa loja, algo que sempre a deixara um pouco nervosa, e ela ia assim, observando o interior das lojas sem nunca entrar, distraída, olhando para a cidade que ela nunca conseguira compreender, a avó disse, como se estivesse meditando sobre o assunto aquele tempo todo, bom, nunca ninguém morreu por causa de uns pingos de chuva, não é? Ela concordou e as duas seguiram pela calçada cada vez mais estreita, para onde vamos?, para onde mais iríamos, para o centro, não é lá o teatro?, a avó pegou o jornal para confirmar se era isso mesmo, sim, rua Primeiro de Março, então basta seguir em frente, chegaremos lá em algumas horas, e ela se perguntava como a avó sabia o caminho, como era possível que a avó conhecesse tão bem a cidade, tão diferente dela que, depois de se mudar para a clínica, nunca mais saíra sozinha e, nos últimos anos, só para ir ao médico, preferia ficar ali, no seu quarto, o pequeno jardim, o tricô, a tv de vez em quando, os bordados, à tarde o chá preto com torradas em companhia de Fátima, à noite, conversas com a avó, às vezes as duas em silêncio, a avó lia o tempo todo, quase sempre em voz alta, assim, a vida toda havia sido um espaço fechado, e agora, logo agora, aquela amplidão, se seguissem em frente chegariam ao centro, vó, estou ficando com fome, poderíamos parar para comer alguma coisa?, comentário que ficou sem resposta, as duas caminhando em silêncio.

 Depois de quase uma hora, já havia começado a chover, a chuva cada vez mais forte parecia não perturbar a avó e os cabelos da avó, que continuavam secos e impecáveis, já ela estava imunda, um ônibus ao passar respingara a água enlameada do chão sujando sua camisola de pequenas flores, o rosto, os cabelos longos e grisalhos que ninguém penteara ainda naquela manhã, a fome tornava-se cada vez mais urgente, vó, estou mesmo com fome, e a avó sem desacelerar seu passo, está certo, paramos no próximo restaurante. Logo depois, entraram numa lanchonete, sentou-se junto do balcão, a atendente se aproximou, duas torradas com manteiga e uma xícara de café com leite, por favor, deixou as sacolas no banco ao lado, olhou para a camisola suja de lama, realmente, não parecia muito apresentável, pegou um guardanapo e começou a limpá-la, a secar o cabelo e o rosto, ela sempre fora muito limpa e cuidara muito bem das suas roupas, era indesculpável que se apresentasse assim, repreendeu-a a avó, a atendente voltou com as torradas sem manteiga e um copo de café puro, aqui está, disse feito quem faz um favor, ela até pensou em pedir o leite e a manteiga que ela tinha esquecido, mas não disse nada, olhou com carinho para a avó que beliscava uma torrada, porcaria, porcaria isso aqui, a avó resmungava, nem era uma torrada aquilo, era um pedaço de pão velho, o café ralo, bebeu mesmo assim, a atendente não tirava os olhos dela, termina de comer e vamos embora, disse a avó, não temos todo o tempo do mundo e você não vai querer chegar atrasada para a estreia da sua filha, não, claro que não, e ela se esforçava em terminar o mais rápido possível quando a atendente se aproximou, dizendo que ela podia ir, ela fez menção de procurar o dinheiro numa das sacolas, mas a moça disse que era por conta da casa, e era um gesto muito gentil isso de não precisar pagar, mas por algum motivo não parecia uma gentileza, ela pensou enquanto pegava a torrada que ficara sobre o prato e a guardava no bolso da camisola.

Elas continuaram andando, a chuva cessara e as nuvens começavam a se dispersar, ela sentia dores pelo corpo, especialmente nas pernas e na coluna, e se pegassem um ônibus?, a avó não respondeu, ela repetiu a pergunta, a avó tinha esses momentos, pequenas ausências, achou melhor não insistir, continuaram andando, ela se lembrou daqueles livros que a avó costumava ler, naquele idioma esquisito, lembra, vó?, e daí?, a avó parecia pouco interessada, por que a senhora nunca mais leu naquela língua esquisita?, e para que eu vou ler um livro que eu já li, se eu já sei o que tem ali dentro?, é, ela nunca tinha pensado nisso, claro, se ela já sabia, para que ler de novo, mas é que ela entendia muito pouco disso, de livros, a avó se deteve, disse com expressão preocupada, minha filha, preciso me ausentar, ela levou um susto, mas pode deixar que eu volto, vai andando enquanto isso, ia perguntar para onde ela ia, mas a avó já desaparecera.

Por alguns segundos ficou sem saber o que fazer, mas acabou seguindo adiante, mais pelo impulso mecânico da caminhada do que por uma decisão, o movimento fazia com que as coisas se reordenassem de forma incomum na sua mente, sentia que pouco a pouco ia se afastando de si mesma, e aquilo que ela era se transformava numa roupa que agora tirava, seu nome, seu passado, o lugar onde morava, sentia que o corpo adquiria vida própria, o corpo sabia coisas que não contava a ninguém. Ela olhava em volta assustada, não tanto com o entorno, mas com ela mesma, com as palavras que surgiam, o que estava acontecendo com seus pensamentos?, era como se não fossem dela, ou fossem dela desde sempre, desde um mundo anterior, no qual ela não existia, pensou, um mundo em que o desenho do animal ainda era o próprio animal, e bastava desenhar a sua morte para que ele morresse, a representação do ato invocando o próprio ato, feito palavras mágicas, ou um mundo mais primitivo ainda, no qual as coisas ainda não tinham nome e se misturavam umas com as outras, ela continuou pensando, e se o início fosse uma palavra?, o surgimento do mundo a partir de uma única palavra, alguém pronuncia "mundo" e o outro que ouve "mundo" e ambos comungam desse significado, e se envolvem nele, e o vestem como quem veste uma capa que recobre o vazio, o início do mundo apenas isso, uma palavra compartilhada?, e veio-lhe então um pensamento mais esquisito ainda, e se o início era só uma palavra, o que garantia que ela não perderia, de um momento ao outro, o seu significado?, quando aqueles que a compreendiam deixassem de existir, restando apenas um idioma estrangeiro numa cápsula à deriva, hieróglifos, palimpsestos, e ela foi tomada por uma onda de pavor, que pensamentos eram aqueles, não eram seus, não podiam ser seus, teria morrido, feito a avó?, afinal, o que a diferenciava da avó, que certeza ela tinha da própria existência?, olhou em volta novamente, talvez, se falasse com alguém, pedisse uma informação, se respondessem é porque ainda estava viva, mas e se a atravessassem feito um fantasma?, preferiu não arriscar e continuou andando.

Calculo que em meia hora chegamos lá, a avó olhava para o céu protegendo os olhos com a mão, ela se virou surpresa, a avó que reaparecera assim como havia sumido, do nada, sentiu um imenso alívio, sua presença a deixava mais segura, menos estranha, a avó feito uma bengala na qual se apoiar, em volta as pessoas passavam apressadas e um barulho que vinha de toda parte, carros, conversas, gente vendendo ou anunciando qualquer coisa, eu nunca vi tanta gente junta, ela disse, não dá nem para andar direito, a gente podia descansar um pouco, sugeriu, a avó, para sua surpresa, concordou, sentaram na escadaria em frente a uma igreja, ela ajeitou as sacolas em volta, está tudo aí?, ela mal conseguia ouvir o que a avó dizia. Ficou ali sentada, olhando com espanto e fascínio a paisagem, onde ela estivera esse tempo todo?, e foi quando se lembrou do que lhe acontecera havia pouco, virou-se para a avó, vó, onde a senhora esteve?, por aí, mas por aí onde?, por aí é por aí, a avó respondeu sem paciência, encerrando o assunto, e ela teve que reunir coragem para perguntar, vó, a senhora tem certeza de que está morta?, a avó ficou em silêncio alguns instantes, e logo deu uma gargalhada, mas que história maluca é essa agora?, vó, fiquei pensando, será que eu estou morta também?, morta, você?, mas que ideia, ela não sabia como explicar o que acontecera, voltou a tentar tirar as manchas da camisola com o dedo, fala logo, minha filha, o que aconteceu?, é que, agora há pouco, quando a senhora saiu, me vieram uns pensamentos estranhos, pensamentos?, que pensamentos?, a avó parecia preocupada, uns pensamentos que não eram meus, eu não entendi muito bem o que eles diziam, umas coisas, umas palavras difíceis... credo, a avó se persignou, um minuto que eu me ausentei, menos talvez, muito cuidado com isso, a avó se levantou preocupada, eu não devia ter te deixado sozinha, aqui fora sempre tem algum espírito procurando um corpo onde se ajeitar, espíritos de sombra, malditas almas penadas!, escuta bem o que vou te dizer, esses pensamentos não são seus, quando eles vierem, ignore, deixe eles pra lá, porque se você não fizer isso depois pode ser tarde demais, depois você não sabe mais o que é seu e o que é do outro, está entendendo?, e as palavras da avó a deixaram tão apavorada que ela ficou ali, imóvel, tentando não ter pensamento algum. E teria ficado ali por muito tempo ainda, não fosse a avó, que a puxou pelo braço, melhor continuarmos, odeio chegar atrasada. Ela se levantou com dificuldade, tirando a época em que vivia no interior com a mãe e os irmãos, nunca tinha caminhado tanto, as sacolas pareciam cada vez mais pesadas, pensou em deixar uma delas pelo caminho, a avó a deteve, de jeito nenhum, ou você acha que a gente faz uma viagem dessas só com a roupa do corpo, desprevenida, desarmada?, nada do que tem aí é supérfluo, vem, me dá aqui que eu mesma carrego, e continuaram andando, talvez uma, duas horas, o tempo parecia encolher e esgarçar e encolher feito sanfona, tentava prestar atenção às nuances do corpo, e estava distraída tentando se lembrar de como era o seu corpo na juventude quando de repente chegaram ao fim de uma pequena rua que desembocava na Primeiro de Março. Em frente, um prédio de portas e janelas imensas, acho que chegamos, deixe-me ver, disse a avó pegando o jornal da sua mão, deixe ver se é aqui mesmo, é, parece que sim, era um prédio grande, antigo, de uns cinco andares, as portas imensas, e ela atravessou a rua entre os carros que buzinavam e entrou num pequeno saguão achando lindo demais tudo aquilo, e ficou se perguntando se era ali mesmo onde a filha iria se apresentar, e ao mesmo tempo com medo de ter se enganado, é aqui, sim, olha ali, a avó apontou para um cartaz perto da bilheteria, olha, é ela, eu não te disse que era aqui, e ela foi correndo até lá e ficou longo tempo diante do cartaz que anunciava o espetáculo, que linda ela era, a filha, e ela sentia uma emoção que não sabia explicar, tristeza e alegria, a filha tinha saído de dentro dela, e agora estava ali, no mundo, naquela foto enorme, famosa, ela tinha colocado no mundo uma filha famosa, logo ela que era tão pouco, quase invisível, como alguém quase invisível podia ter posto no mundo uma filha daquele tamanho?, e aquilo lhe parecia um milagre, os olhos grudados no cartaz, talvez fosse uma alucinação, pensou, de repente, e se estivesse sonhando?, procurou nervosa pela mão da avó, ah, você é muito boba mesmo, é só a sua filha, a avó parecia bem menos maravilhada com aquilo, mas a avó já tinha visto tanta coisa nesse mundo, e além do mais não é a primeira vez que você vê sua filha num cartaz, eu sei, é só a minha filha, e era verdade, era só a sua filha e não era a primeira vez, a avó tinha razão, mas quando a via assim, na foto, tinha a impressão de que não era mais a sua filha, tão distante, deixe de bobagem, disse a avó, venha, vamos chegar atrasadas, e a avó a puxou para perto dos elevadores, isso daqui é imenso, como vamos achar a sala de teatro?, vamos perguntar, pergunte para aquela mocinha ali, ela deve saber, e ela se aproximou do balcão e perguntou sobre a peça da filha, a moça atrás do balcão sorriu sem graça e explicou, a peça já começara e, de qualquer forma, a lotação estava esgotada, diga que é a sua filha, disse a avó, cutucando-a, e ela teve vergonha de dizer isso, diga, insistiu a avó, e ela explicou que era a sua filha, ali, no cartaz, mas infelizmente não havia nada a fazer, lotação esgotada, a moça atrás do balcão repetiu dessa vez sem paciência e grudou os olhos na tela do computador, você não disse que é a sua filha?, eu disse, vó, que absurdo nos tratarem dessa forma, mas vamos dar um jeito de entrar, e ela achou melhor não perguntar que jeito seria aquele, e deixou que a avó a puxasse pelo braço até uma espécie de átrio, olhe, é ali, mas as portas já estavam fechadas, podemos sentar naquelas escadas ali em frente, a avó apontou para as escadas muito brancas e elegantes em frente ao teatro, ali sentada uma mulher jovem, cabelos negros e curtos, parecia estar esperando alguém, por um instante seus olhares se cruzaram, e ela sentiu uma alegria que não sabia definir, havia algo tão familiar naquele rosto, sentiu vontade de se sentar ao seu lado, conversar com ela, como se a conhecesse desde sempre, é uma boa ideia, vó, vamos até lá, e ela se dirigia rumo às escadas e à moça que agora olhava para ela com curiosidade, quando um segurança se aproximou, pegou-a pelo braço, a senhora por favor me acompanhe, e ela levou um susto, e quis dizer que era a sua filha, a atriz da peça, mas as palavras não saíam e ele a acompanhou até a saída, e se postou na sua frente, e ela ficou sem jeito de voltar, e ficou se perguntando por que ele fizera aquilo, talvez ache que a gente ia pedir dinheiro, disse a avó, e ela levou um susto, pedir dinheiro?, como assim, como é possível?, eu tenho meu orgulho, nunca pedi dinheiro a ninguém, deixe ele pra lá, minha filha, mas ela não conseguia evitar aquele sentimento de desconforto, pois o guarda apenas confirmava algo que ela já intuía, que ela não pertencia àquele lugar, como não pertencera à casa de dona Clotilde, como não pertencera à sala do cinema, como não pertencia à própria filha, como não pertencia a lugar nenhum, pare de pensar bobagens, disse a avó, tenho uma ideia melhor, muito melhor, vamos fingir que fomos embora e pouco antes de acabar a peça nós voltamos, que tal?, a avó mostrava-se cheia de entusiasmo, ela concordou, pareceu-lhe um bom plano, mas para onde iriam?, venha, por aqui, eu conheço bem essa área, e a avó a guiou por uma rua estreita que acompanhava a parte lateral do prédio, veja, por aqui não passam carros, é bem mais tranquilo, e se embrenharam por uma série de ruas tão estreitas como aquela, ali a cidade parecia esquecida no tempo, apenas sobrados antigos, muitas janelas sem vidro ou cobertas com pedaços de tábuas, um ou outro cão vira-lata, uma pequena igreja abandonada, o musgo cobrindo suas paredes, não viu ninguém passando, a cidade fantasma, estamos quase lá, disse a avó, só preciso descansar um pouco, era a primeira vez que a avó se mostrava cansada, olhe, aquele banco, melhor sentarmos ali, só até recuperar as forças, ela acatou a ideia com grande alívio, sentia o corpo moído, sentaram-se, ela ajeitou as sacolas, a avó fechou os olhos e permaneceu longo tempo assim, imóvel, num sono profundo, e ela ficou ali ao seu lado, em silêncio, a avó dormindo, de vez em quando a cabeça caía para a frente e esse movimento brusco fazia com que a avó emitisse um ruído, uma espécie de ronco, como se aspirasse com a boca ou fosse acordar, mas logo o corpo se acalmava e ela voltava ao sono anterior. Depois de uma meia hora, até mesmo esses movimentos cessaram, e a avó ficou ali, imóvel, feito pedra, ela começou a ficar preocupada, e se a avó tivesse morrido?, vó, chamou apertando de leve o seu ombro, vó?, e no mesmo instante a avó abriu os olhos, recompôs o corpo, ajeitou o cabelo, a ponta do xale, como se aquela ausência não tivesse existido, depois apontou para o céu, veja, está começando a clarear, e realmente começava a amanhecer, ela se assustou, como era possível, há quantas horas estavam ali?, a peça já devia ter terminado. O primeiro impulso foi sair correndo, voltar ao teatro, ver se a filha ainda estava por lá, mas o cansaço tomara conta dela também, um dia inteiro caminhando, já não tinha energia para essas coisas, encostou a cabeça no ombro da avó, sentia-se estranhamente calma, em seu rosto soprava uma brisa, um aroma de açucenas, e estava quase fechando os olhos quando sentiu que a avó a cutucava, ei, não vá dormir agora, justo agora, ela se endireitou, olhou em volta, a rua estava deserta, a avó procurava algo numa das sacolas, o que é, vó?, você vai ver, e, após muito procurar, tirou de lá um livro que ela nunca vira e disse, fiquei pensando, acho que é melhor esperar aqui mesmo, como tudo anda em círculos, mais cedo ou mais tarde, voltaremos ao ponto de partida. E agora preste atenção, a avó abriu o livro e começou a ler em voz alta.

Notas

1)
A avó lê trechos de "Respuesta a sor Filotea", de sor Juana Inés de la Cruz. O texto foi traduzido para o português por Teresa Cristófani Barreto e aparece em: Barreto, Teresa Cristófani. *Letras sobre o espelho: Sor Juana Inés de la Cruz*. São Paulo: Iluminuras, 1989.

i)
Nisto sim confesso que foram injustificados meus trabalhos, e assim não posso dizer o que com inveja ouço de outros: que não lhes custa o afã de saber. Felizes deles! Para mim, não o saber (que ainda não sei), mas só o desejar saber tem-me custado tão grande que poderia afirmar com meu Pai São Jerônimo (embora não com seu aproveitamento): *Que trabalhos assumi então, que dificuldades suportei, quantas vezes perdi a esperança e quantas vezes abandonei e quantas vezes retomei a obstinação de aprender. O que sofri testemunham-no tanto a minha consciência como a dos que passaram a vida comigo.* Com exceção dos companheiros e testemunhos (que até desse alívio careço), o resto bem posso assegurar com verdade. E que tenha sido tamanha esta minha negra inclinação que a tudo tenha vencido!

En esto sí confieso que ha sido inexplicable mi trabajo; y así no puedo decir lo que con envidia oigo a otros: que no les ha costado afán el saber. ¡Dichosos ellos! A mí, no el saber (que aún no sé), sólo el desear saber me le ha costado tan grande que pudiera decir con mi Padre San Jerónimo (aunque no con su aprovechamiento): Quid ibi laboris insumpserim, quid sustinuerim difficultatis, quoties desperaverim, quotiesque cessaverim et contentione discendi rursus inceperim; testis est conscientia, tam mea, qui passus sum, quam eorum qui mecum duxerunt vitam. Menos los compañeros y testigos (que aun de ese alivio he carecido), lo demás bien puedo asegurar con verdad. ¡Y que haya sido tal esta mi negra inclinación, que todo lo haya vencido!

II)
Pois o que não vos poderia contar, Senhora, dos segredos naturais que descobri ao cozinhar? Vejo que um ovo une-se e frita na manteiga ou azeite e, ao contrário, despedaça-se na calda, vejo que, para que o açúcar conserve-se solto, basta deitar-lhe uma mui mínima parte de água em que tenha estado marmelo ou outra fruta ácida; ver que gema e clara de um mesmo ovo são tão contrários que, quando este é usado para doce, toma-se cada uma per si e não juntas. Não vos cansarei com tais necedades, que apenas refiro para vos dar inteira notícia de meu natural e creio que vos causará riso, mas, Senhora, o que podemos saber as mulheres além de filosofias de cozinha? Bem disse Lupércio Leonardo que se pode muito bem filosofar e preparar o jantar. E eu costumo dizer, vendo essas insignificâncias; se Aristóteles tivesse cozinhado, muito mais teria escrito.

Pues ¿qué os pudiera contar, Señora, de los secretos naturales que he descubierto estando guisando? Veo que un huevo se une y fríe en la manteca o aceite y, por contrario, se despedaza en el almíbar; ver que para que el azúcar se conserve fluida basta echarle una muy mínima parte de agua en que haya estado membrillo u otra fruta agria; ver que la yema y clara de un mismo huevo son tan contrarias, que en los unos, que sirven para el azúcar, sirve cada una de por sí y juntos no. Por no cansaros con tales frialdades, que sólo refiero por daros entera noticia de mi natural y creo que os causará risa; pero, Señora, ¿qué podemos saber las mujeres sino filosofías de cocina? Bien dijo Lupercio Leonardo, que bien se puede filosofar y aderezar la cena. Y yo suelo decir viendo estas cosillas: Si Aristóteles hubiera guisado, mucho más hubiera escrito.

III)
Porque que inconveniente há em que uma mulher anciã, douta em letras e de santa conversação e costumes, tenha a seu cargo e educação de donzelas? E justamente se perdem elas ou por falta de doutrina, ou por terem-na aplicado por tão perigosos meios como são os professores homens, que mesmo que não houvesse mais risco que a indecência de sentar-se ao lado de uma mulher verecunda (que até quando fitada pelo próprio pai) um homem estranho, a tratá-la com caseira familiaridade e a magistral sem-cerimônia, o pudor do trato com os homens e sua conversação basta para que não fosse isso permitido.

Porque ¿qué inconveniente tiene que una mujer anciana, docta en letras y de santa conversación y costumbres, tuviese a su cargo la educación de las doncellas? Y no que éstas o se pierden por falta de doctrina o por querérsela aplicar por tan peligrosos medios cuales son los maestros hombres, que cuando no hubiera más riesgo que la indecencia de sentarse al lado de una mujer verecunda (que aun se sonrosea de que la mire a la cara su propio padre) un hombre tan extraño, a tratarla con casera familiaridad y a tratarla con magistral llaneza, el pudor del trato con los hombres y de su conversación basta para que no se permitiese.

IV)
Só o que desejo é estudar para ignorar menos; que, segundo Santo Agostinho, aprendem-se umas coisas para fazer e outras somente para saber: *Aprendemos algumas coisas para saber; outras para fazer.* Pois onde está o delito, se até mesmo o que é lícito às mulheres, que é ensinar escrevendo, não o faço eu porque conheço que não tenho caudal para tanto, seguindo conselho de Quintiliano: *Saiba cada um e tome conselho não tanto dos preceitos alheios, mas também da própria natureza.*

Lo que sólo he deseado es estudiar para ignorar menos: que, según San Agustín, unas cosas se aprenden para hacer y otras para sólo saber: Discimus quaedam, ut sciamus; quaedam, ut faciamus. Pues ¿en qué ha estado el delito, si aun lo que es lícito a las mujeres, que es enseñar escribiendo, no hago yo porque conozco que no tengo caudal para ello, siguiendo el consejo de Quintiliano: Noscat quisque, et non tantum ex alienis praeceptis, sed ex natura sua capiat consilium?

2)
Na peça encenada por Anna há alguns temas recorrentes:

"Tudo é santo, tudo é santo, nada é natural na natureza! E quando a natureza parecer natural, será o fim de tudo, e o começo de outra coisa." Fala do filme *Medeia*, de Pasolini.

"O amor é uma súbita falha no universo." Versão de uma passagem em *A doença da morte*, de Marguerite Duras. O texto original é: "Você pergunta como o sentimento de amar poderia sobrevir. Ela lhe responde: Talvez de uma súbita falha na lógica do universo. Ela diz: Por exemplo, de um erro. Ela diz: jamais de um querer" (trad. de Vadim Nikitin).

"Aprende o quanto custa renegar o sítio natal." Retirado da obra *Medeia*, de Eurípedes (trad. de Trajano Vieira).

3) Na peça encenada por Anna, a cena (sonho) em que uma menina torce uma tira de papel, cola suas extremidades (transformando-a numa fita de Moebius) e a corta com uma tesoura no sentido do comprimento, é baseada na performance *Caminhando* (1964), de Lygia Clark.

4) Na cena em que Maike conversa com um homem fantasiado de Lúcifer, parte das falas dele foram retiradas de *Fausto* (primeira parte), de Johann Wolfgang von Goethe (trad. de Jenny Klabin Segall).

5) O texto em língua geral apresentado por Inês foi retirado de "Narração que faz um sertanejo a um seu amigo de uma viagem que fez pelo sertão". In: Eduardo de Almeida Navarro, "Um texto anônimo, em língua geral amazônica, do século XVIII" (*Revista USP*, São Paulo, n.90, pp. 181-92, jun./ago. 2011. Trad. de Eduardo de Almeida Navarro). Segundo o pesquisador, trata-se da "única literatura conhecida em língua geral amazônica que nos veio do Brasil colonial".

Tradução do trecho citado:

Ï irúnamo aiecotýár vel	Com ele me aliei,
Cecè catù aiecotýár	(*expressão variante, mesmo sentido*)
Inhëengabé aiporacár,	obedeci a suas palavras.
Aipyrupán cetá mirí	Comprei muitos pequenos,
Cunhàmucú etá, e Cunumí,	muitas moças e meninos.
Oropycýc cetá catú,	Apresamos muitos,

Opabenhé cunumí goaçú,
Coritéité aiepabóc,
Paranà rupí aiparabóc,
Moçapýr tüibäé uçú,
Çupí ocepiác pytún uçú.
Moçapýr bé goaimí reté
Çakycoéra amondó cöyté,
Aänangài öú cüáb öí,
Aanangáité abé öú caöi.
Ycyrýca irúmo auatà,
Pauxípe aanangài apytá,
ypytera rupí oroçó,
Oiecuáb üán Cäapöõ.
Gurupà cäapoõ äé
Mirí nhó ixüí acykyié,
Oroçò cäapöõ rupí,
Apocà mocabòca uí.
Xe copixápe catú acýc,
Tapyyietà amöapycýc,
Xe irunamogoàra çupé,
Aimëeng quatro tuibäé,
Nābà xe çüí oipycyrõ,
Cecé nābá xe mocanëõ,
Cöecenheým xe cópe oicó,
Çupí xe tomaramo amó.
Anhemombëú uán cecé
Eimëeng umé abá çupé,
Ëí Paí: eimocüár abé cecé,
Nde räyretà iabé.
Aé; cobé catù eté eté.

Ah Tupã ocuáb aipobäé!
Maïabé ï irúmo aicò,
Maiabé äé xe rerecó.
Cöýr çupí xe anga aganan,

Tëõ rí nanhemoçainán
Co ára mbäé rí aiporará,
Çupí na xe anga recé rüä.
Aruanëým eçapyà ĩpó
Xe pýri öurne xe rëõ;

todos os rapazes.
Logo parti.
Pelo rio escolhi
três velhos, bem velhos.
De fato enxergam na escuridão
Três velhas também.
Segui-os, então, enfim.
De modo nenhum podiam comer farinha;
de modo nenhum bebiam pinga.
Com o rio que corria eu viajava.
Nos pauxis não fiquei de modo algum.
Fomos pelo meio do rio;
apareceu uma ilha:
era a ilha de Gurupá.
Tive um pouco de medo dela.
Fomos pela ilha;
estourei pólvora.
Cheguei à minha roça;
matei a fome dos tapuios
e aos que moram comigo
dei os quatro velhos.
Ninguém os libertou de mim.
Ninguém me perturbou por causa deles.
Antigamente estavam em minha roça.
É verdade que eu tomei outros.
Já me confessei disso.
— Não os dês a ninguém,
 disse o Padre; — Cuida também deles
como de teus filhos.
Disse eu: — Eis que tudo está muito
[bem.
Ah, Deus sabe disso!
Assim como estou com ele,
assim ele me tem consigo.
Agora, é verdade que minha alma
[enganei,
com a morte não me preocupei,
pelas coisas deste mundo eu sofri
e não por minha alma.
De forma inadequada, de súbito
a mim virá minha morte.

Mbäépe äéreme agoacem?	Que, então, hei de encontrar?
Mbäé pabe ocanhem	Todas as coisas desaparecem.
Aipyà monghetà potár,	Quero meditar.
Päi catù corí acecár;	Um bom padre procurarei
Taicò porëauçubóra,	para que eu me penitencie
Xe rëõ riré ybakipóra.	e, após minha morte, um habitante [do céu
Coritéi i có ára oçaçáo,	Logo este mundo passa,
Amò recobé nití opáb,	a vida do outro não acaba.
Quatro nhó tapyýia recé,	Por causa de somente quatro tapuios
Acanhemne auieramanhè!	hei de me perder para sempre!
Xe cüapàra agoéra omanó,	Meus antigos conhecidos morreram.
Umámepe ï angoéra oçó?	Para onde suas almas foram?
Äé tapyýietà oipocoár abé,	Eles apresaram tapuios também;
Ocëär öanáma çupé.	deixaram-nos para seus parentes.
Xe anáma ambyra cetá	Meus parentes, muitos são defuntos.
Opocoàr tapyyietà;	Apresaram tapuios.
Mbäépe cöýr ogoacem?	Que encontram agora?
I angoéra ipò ocanhem.	Suas almas certamente se perderam.
Opacatú icò ára mbäé,	Todos os bens deste mundo,
Mbäé rámape opabenhé?	para que todos eles?
Ocanhem ramé xe angoéra,	Se minh'alma se perde,
Ocanhem abé xe mbäé coéra.	desaparece também o que foi meu.

Agradecimentos

A Elisabeth da Rocha Miranda, por ter me dado a mão nessa travessia.

A Peter W. Schulze, por nosso belo e importante diálogo, e por me acompanhar desde o início.

A Valeria Valenzuela, pela valiosa amizade e pela leitura do livro e do mundo.

A Helena Machado, pelos comentários cheios de sensibilidade e carinho.

A Louise Belmonte, pelo olhar atento e generoso.

A Claudia Lage, pela leitura da escritora e grande amiga.

A Ramon Nunes Mello, pela imensa generosidade.

A Nicole Witt, pela leitura cuidadosa do manuscrito.

A Julia Bussius, pelo diálogo e por me ajudar a fazer um livro melhor.

A Luiz Schwarcz, pela leitura, pelas sugestões e por acreditar no meu trabalho.

A David França Mendes, pela leitura e por estar ao meu lado.

A Victoria, por existir.

1ª EDIÇÃO [2018] 2 reimpressão

ESTA OBRA FOI COMPOSTA PELO GRUPO DE CRIAÇÃO EM MERIDIEN E IMPRESSA PELA LIS GRÁFICA EM OFSETE SOBRE PAPEL PÓLEN SOFT DA SUZANO S.A. PARA A EDITORA SCHWARCZ EM JANEIRO DE 2021

A marca FSC® é a garantia de que a madeira utilizada na fabricação do papel deste livro provém de florestas que foram gerenciadas de maneira ambientalmente correta, socialmente justa e economicamente viável, além de outras fontes de origem controlada.